旷世之恋

明宪宗与万贵妃

周建行◎著

上海社会科学院出版社

大明宪宗纯皇帝像

明宪宗行乐图（局部）

御製一團和氣圖贊
朕聞晉陶淵明乃儒門之秀
陸脩靜亦隱居學道之良而
惠遠法師則釋氏之翹楚者
也法師居廬山送客不過虎
溪一日陶陸二人訪之與語
道合不覺過虎溪因相與
大笑世傳為三笑圖此豈非
一團和氣所自邪試揮綵筆
題識其上
嗟世人之有生並戴天而履地
既均稟以同賦何彼殊而此異
惟繫智以自私外形骸而相忌
雖近在於一門乃遠同於四裔
偉哉達人超觀高視談笑有儀
俯仰不愧合三人以為一達一
心之無二忘彼此之是非藹一
團之和氣噫和以召和明良其
類以此同事事必成以此建功
功必備豈無斯人輔予盛治披
圖以觀有槩予志聊援筆以寫
懷庶以警俗而勵世
成化元年六月初一日

明宪宗《一团和气》

目录

第一章 中秋节传来的噩耗

又是一年中秋月圆。

昨夜，一轮团圞的圆月高挂天空，把她清冷皎洁的光华遍洒在巍峨的宫殿的琉璃瓦上，金色的殿顶愈加流光溢彩。殿顶四角翘起的飞檐上，一排排鸱兽沐着清冷的月光静静地伫立，眺望着远方，像是在痴痴企盼和迎候远处征人的归来。

就在离京城不过数百里的长城边塞上，一场决定大明王朝命运的战事正惨烈地进行着。战事的一方是塞外的蒙古部落瓦剌太师也先率领的数万骑兵，另一方则是率领满朝文武及三十万大军御驾亲征的大明皇帝朱祁镇。这原本是一场实力悬殊的决战，由于司礼太监王振挟持着年轻的皇帝弄权，居然诡异地以明军连吃败仗和被迫班师告终。直至中秋节前夜，护卫着皇帝銮驾的明军还在宣化附近一个叫土木堡的地方被瓦剌人围困，战事胶着，前景不明。

尽管如此，京城皇宫内的生活仍平静如常。乾清门里的各处宫室显得非常静谧，偶尔有值侍的宫女和太监小心翼翼、悄无声息地走动，往宫中各处兽形香炉中添着檀香。一缕缕清香袅袅飘散在夜空中，沁人心脾。宫墙外一株株高大的金桂银桂，枝头黄色白色的花开得正盛。白天里就有宫女和小太监搭着梯子，把它们一簇簇连枝带叶采下来，装点在宫门上。把宫门装成一个流香溢蜜的花拱门，看着煞是爱人，平添了许多喜气。

中秋节的下午，御膳房给皇太后孙氏和中宫钱皇后进献了精制的月饼及各色果子、莲藕等时令食品；后宫的各位妃嫔也都送有精致的食盒；还给宫中的太监宫女分别发放了月饼。只是由于孙太后、钱皇后以及宫中的妃嫔们心中牵挂着出征未归的皇上，担忧着前方的战事，致使今年的中秋节明显缺乏往年的那种欢乐气氛，宫中上下都在抑郁不安中。

第二天上午，按照惯例以中宫钱皇后为首的嫔妃，都要带着各自的皇子公主，到太后居住的仁寿宫来拜节谢赏。这是皇家亲眷难得的团聚机会。往年正统皇帝朱祁镇在宫中时，他与钱皇后分坐两旁，侍奉孙太后坐在中间的宝座上，依次接受各宫妃嫔与皇子公主的拜贺，仪式隆重而温馨。遗憾的是今年皇帝亲率大军出征在外，值此中秋佳节也未能与家人团聚。仅由钱皇后侍奉太后居中坐定，依次接受拜贺。

首先上前行礼的是后宫中地位仅次于钱皇后的周贤妃。她是正统皇帝十六岁大婚册封的一后二妃之一，正宫钱皇后由于体弱多病，一直未能怀上龙种。而周氏翌年即产下一女，皇上亲自取名为重庆公主，如今已有四岁。更为可喜的是，两年后她又诞下龙种，呱呱落地，竟是一男婴。年轻的皇帝喜不自胜，亲自为皇长子取名为见浚。并立刻晋封周氏为贤妃，在宫中地位仅居中宫钱皇后之下。周贤妃仗着为皇上生育了一双儿女，宠冠后宫，渐渐地连钱皇后都不大放在眼里。此刻她一上殿，便命四岁的重庆公主牵着才两岁多路都走不稳的小皇子见浚上前拜见皇祖母。小姑娘一面向祖母磕头，一面奶声奶气地请安问好。而小皇子见浚还不会磕头，只是傻傻地望着祖母。贤妃娘娘慌忙上前将他按在地上胡乱磕了一个头。好在孙太后看到这一对小人儿，早已笑得合不拢嘴，连忙吩咐："好啦好啦，别难为他了。"随即命在一旁侍候的宫人赏赐姐弟俩一人一个装有金锞子的荷包。

接着，后宫另一名宠妃万宸妃也命宫女抱着年仅一岁的皇次子见潾拜见皇祖母。太后照例也赏赐了金荷包。

已经怀了龙种将近临产的王惠妃，挺着大肚子上前拜见太后。孙太后忙命宫女扶她在绣墩上坐下，并叮嘱她按御医的嘱咐好好养胎。

孙太后平时难得一下子见到这么多孙辈，令侍从的太监宫女拿出御膳房进献的各色糕饼点心给孩子们吃。皇妃们忙叫各自的孩子叩头谢赏。小孩们的滑稽模样逗得年过半百的老太后笑得前仰后合，暂时舒缓了老人家心中隐隐的忧思。

每逢佳节倍思亲。此时，除了那几个还不懂世事的天真无邪的小孩，在场的大人们，从老太后到钱皇后及所有的妃嫔，心中想着的都是一个人：她们的儿子和丈夫，亲率大军远征漠北的皇帝朱祁镇。自从整整一个月前的七月十六日，一身戎装的皇帝拜辞母后和辞别后妃们，亲率文武百官和三十万大军从德胜门出发，前往宣府大同前线，孙太后和钱皇后每天都要差遣太监去兵部打听消息。战事进行得艰难诡异，始终让身处深宫的她们忧虑地悬着一颗心，无时无刻不担心皇上的安危。最近终于传来车驾从大同前线班师回朝的消息。孙太后和后妃们也不知道这场仗是打赢了还是打输了，她们只要皇上安全回来就好。

宫廷中的规矩，后妃是不许谈论朝廷政事的。但此刻周贤妃忍不住轻声地问钱皇后："听说皇上车驾昨天由宣府到了怀来，那里离贱妾家昌平不远。车驾很快就会回来了。"

钱皇后蹙着眉头说："没有。我昨天差遣人去兵部问了，他们奏报说车驾未进怀来城，在一个叫土木堡的地方屯驻，他们担心还会有战事。"

这时，孙太后皱着眉头轻轻咳了一声，示意她俩不要当着众妃谈论政事。周贤妃和钱皇后只得噤声。

一名值侍的女官走上前来禀报道："启禀太后，司礼监提督太监金英求见太后，称有要事禀报。"

孙太后立刻命周贤妃带着孩子们和众妃各自回宫。她旋即在钱皇后搀扶下来到外阁，宣金英进见。

金英是历经四朝的老太监，曾获宣宗皇帝颁赐的免死金牌。他随宣召的宫女进来，踉踉跄跄地跪倒在地行礼："老奴恭请太后圣安，皇后圣安！"

孙太后命内侍扶起金英并赐座道："公公免礼，坐下说话吧！"

金英举目望望旁边的宫人内侍。孙太后知道他有重要机密禀报，示意宫人统统退下。

老金英颤颤巍巍地递上一个信封，立刻匍匐在地，泣不成声地奏道："太后，皇上他……"

钱皇后惊愕地接过信封，预感到发生了什么祸事，她双手颤抖着从信封里抽出一张信笺，强忍着悲痛一字一句断断续续地念给太后听：

儿臣祁镇上书皇太后驾前，并御弟郕王祁钰殷鉴：土木之役，朕不幸蒙尘，羁留胡营。一切尚安，望速赍金帛赐彼，以赎朕身为盼。大明正统十四年八月十五日字。朱祁镇。

钱皇后带着颤抖的哭声念完最后一个字，终于一下子软瘫在地，放声大哭起来。

太后忙呼唤内侍过来扶起钱皇后。幸好她尚无大碍，只是为这突如其来的噩耗震惊得几乎晕眩过去。太后复又拿过信笺仔细验看，末尾"朱祁镇"三字确是皇儿手笔。

昨夜兵部奏报：皇帝车驾屯驻怀来西北二十里的土木堡，遭也先部数万骑兵围困，情况危急。兵部奏称已令宣府驻军紧急驰援，没想到土木堡一天之内就失陷了。

乘舆播迁，皇帝陷入敌手，生命危在旦夕！老太后心乱如麻，拿着信笺的手抖索不停。内侍忙小心地搀扶太后靠坐在软垫上，在她耳旁轻声地呼唤。

金英用袍袖拭去脸上的泪痕，伏地奏道："老奴斗胆请太后速定救赎之计。"

震惊、伤痛过后，孙太后一边拭着泪，一边镇定地说："现在皇帝在瓦剌人手中，我看若无重金赏赐，恐于皇儿不利。传哀家旨意，命你打开内承运库，选取蒙古人喜欢的金银珠宝，尽皆赏赐给他们，务须将皇帝赎回。"

金英叩首道："老奴遵旨。"

皇上北征被瓦剌人俘虏的消息在宫中悄悄地传开。在钱皇后居住的坤宁宫，伤心欲绝的钱皇后一面哭着，一面命宫女打开所有的箱柜，搜索值钱的金银珠宝，连同她大婚御赐的大圭、玉如意等稀世珍宝，以及娘家陪嫁的首饰，通通打包交付给太监金英。金英又奉太后旨意从内承运库选取大量藏宝，以及蒙古人喜爱的绸缎首饰等，总共装满了八匹马载的背驮，令提督四夷馆派遣通事官员护送出居庸关，径至瓦剌军营，以大明皇太后的名义赏赐给也先太师。

狡诈的也先对大明朝廷的被迫赏赐欣然领受。可是他丝毫没有释放皇帝的意思，反而以他为“奇货可居”，带着他去就近的边关重镇宣府、大同叩关。瓦剌人的如意算盘是：若能赚开关门，便可不费一兵一卒占领明朝的边关要塞；再不济也可以被俘皇帝的名义，向守城官员勒索金银财帛。

土木堡事变的第二天，也先便派了一支兵马挟持朱祁镇来到宣府城下。祁镇骑在马上，旁边有一队士兵穿着明军服装，举着从土木堡缴获的黄罗伞盖，向城上高声宣谕：

“大明皇帝驾到，着宣府总兵杨洪、参将纪广、都督同知朱谦、右都御史罗亨信等开门迎驾！”

守城军士在城头远远张望，黄罗伞盖下确实有一个穿着黄袍的人，可身后全是骑在马上挎圆月弯刀的蒙古骑兵！听说皇上被围困在土木堡，怎么会突然出现在这里？

守城士卒谁也没见过皇上长什么样子，怀疑有诈，便冲着城下高声回答道：

“我等奉命守城，天色已晚，不敢开门。况且杨总兵已往别处，不在城中。”

当时，巡抚宣府、大同的右都御史罗亨信仗剑坐在城下，传令说：“出城者斩！”他早已识破瓦剌人的诓城之计。即便他明知黄罗伞盖下那人确是皇上，但皇上身后是杀气腾腾的瓦剌铁骑，他怎敢开门让皇上进来！

没能赚开城门的瓦剌骑兵面对宣府高耸的城墙和严密的守卫，只得悻悻地挟着俘虏皇帝离开。

过了几天，瓦剌人又挟持被俘的皇帝来到大同城下，如法炮制，令大同守将开门迎驾。

大同守将广安伯刘安、都督佥事郭登等均在城上督促士卒加固工事坚守。他们虽已辨认出黄罗伞盖下确是大明皇帝朱祁镇本人，但他们早已得到土木堡明军溃败的情报，显然皇上已被瓦剌人控制，城门一开瓦剌铁骑岂不一拥而入？

郭登是个大嗓门，只得出面朝城下喊话：

“朝廷有令，城门不得擅自开启，请皇上保重！”

黄罗伞盖下的祁镇见郭登不买他的账，生气地说：“郭登与朕是姻亲，为何如此对朕？”

郭登是武定侯郭英之孙，他的姑奶奶是太祖的郭宁妃，郭英之子尚永嘉公主，孙女是仁宗贵妃，正是郭登的堂姐。

面对祁镇的质问，耿直的郭登回答道：“臣今日奉命守城，不知其他。”

服侍皇上的太监袁彬见郭登如此强硬，对着城上大喊起来：

“郭登，你无君无父，我跟你拼了！”

袁彬一面喊叫，一面用头猛撞城墙，撞得头破血流。郭登怕闹出人命来，将来一旦皇上复位，岂非大罪？于是命军士放下一个箩筐，把袁彬吊上城来。

袁彬上得城墙，传达皇上旨意说：“瓦剌也先此行只为贪财，若能得到重金赏赐，便可释放皇上。”

郭登将信将疑，但皇上在人家手里，只得死马当活马医，他与守城诸将商议，派城中文官出城见驾，武将均留守戒备，防止瓦剌偷袭。

于是留广安伯刘安和郭登守城，侍郎沈固、给事中孙祥、知府霍瑄等出城见驾。自从被俘后第一次见到这些臣子，朱祁镇百感交集，涕不成声。但瓦剌人要的是金银财宝，于是祁镇降旨道：“武进伯朱冕，西宁侯宋瑛及监军郭敬丧师辱国，致陷乘舆，应将其家财没收，若还不足，朕意以大同库银抵之。”

于是众官员返回大同城内，尽搜朱冕、宋瑛、郭敬家财，得银一万余两，连同库藏的彩缎、蟒衣等一并送出城外，献给也先。也先仍不满足，再索银二万两，并约定：“金至即遣还圣驾。”

广安伯刘安等得到承诺，于是回城积极搜刮金银，连自己家财也忍痛赔出。知府霍瑄也献出所有家财，凑齐二万两银子送往离城二十里的也先大营。

可是狡猾的也先尝到了大明皇帝在自己手中的甜头，岂肯轻易放手？他借口天色已晚路上不安全，不提释放被俘皇上的事。

郭登识破瓦剌人的诡计，计划乘夜色劫夺圣驾入城。他招募了七十名敢死队员埋伏在城西的石佛寺附近，准备深夜劫救皇上。

袁彬将这一计划秘禀皇上，祁镇见敌营警戒森严，万一不成可能危及自己的生命。半夜时分，就在祁镇犹豫间，也先突然号令拔营，瓦剌军拥着祁镇迅速离开大同，消失在塞外茫茫的黑夜中……

第二章 太后与郕王的君子协定

以后的几天，京城街头陆续出现一些衣衫褴褛、满脸血污的士兵，有的甚至断手断足，惨不忍睹。数十万明军在土木堡溃败的消息迅速传播开来。人言汹汹，私相告语，当今皇上被瓦剌人俘虏的消息再也封锁不住了。

贪婪的瓦剌人笑纳了孙太后丰厚的赏赐后，没有一点释放朱祁镇的意思，反而带着他四处敲诈勒索，眼看又要遁回漠北。孙太后万分着急，她不知道沦入敌手的儿子将遭遇怎样的命运。钱皇后终日以泪洗面，坤宁宫里一片愁云惨雾。

皇上被瓦剌人掳去了，大明朝顿时没了皇帝。国不可一日无君，近日朝堂上议论纷纷。大臣们都忧心忡忡，土木堡明军溃败，国力大受折损，急待收拾残局，防止尝得甜头的瓦剌卷土重来。虽然皇上在出征前曾明令郕王祁钰以监国身份总理朝政。但二十二岁的祁钰没有皇帝的名分，也缺少皇帝的权威，这对推行政令和战时的紧急动员十分不利。再说现在瓦剌人狡猾地挟持皇上做人质，贪婪地索要金帛，并企图诓开并占领边关重镇。倘若朝廷另立新君，便可使瓦剌也先手中的筹码失去作用。

时间紧迫，保不定狡诈的瓦剌人再次挟持皇帝前来侵扰。这几天，朝中的大臣们频频聚议，商讨另立新君的问题。朝中的动向自然也传入内廷。遭受狡诈的瓦剌太师也先戏耍，以八驮马的金银珠宝也未能换回被俘的儿子，年迈的孙太后气得要吐血。现在祁镇被瓦剌人挟往漠北，生死未卜，朝廷又要另立新君，监国的郕王祁钰虽尊自己为母后，但他不是自己的亲生儿子，他的生母是吴贤妃，如果群臣拥戴祁钰登基，自己连皇太后的地位都保不住。

孙太后秘召大太监金英、兴安和李永昌商议。金英和兴安是历事三朝的老太监，金英还曾获宣宗颁赐免死诏。只是二人此时均垂垂老矣，对立嗣之事不敢置喙。倒是年富力强的李永昌脑子活泛，也深得太后信任，他建议道："太后何不先立皇长子见浚为皇太子，储君之位既定，即使皇上暂时无法归来，将来郕王也必须传位给皇太子。"

孙太后将拟立见浚为皇太子之事征求礼部尚书胡濙和吏部尚书王直等重臣的意见。二位老尚书深知太后的苦心，也不便表示反对。于是在土木堡事变后第七天，八月二十二日，皇太后颁布诏令，立陷入敌手的正统皇帝长子见浚为皇太子，将其改名见深。仍命郕王祁钰监国，诏书是这样写的：

> 迩者寇贼肆虐，荼毒生灵。皇帝惧忧宗社，不遑宁处，躬率六师问罪。师徒不戒，被留敌廷。神器不可无主，兹于皇庶子三人，选贤与长，立见深为皇太子，正位东宫。仍命郕王为辅，代理国政，抚安百姓。布告天下，咸使闻知。

孙太后抢着在这个时候将皇长子见浚改名见深，立为东宫太子，显然是想让群臣拥立太子登基，维持朱祁镇的血脉，一代一代传下去。可是见深刚满两岁，尚在牙牙学语。幼童哪能登基主政？远的不说，他的父皇就是摆在眼前的一个活生生的教训！

朱祁镇八岁继承父皇宣宗帝位，宣宗遗诏由"三杨"等五大臣辅政，军国重事奏闻太皇太后而后行。先帝的考虑不可谓不缜密，但架不住时光流逝，太皇太后驾崩，"三杨"等五大辅臣相继过世，政权逐渐落入小皇帝宠幸的司礼太监王振手中。就是因为王振欲建边功，挟持年轻的祁镇北征瓦剌，才导致土木堡溃败，乘舆播迁，祁镇陷入敌手，至今生死不明。

若在此时依着太后主意，又扶立一个襁褓中的小皇帝，岂不是重蹈覆辙？其结果不是宦官专政，就是外戚或权臣擅权。这是朝中正直的大臣们极不情愿看到的后果。

孙太后通过各种渠道了解到，朝臣们对皇上迅速归来已经不抱希望了，无论从疗救劫后创伤，还是从断绝瓦剌倚仗人质肆行敲诈的念头出发，大明都亟待一位新皇帝出现。既然扶立年幼的太子已不可能，舆论已经一边倒地倾向立郕王为继位之君，精明的孙太后不得不权衡再三。

首先，如果郕王祁钰继位为帝，必然尊奉他的母亲吴贤妃为皇太后，孙太后的地位必然不保，说不定还会被迫迁出仁寿宫。再说等祁钰帝位稳固了，必然不甘心侄子见深占据东宫太子之位，说不定又会来一次“易储”的闹剧，让自己已经三岁的儿子占据东宫太子之位。

故此，孙太后在诏书中再次强调“仍命郕王为辅，代理国政”，即天下仍然是属于“正位东宫”的皇太子的。可是她也深知这一招不顶什么用，祁钰一旦地位稳固了，这一纸诏令能管得了他吗？

因此，孙太后急切地想找一位能暂时顶替皇上又不至于取缔皇脉的人作为过渡，等待祁镇侥幸被瓦剌放归，或待皇太子见深长到十余岁继承大位。

这时，孙太后想起了宣宗驾崩后，太皇太后张氏鉴于太子祁镇年幼，欲召宣宗之弟襄王瞻墡继位之事。襄王素有贤名，现年四十余岁，若召他入京继承大位，再过十年左右，待见深长成，正好接班为帝。但这一点，孙太后自然要与襄王事先达成君子协定。

在朝廷大臣们议立郕王的同时，孙太后悄悄差遣亲信太监出京赶赴襄阳，密召襄王进京。然而，襄王果然不负贤名，拒绝来京，并遣使上书，请立皇太子见深为帝，让郕王监国，以承正统。

孙太后一心想保住儿子祁镇一支血脉坐稳江山，此次轻率地召襄王进京之举，生生在八年之后造成一场大悲剧——“夺门”之变后，英宗复辟，徐有贞、石亨等诬陷于谦、王文迎立襄王遭到诛杀，致使两颗人头落地！

正在大臣们与宫内势力为拥立新君紧张博弈之时，风雨飘摇的朝廷又发生了一件惊天动地的大事。

土木堡溃败的消息已大白于天下，街市上满是缺胳膊少腿的伤兵，连皇帝都被瓦剌人掳走了，一种凄惨无望的情绪在人们心间漫延。八月二十三日，奉诏代理国政的郕王朱祁钰在午门左阙召集群臣议政。因为许多年富力强的重臣，如兵部尚书邝埜、户部尚书王佐、内阁大学士曹鼐等，以及以英国公张辅为首的数十名武将都在土木堡为国牺牲，朝班显得稀稀拉拉，残缺不全。到场的多是须发皆白的老臣与替补后进的给事中、御史。朝臣个个低着头唉声叹气，愁云满面。

正在此时，突然有两名衣衫褴褛、浑身血污的官员闯上殿来。原来他们是随驾出征的大理寺右丞萧维桢和鸿胪寺卿杨善。他们侥幸从土木堡的死人堆里爬出来，历尽艰辛，辗转逃回京都。当被问及圣驾的下落，他俩只是摇头，面无人色，说不出话来。

此前皇帝朱祁镇已在宣府、大同现身，在瓦剌人的胁迫下向边镇官员勒索金帛，皇上成了瓦剌人的俘虏已是定论。这时又有传言说造成这次大灾难的罪魁祸首司礼太监王振已降顺瓦剌。实际情况是土木堡溃败时王振被护驾的殿前护卫樊忠锤杀，随后樊忠在与瓦剌兵搏杀中阵亡。人们的愤慨已聚集到顶点，随时可能像火山一样地爆发。

就在这种悲怆的氛围中，胸前一把大胡子的右都御史陈镒愤然出班，冲着御座上的郕王礼毕，用他那低沉而悲怆的声音宣读他与几位臣僚的联名上书：

“司礼太监王振窃据权柄，残害忠良，倾危社稷，投敌叛国，构陷乘舆，罪大恶极，殊不容赦！臣等请族诛王振，并抄没家产，以安人心，以平民愤。”

王振在朝中擅权已久，群臣深受其害，人人三缄其口，敢怒而不敢言。现在他投敌叛国，致陷乘舆，已属罪大恶极。陈镒等开了头，立刻有好几位官员出班，把早已准备好的弹劾奏折拿出来，争相举劾控诉王振及其党羽的滔天罪行。有的官员念着念着，提及翰林学士刘球被杀害并被残酷肢解等情，竟至号啕大哭，泣不成声。

祁钰毕竟年轻，面对这种局面，手足无措，不知如何答复，只得期期艾艾地敷衍道：“你们所奏均属实，将来朝廷必有处置。”

此刻，参与朝会的官员们对王振的愤怒已彻底点燃，他们不满足于郕王的答复，一齐跪倒在地，痛哭不已；并簇拥着遍体鳞伤、衣衫褴褛的萧维桢和杨善到郕王面前，痛斥王振祸国殃民的滔天大罪，呼喊号叫之声，一时声震殿宇，连站在殿外值侍的侍卫们都吓得颤抖不安。

这时，身穿华丽朝服的锦衣卫指挥马顺竟公然站出来叱责群臣道：“司礼监王振已经为国战死，你们还啰啰唆唆说他作甚？”

马顺是王振豢养的亲信打手，曾经秉承王振旨意，公然在狱中杀害不归顺王振的侍讲学士刘球，并残暴地肢解其尸体。朝臣们早已对他恨之入骨，此时见他仍然如此嚣张，竟敢跳出来为王振涂脂抹粉，苛责群臣，愈发众怒难平。性情刚烈的户部给事中王竑陡生无名烈火，冲上去一把揪住马顺的头发，啐了他一口，喝骂道：“你这贼子，事情到了这个地步，还敢如此狂妄，我跟你拼了！”

马顺是个武夫，比王竑高大得多，顺势给他一拳，打得他鼻子冒血。王竑虽挨了打，却甚是顽强，死死揪住马顺不放，把他华丽的朝服都撕裂了。

这时，刑部给事中曹凯也冲上来帮助王竑，用朝笏猛击马顺的头，打得马顺头破血流。王竑顺势扳着他的胳膊，狠狠咬下一块肉来。

马顺欲摆脱他俩的纠缠，奔往殿外召唤锦衣卫前来镇压。他这一举动如烈火烹油把官员们的愤怒激到极点，大家一拥而上，笏板纷飞，你一板我一脚，直打得他直僵僵倒在地上没了气息方才罢手。

郕王祁钰亲见殿上血肉横飞，马顺被愤怒的群臣生生打死，早已吓得浑身颤抖。太监兴安等人护卫着他，准备避入宫中，却被群臣拦住，他们一定要郕王下令族诛王振全家。

这等大事怯懦的祁钰怎敢做主？他只好推托要报请太后宸断。群臣恨透了平日作威作福的宦官们，要求入宫搜捕王振的亲信太监毛贵与王长随。老太监金英见众怒难平，便从宫门缝隙中将毛、王二人推出来。

愤怒的官员逮住王振的这两名走狗，顷刻之间又将他们一一打死。

眼见三名太监横死阙下，郕王脸都吓青了，几次站起来想要退避回宫。

如果此时郕王走了，场面会愈发不可收拾，殿堂上发生了命案，值侍的锦衣卫武士可以抓捕肇事的官员。锦衣卫一贯是王振镇压百官的御用工具，其中许多指挥、千户都是王振的党羽。局面一旦被他们控制，乘机大肆血腥镇压，发动政变都有可能。

在这千钧一发之际，兵部侍郎于谦连忙推开挡在前面的官员，抢先一步拦住郕王，请他当众宣布马顺等有罪当死，围殴者不以杀人论罪。

但郕王因为害怕，挣扎着要走，把于谦的袍袖都撕破了。于谦一再提醒他，目前局面混乱，他一走必贻大患，皇太后必然责怪他没有尽到监国的责任。无奈他只得重新坐下，按照于谦的提示宣布道："马顺等人有罪当死，围殴者不论。"

听到郕王的话，群臣欢呼雀跃，连呼英明。他们将马顺、毛贵、王长随三具血淋淋的尸体拉到东安门外示众。大臣们又与郕王紧急商议，并由金英入宫报请皇太后批准，下令将王振义子王山绑赴西市，凌迟处死。王振家族不分长幼一律斩首。

王振的家产被彻底查抄，共抄检出金银六十余库，玉盘一百座，高六七尺的珊瑚树二十余株，其他珍宝、玩物、名贵书画不计其数。又查出王振以火铳、箭镞等武器从瓦剌换得名马数百匹，饲养在京郊马场，足可以装备一支庞大的骑兵队伍。

于谦处乱不惊，事后当他走出左掖门时，经历了这场事变的官员们均对他投以钦佩的目光。身为百官之首的吏部尚书王直激动地攥住于谦的手，"国家多亏有你啊！今日之事，就是有一百个王直也无能为力！"

年仅二十二岁的郕王在这次事件中虽开始显得稚嫩，有些惊慌失措，但他身负监国重任，在紧要关头颇能顺应民意，化解了这次危机，从而也得到群臣的认同和好感。可以说这次突发事件给郕王祁钰大大地加了分。

之后，孙太后遣太监秘召襄王进京的消息也不胫而走。幸亏襄王贤明识大体，不肯来京，还力主立太子见深为帝。左阙门事件之后，以王直和于谦为首的新旧两派大臣一致认为，随着瓦剌人挟持被俘的皇上在边关猖狂地活动，朝廷另立新君已刻不容缓。于是经过两派大臣协议，再次联合上书皇太后，称："车驾北狩，皇太子年幼。古云：'国有长君，社稷之福。'郕王监国以来，任贤能，除奸佞，政绩斐然，颇孚众望。若能继承大统，实畿内万民之福。请速定大计以安社稷。"

襄王不肯来京，孙太后没有了退路，只得答应群臣的请求，命礼部诏告天下，择吉日立祁钰为帝。

当群臣将太后的决定告诉郕王时，郕王大惊失色，结结巴巴地道：“这……这……怎么可以？有……有皇太子在，你……你们怎敢乱法？”

群臣再三以皇太子年幼，目前形势艰难必须长君掌国劝他。胆小怕事的祁钰仍然一个劲地摇头，不肯答应，并且逃进郕王府不肯出来。

郕王母妃吴贤妃见群臣追进王府劝进，也非常惊慌。这位谨小慎微的王妃一句话竟难倒了振振有词的大臣，她说：“太后虽有诏，奈何皇上身在北疆，没有他的旨意啊！”

早两天，出使瓦剌的都指挥岳谦回到了京师。大臣们接见了他。于是大臣们急中生智，回复郕王和吴贤妃，称岳谦口传皇上圣谕：“朕滞久不归，命御弟继统，以奉祭祀。”

这句话很像是皇上的口气，但如此重要的决定为什么连一个字条都没有，令人怀疑。大臣们又解释说因瓦剌人监视甚严，岳谦未能取得皇上手谕。

祁钰仍然迟疑不定，于谦慷慨道：“臣等坚持请殿下正位，只是一心为了救国家于危难中，并非为个人私利啊！”

王直等又以孟子的“社稷为重，君为轻”的道理劝谕祁钰，作为太祖太宗的子孙，他有责任在国家危难之际挺身而出。大臣们也誓言倾全力扶持新君，击退顽虏，保家卫国。

郕王与吴贤妃终于打消了顾虑，同意进宫接受太后的懿旨。

当晚，在仁寿宫，孙太后屏退左右，单独接见祁钰和他的母妃吴贤妃，与他们母子达成秘密的君子协定：

第一，祁钰弟承兄祧，继承皇位；

第二，皇太子见深名分已定，祁钰日后须传位给见深。

第三，祁钰即位之日，遥尊身陷虏营的兄长祁镇为太上皇。

祁钰本来就不愿当皇帝，满口唯唯诺诺，答应了孙太后的要求。他也不知道自己这个赶鸭子上架的皇帝能当多久。也许瓦剌人嫌皇兄在那里白白消耗他们的粮食，很快就会将他遣送回京呢。

谁知白云苍狗，世事无常。以后的七八年间，事情竟发生了意想不到的变化。

第三章 于谦领导的北京保卫战

土木堡事变二十天之后，明朝终于有了新皇帝。九月初六，祁钰奉太后之命赴先农坛祭告天地，御临奉天殿受百官朝贺，即皇帝位。因其年号为景泰，后世称之为景帝。景帝遥尊身陷虏营的皇兄祁镇为太上皇，颁诏在全国实行大赦，免第二年田租的十分之三。

景帝年轻素无治国经验，却面临极为严峻的形势：太上皇沦落敌手，也先挟持他招摇撞骗，随时可大举内犯；由于土木堡溃败，军队一蹶不振；京师人心惶惶，有人在朝堂上公然主张朝廷南迁以避祸，兵部尚书于谦站出来怒斥道："倡议南迁者当斩！难道看不到宋朝南渡时的教训吗？臣请速召各省勤王之兵，坚决守卫京师！"

于谦在与阉党的斗争中表现出的果敢和魄力，深得朝廷重臣王直等的信任。郕王任监国时即已擢升他为兵部尚书。在敌人即将进犯的紧要关头，于谦郑重上书景帝："瓦剌挟持扣留太上皇，势必长驱直下侵犯京师，臣请陛下：饬令边镇守将整饬边防，严防死守，抵御来犯之敌；京师兵源薄弱，应立即分路募兵，饬令工部赶造武器盔甲；分兵把守九门，在城郊列营驻扎。并将城郊居民迁入城内；起用能人，像杨洪、石亨、柳溥一样的武官应用为将帅。至于用兵作战之事，由臣亲自承担。若战守失利，请陛下治臣之罪！"

兵部尚书是文职官员，原本不担负领兵作战之责。像于谦这样自立军令状的，自古罕见，也着实令人钦佩！景帝新立，难得有这样的能臣于国家危难之际挺身而出，因而也极为信任于谦。

于谦提议重用镇守边关卓有成效的杨洪和因阳和战败降为事官的石亨。杨洪被封为昌平伯，领兵镇守宣府，严防瓦剌南犯。石亨感谢于谦的赏识和提拔，一头扎进京营，整编队伍，日夜操练，使涣散的京营迅速提升了战斗力。于谦亲到京营检阅，见士气高昂，阵形严整，进退有序，于是奏请景帝，擢升石亨为右都督。

这边明朝君臣一心加紧战备，防止敌寇再次来犯。那边瓦剌又在酝酿新的阴谋。景帝即位后，派遣使臣季铎出使瓦剌，通知也先：大明朝廷已立郕王祁钰为帝，遥尊身处虏营的祁镇为太上皇。

这个消息对瓦剌是一个无情的打击，这意味着他们手中的俘虏皇帝已没什么实质的作用，再也不能拿他作为要挟的手段了。一些瓦剌首领主张杀了祁镇，轻车快马地去攻打北京城，把明朝的新皇帝再抓来。

降顺瓦剌的大太监喜宁却建议说："莫若以送太上皇回国为名，长驱直入杀奔北京城。郕王懦弱得很，朝廷也没有什么领兵打仗的将领，这是个大好机会。"

瓦剌太师采纳了喜宁的建议，他以奉送太上皇回国为名，在黑松林大张旗鼓地誓师出征，宰杀了一匹白马，率领众首领向祁镇行礼，重新立他为大明天子，与北京的朝廷唱对台戏。

誓师以后，瓦剌太师亲率五万铁骑，挟裹着太上皇祁镇，兼程急进，绕过郭登把守的大同，直扑紫荆关。

在紫荆关下，他仍然采用老办法，叫太上皇祁镇去宣旨叩关。紫荆关守将孙祥与韩清不敢开门。瓦剌军队用抛石机、檑木等攻关。都督韩清领兵出战，身中数箭，坠马身亡。孙祥是个文官，退到水门内领兵进行殊死的巷战，身中数刀，壮烈牺牲。

紫荆关与居庸关、倒马关合称"内三关"，是扼守京畿的咽喉要冲。紫荆关失守，败报传至京师。兵部尚书于谦立即奏闻景帝，朝堂上立刻紧张起来。土木堡事变之后，人人对穷凶极恶的也先谈虎变色。今日他又卷土重来，意味着京都百姓又要遭殃。堂堂国都，难道又要像土木堡一样遭遇一场浩劫？

当天，北京全城宣布戒严。城防兵马司的军丁一队队手执刀枪上街巡逻，凡有形迹可疑的人一律拘捕，狱中顿时人满为患。

三天之后，形势愈发紧张。谍报称瓦剌先头部队已抵达昌平等地。

景帝应吏部尚书王直、大学士陈循等大臣所请，颁旨命兵部尚书于谦提督各营兵马，所有将士均受其节制，都指挥以下军官有不服从命令者，允其先斩首示众，然后奏闻。

大敌当前，打仗需要有战斗经验的武官统率士兵作战。土木堡之役折损了太多的将帅，于谦奏请景帝将有罪关在监狱里的武将放出来，允许他们戴罪立功。被削职关进监狱的大同总兵刘安和老资格的镇远侯顾兴祖因此获释。老将成山侯王通，因交趾兵败被削职为民，此刻老爷子自告奋勇报国守城，并建议在京城外围挖掘深壕，阻滞敌人的骑兵。他的建议被于谦赏识采纳，在战场上起了作用。

于谦召集军事会议，与将领们商讨战守之策。会上石亨主张将军队全部撤守城内，关闭九门，倚仗北京的高大城墙将敌人拖垮。俟敌久攻不下之时挥兵出击，将其击溃。

于谦反对说："也先只有五万骑兵，必然集中攻击一门，我们若坚守城内不出，必然助长其凶焰。我们的二十二万大军必须全部开出九门之外，列阵迎敌！"他随即分遣参加军事会议的诸将领：

京营总兵石亨、副总兵范广在德胜门外布阵；

都督陶瑛，在安定门布阵；

广安伯刘安，在东直门布阵；

武进伯朱瑛，在朝阳门布阵；

都督孙镗，在西直门布阵；

镇远侯顾兴祖，在阜成门布阵；

都指挥李端，在正阳门布阵；

都指挥刘得新，在崇文门布阵；

都指挥杨节，在宣武门布阵；

……

他同时宣布："大军开战之日，众将军出城之后，立即关闭九门，有敢擅自放军队入城者斩！"

这道命令令诸将深感震撼！这意味着众将率士兵出城，只有拼死杀退敌人才有生路。如不能退敌，身后是紧闭的城门，必死无疑！

于谦这"置之死地而后生"的战略，大大激发了保卫京城的二十二万将士的勇气，使他们意识到只有奋勇杀敌一条生路！

德胜门外将是瓦剌进攻京城的主战场，于谦将兵部尚书印玺交给侍郎吴宁保管，亲自到德胜门督战，大大鼓舞了德胜门守军的士气。

十月十一日，瓦剌兵临城下，准备大举攻城。他们把太上皇祁镇安置在德胜门外一座空宅里，派遣纳哈出同明朝使臣岳谦去彰义门外喊话，要明廷派大臣来迎奉太上皇入城，企图不战而占领京城。

彰义门的守军识破瓦剌人的伎俩，守城军官一声令下，万箭齐发，岳谦竟被射死，纳哈出狼狈逃回。明军乘势出击，在彰义门外的土城与瓦剌军交锋。那里街巷交错，不利骑兵冲锋，明军用大刀长矛砍杀数百名瓦剌骑兵，取得初战胜利，军威大振。

瓦剌军受挫，知道明军在城外严阵以待，强攻难以奏效。这时又是叛阉喜宁献计，扬言要送还太上皇，并让太上皇祁镇在德胜门土城亮相，要求明廷遣使来议和迎驾。

朝廷召集群臣紧急磋商。大臣们都认为这是瓦剌太师的阴谋，如果朝廷派大臣去迎驾，必遭其扣押。于是拟在下级官员中挑选两人作为使臣去朝见太上皇。通政司参议王复自告奋勇愿往，朝廷便升他为右通政使，又升另一位中书舍人赵荣任太常寺少卿，命他二人出城朝见太上皇，进呈御膳和问安书信。

王复、赵荣二人在德胜门土城朝见了太上皇祁镇，献上羊酒、御膳。也先问使臣是什么官，祁镇答："都是小官。"

也先怒道："你们小臣怎能议大事？可令于谦、王直、胡濙、石亨来。"他还开出条件，向明廷索要黄金一万两、白银两万两，即可奉还太上皇。

王复、赵荣返回朝廷复命，大臣们识破也先计谋——诱骗于谦、石亨等前去谈判，乘机扣押，使明军失去坚强的将领，然后趁乱攻取北京。

景帝惧怕瓦剌的凶焰，仍想多给金银与瓦剌议和。他派人去德胜门军营征询于谦的意见。于谦正忙于布阵，准备迎击瓦剌下一拨进攻。他愤怒地说："今日臣只知道打仗，其他概不与闻！"他深知敌人兵临城下，唯有一战决胜负，决不能有其他幻想！他让来人转奏景帝，今后再不要派使臣出城谈判。

也先见明廷再无人来谈判，气得暴跳如雷，决定大举进攻。至此，这场决定明朝命运的生死大战，不可避免地爆发了。

十月十三日凌晨，德胜门外高高低低的民舍中，居民早已撤至城内。可在晨曦微光中，这些空屋中人影幢幢。石亨将他手中的神机营埋伏在这里，屋顶墙壁挖设枪眼，将一杆杆装好火药的神铳填满火药，瞄准街道上的每一个死角，准备给来犯的敌人致命一击！

凌晨，瓦剌派了一队骑兵前来探路，他们在德胜门遭遇明军的骑兵。可他们神色慌张，见到瓦剌人就夺路而逃。也先料定明军守备不严，便决定大军进攻德胜门。只要把德胜门拿下，他们便可长驱直入杀入京城。

也先派他的幼弟平章孛罗卯那孩率一万骑兵打头阵，向德胜门方向猛攻。明军以少量骑兵应战，他们且战且退，纷纷撤往城郊那些空旷的民居后面，以逃避追兵。

瓦剌骑兵杀得兴起，在马上挥舞圆月弯刀，“嗬嗬”怪叫，直追明军。统帅平章孛罗卯那孩一贯骁勇，冲在最前面。

突然，寂静的民居群发出隆隆的巨响，各屋屋顶、墙角和门缝中射出灼人的火光。神机营的勇士们瞄准在狭窄的街巷中挤成一堆的瓦剌骑兵射击。一时间火光迸裂，枪声隆隆。瓦剌骑兵一个个惨叫着从马上栽下来，冲在最前面的平章孛罗卯那孩头部被火铳击中，脑浆迸裂，死于马下。

瓦剌骑兵正欲四散逃窜。石亨率领的伏兵从民舍后面杀出，截断了逃路。而副总兵范广又率军从德胜门杀出，正面迎击敌人。刹那间，瓦剌的一万骑兵伤亡大半，只有少量抱头鼠窜，侥幸逃出。

瓦剌兵在德胜门吃了败仗，知道这里有重兵把守，石亨等名将不好惹，于是气急败坏地转攻西直门。

明军都督孙镗率军一万驻扎在西直门外，瓦剌兵由德胜门转旗杀到时，他正率领数百名士兵，与大部队隔离，猝不及防，只得仓促迎敌。他挥舞大刀连砍几名瓦剌人，冲出重围，抬头一看，到了西直门下，于是向城上喊话，要求放下吊桥接他进城。守城的给事中程信认出是孙都督，却连连对他摆手，表示于谦早已有命令不许开城。孙镗无奈，只得返身继续拼杀，程信也用城上的炮火轰击敌军，支援孙镗。

正在万分危急时，石亨亲自率领京军中的精锐部队驰援西直门。冲在最前面的虬髯大汉就是石亨之侄——游击将军石彪。他挥舞巨斧连砍数名瓦剌兵，有的被砍去头颅，有的竟被劈成两半！

孙镗见有援手，信心大振，挥舞大刀又连斩几名瓦剌骑兵。于是明军在石亨指挥下，又把进犯西直门的瓦剌兵击退。

也先闻讯大怒，他不甘心德胜门和西直门都吃败仗，又转而袭击彰义门。这里的明军指挥官是副总兵武兴，他早已布好防线。待瓦剌骑兵冲杀过来，第一拨他用神铳火器密集发射，轰死不少骑兵；接着又派出一排弓弩手，连发强弩射出的蝗式箭阵让瓦剌骑兵纷纷坠马。最后步骑兵协作进击，退了进犯彰义门的瓦剌人。不幸的是，副总兵武兴在战斗中壮烈牺牲。

十月十三、十四两天，瓦剌军在北京城下的几次进攻，都被明军打退。也先仗着骑兵机动的优势，在北京城下团团转地围攻。而明军也有二十二万大军守城，且石亨亲率主力骑兵万余人，机动地四处驰援。北京九门守将许多是于谦新提拔的将领，均期望在京城保卫战中立功，个个兢兢业业守城。部分戴罪立功的将领更想在北京保卫战中有出色战绩，以赎前罪。他们不仅带兵打仗有一套，还竞相驰援别处吃紧的城防。整个北京城形成了水泼不进的链式防守，这令兵力处于劣势的也先只能望城兴叹，无可奈何。

也先在北京城下苦苦煎熬了五天，生生地被于谦和石亨这对文武搭档阻挡在北京城下。明朝初年经过郑和七下西洋，引进了荷兰的红夷大炮，炮火威力惊人，这使瓦剌军根本不敢使用骑兵集团冲锋。也先带来了云梯、撞木、抛石机等攻城工具，可这些东西在平原地带或许有用，但面对北京巍峨高大的城墙、宽阔的护城河，连试一试的机会都捞不着。

此时，瓦剌潜伏在河北、山西各地的间谍纷纷来报，各地勤王兵马已在赶往京城的路上。也先素来惧怕的猛将杨洪也率领两万步骑从宣府出发，杨洪一旦领兵杀到，与石亨所率数万步骑会合，也先这区区五万骑兵恐难逃被围歼的命运。

形势如此不利，也先怕被南方的勤王军队和迅速进军的杨洪包了饺子，决定在十五日夜间拔营向北撤退。他令弟弟伯颜帖木儿带着太上皇先走。

明军探得太上皇已离开瓦剌军营，十五日午夜时分，瓦剌人还未来得及动身，京郊万籁俱寂，远处明军兵营数十门大炮开始猛烈轰鸣，炮弹雨点般落到瓦剌的营地里，瓦剌军营顿时一片火海，睡梦中的瓦剌官兵伤亡达万余人。

经此一劫，也先狼狈北撤，一路还不忘大肆劫掠所过州县，过昌平时烧毁了明长陵、献陵和景陵的地面建筑，凡能劫走的一律劫走，连殿柱上的镏金都给刮了个精光，然后付之一炬，借以泄愤。

此时，杨洪率兵两万入卫京师。于谦命他与范广、孙镗率领京军追击败退的也先。孙镗在涿州截击落后的瓦剌军，斩获数百人；又与杨洪会师，一直追到霸州，截击也先的后续部队，俘获贼首阿归等四十八人，夺回被劫掠的人畜数以万计。

至此，惊天动地的北京保卫战落下帷幕。大明朝廷经此一战，终于转危为安。京师宣布解除戒严，百姓奔走相告，敲锣打鼓，燃放鞭炮庆贺胜利。

景帝命光禄寺在宫中摆下庆功宴，文武百官齐集，举杯畅饮，庆贺北京保卫战的伟大胜利。饮宴之后，景帝命兵部评定战功。自然以于谦和石亨军功最大。景帝颁诏，封石亨为武清侯，晋升左都督，享禄一千石，仍命掌管京营。于谦由二品尚书升从一品尚书，加赠少保衔，总督军务。

于谦固辞封赏，说：“让贼寇打到京城四郊，这是我辈大臣的耻辱，还有什么资格邀功领赏？”

景帝坚持要封赏他，于谦接受了“少保”的荣誉头衔。

石亨加官晋爵，觉得自己功不如于谦大，心中有愧，于是举荐于谦之子于冕为副千户。正直的于谦却说：“石亨位居大将，不闻举一隐幽，拔一行伍，而独荐吾子，于公议得乎？”

第四章 太子见深入主东宫

也先进犯北京，被于谦率领的北京军民众志成城一举击败，仓皇逃出了紫荆关。太上皇祁镇亦被胁裹前往漠北，从此过着朔风毳帐、茹毛饮血的生活，遥望乡关，天人阻隔，不胜怅惘！

其时，瓦剌内部发生分裂。可汗脱脱不花闻也先兵败，根本没有入关支援，一溜烟跑了。阿喇知院兵少，他与也先矛盾更深，得知也先兵败，他马上见风使舵，派遣使者来北京献马议和。年青的景帝想拒绝他，尚书王直、胡濙老谋深算，说："他们君臣素不和睦，朝廷应接受阿剌献马，并赐予优厚赏赐，以资离间他们。"

景帝接受了大臣们的建议，厚赏阿剌知院的使者。从此瓦剌内部分裂日益严重，导致最后刀兵相向，自相残杀，大大削弱了也先的势力，使他无暇顾及南侵。即使在北京保卫战中吃了那么大的亏，他也断了复仇的念想，开始寻求与明廷媾和，甚至动了送还俘虏祁镇的念头。

因此在景泰初年，来自北方的忧患得到缓解。北京保卫战的胜利使新建的朝廷站稳了脚跟，景帝的威望也提高了。在于谦等大臣的辅佐下，他首先加强了京都地区的防御，将立了大功的杨洪留在京师，管理京营训练事务，兼掌左军都督府。于谦作为兵部尚书亲自过问京营的训练。他深知必须拥有一支强大的军队，才能抵御外侮，确保社稷安宁。

朱祁钰渡过了瓦剌入侵首都的难关，开始尝到了当皇帝的甜头了。朝廷的事务他依赖于谦、王直等大臣全力筹划实施，只需奏闻他象征性的点头而已。但宫廷内部的事务他就可以大展拳脚了。一朝天子一朝臣，原来皇兄祁镇信任的老太监金英、怀恩等统统靠边站，原郕王府阉人舒良、张永、王勤及卖身投靠的大太监王诚得宠。他们开始“清宫”，将太上皇的后妃们迁往偏殿居住，腾出正殿供景帝后妃入住。景帝也开始施展皇帝的权威，十二月初，他颁旨尊封孙太后为上圣皇太后，仍居仁寿宫。三天后，景帝又将生母吴贤妃尊封为皇太后，由郕王府迁入皇宫居住。

第二天，景帝又有大动作，他将自己的正妃汪氏立为皇后，入主坤宁宫。不留情面地将皇兄祁镇的皇后钱氏迁居仁寿宫，与孙太后一起居住。

这时，心中最感郁闷的是孙太后。景帝动作频频，全然不是初登基时怯懦谦逊的模样！他这样做，无异于将皇兄祁镇一家子扫地出门。她开始担心起孙儿皇太子见深的命运来。皇太子见深年方两岁，按照惯例未成年的皇子都是和母妃住在一起，至少到八九岁开始进学时才迁至东宫的，令孙太后担心的是，景帝的皇后汪氏虽然没有生儿子，只有两个女儿已被封为公主。但景帝非常宠幸的杭妃在郕王府时就生了儿子见济，比朱见深还大半岁，被封为郕世子。景帝即位后即封杭氏为贵妃，宠冠后宫，其权势甚至压过入主坤宁宫的皇后汪氏。在这次“清宫”中，景帝派亲信太监舒良为东宫总管，率领一批人占据了东宫。祁钰意欲何为？当初他连皇帝都不愿做，孙太后先立见深为皇太子，并与郕王母子订立君子协定，约定祁钰日后必须传位给皇侄见深。可是现在祁钰皇位坐稳了，他还会履行这个君子协定吗？

那年夏天，景帝在宫中乘凉，在与老太监金英的闲聊中问：“太子的生日快到了吗？”

金英说：“还没到。”

景帝又问：“七月初二不是太子的生日吗？”

金英叩首道：“陛下记错了，太子的生日是十一月初二。”

实际上这是因为景帝心中早已经把杭妃生的见济当太子，准备撕毁他与孙太后当初签订的君子协定了。在这种形势下，孙太后孤注一掷，她无论如何也要保住法定的皇太子见深的地位。尽管见深还是吃奶的娃娃，她也要把小太子迁往东宫居住，占住这块地盘。

东宫在三大殿东面，远离后妃们住的后宫。东宫的前面就是文华殿，历来是成年的太子和皇子们读书习政的地方。那里还有供皇子们习武和练习骑马的箭道。

周贤妃舍不得让幼小的儿子离开自己身边，孙太后对她晓以大义，说如果见深不入主东宫，说不定哪天景帝会让自己的儿子见济搬进去，占据那块地盘，然后策动朝廷大臣们“易储”。

周贤妃仍不放心，亲自带着两名宫女去东宫察看那里的情况。只见那里宫室深邃黝黑，值侍的太监宫人面目可憎，满怀敌意。他们都是景帝的亲信太监王诚派来的人。年幼的太子身处这样的境地怎能让人放心？

回到仁寿宫，周贤妃把自己所见所闻和心中的忧虑向孙太后倾诉。孙太后是个意志非常坚定的人，她沉思一阵后对周贤妃说：“你放心，哀家一定派遣稳妥的宫人去东宫照料太子的生活起居，以保万无一失。”

周贤妃走后，孙太后独坐，思虑再三，命传宫中锦绣阁管理太后衣饰的亲信宫女万贞儿来见。万贞儿是山东诸城人，其父万贵为县衙椽吏，因为贪赎犯法流放边疆。万贞儿四岁即充入宫廷为奴，因为长得聪明伶俐，甚得孙太后喜爱，一直养在身边，成为她的亲信宫女。如今万贞儿已十九岁，出落得花容月貌，且行事心思缜密，甚得太后倚重，命她掌管自己的四季衣服和珠宝饰物。年幼的太子此次入主东宫，周围的宫人太监都是景帝派的人，孙太后很不放心，想来想去，只能派自己信得过的万贞儿去担负重任，贴身照料小太子起居。

此刻，孙太后端坐宫中西暖阁，传事的宫女带着万贞儿婷婷娉娉地走进来。“奴婢万贞儿叩见太后。”

孙太后怜爱地看着跪在地上的爱婢，并不像往常一样让她站起来回话，而是任她跪着，意味深长地问道：“贞儿，哀家问你一句话，自你四岁入宫，至今已十五年了，这么多年以来，哀家待你如何？”

跪在地上的万贞儿一愣：素来宠信自己的老太后为什么问这话？她偷望一眼，见老太后脸上并无愠意，便跪在地上再叩一个头，出自内心地颤声回奏道：“太后待贞儿及贞儿全家恩重如山，奴婢没齿难忘！”

万贞儿说着，俊俏的脸上闪着盈盈的泪光。她自幼年没入掖庭为奴，当时还是贵妃的孙太后爱她聪明伶俐，特别怜惜她，嘱身边宫人好生抚育。待她成人便收为贴身宫女，教她礼仪并读书识字。太后每每怜惜贞儿的家庭遭遇，几年前趁大赦之机将其父万贵从戍所赦回原籍，还给她弟弟万通谋了一个锦衣卫的虚职。这几年万家在太后的关照下也开始慢慢买地置业，恢复元气了。这些变化全都拜太后所赐，怎能不让万贞儿感激涕零呢！

孙太后示意身边的女官让万贞儿站起来回话。万贞儿谢过太后，垂手站立一旁聆听太后训示。

“当今皇上新立，东宫之位亦不能虚悬。皇上已册立太上皇之子见深为东宫太子。太子年方两岁，尚在哺乳期间，远离母妃，哀家寻思着得有心思缜密、能干又信得过的宫人去东宫照料太子，方可保无虞。贞儿，你在哀家身边多年，久经历练。哀家打算派你前往东宫，专门负责贴身照料太子的生活起居，你是否愿意？”

万贞儿一怔，她没想到老太后传她来竟是这么一回事。小太子朱见深她见过几次，太子的母妃贤妃娘娘来仁寿宫给太后请安时总带着他。那小人儿体质有点弱，长得不太结实。但是模样挺惹人怜爱。如今太后命自己去东宫独当一面地照料小太子的生活起居，责任自然比在锦绣阁管理那些不会说话的衣饰重多了。不过万贞儿素来好强，太后对自己恩重如山，现在正是报答她老人家的时候。于是她郑重地叩拜道：“奴婢谢太后恩典！奴婢愿去东宫竭尽全力照料好太子的生活起居。”

孙太后露出慈祥的笑容，道：“你起来吧！把锦绣阁的事移交一下，明天就去东宫报到，照料太子的生活起居。贤妃娘娘宫中会派乳母、丫环护送太子前去，她们都要听你的指挥。”

万贞儿感觉到今后自己的命运就要和东宫那个小小的人儿联系在一起了。

第二天早餐后，万贞儿细心地将锦绣阁保管的太后四季衣服和珠宝首饰一一移交给继任的宫女，再三叮嘱妥帖后前去拜辞老太后。然后携着自己的单薄行囊，由一个熟知路径的小太监带领去东宫报到。

按照祖制，东宫是未成年太子居住的地方，地处紫禁城的最东面，离东华门不远，是一片回廊式的低矮宫殿群，九间宫室相连，一律以翠绿色琉璃瓦盖顶。皇宫的其他建筑都是覆盖金色琉璃瓦，唯有东宫是一片滢滢的绿色，象征这里的主人是处于青春生长期的皇室继承人。它的前面就是太子经筵进学听老师讲授经史的文华殿，也是太子成年后视事的地方。外面的空旷地就是皇子们练习骑射的箭道和箭亭。

万贞儿由带路的小太监带领，辗转来到东宫。她遵照太后的吩咐，先去拜见东宫的首领太监舒良。舒良是景帝的亲信太监，在宫中地位仅次于大太监王诚。由于上圣皇太后孙氏坚持让皇太子朱见深入主东宫，景帝老大不高兴，便派亲信太监舒良去东宫兼任首领太监，主管东宫一切事务。连服侍东宫太子的一应女官、宫女都由舒良选派。他要让见深这小兔崽子在东宫住得不安生，让孙太后知难而退，主动让出这块地盘。

万贞儿去见舒良时，这个个子矮小的太监眯缝着一对小眼睛阴鸷地打量着她。鼻子里不怀好意地直“哼哼”。太监天生仇视美丽的女性，何况她又是主子的对头派来保护太子的人！万贞儿从他阴冷的眼光中感到丝丝凉意。她预感到今后在舒良手下不会有好日子过。

她急着去见她的小主人，匆匆步入寝殿，在层层纱幔后面，她看到贤妃娘娘宫中那个粗壮的乳母怀里抱着的身穿小黄袍的见深，旁边一个宫女端着药碗在给他喂药。大概药味有些苦，小太子又哭又闹地挣扎着。大家都无可奈何。他是宫里的小主人，不听话又能拿他怎样呢？

这时万贞儿走上前道：“让我来试试。”她从奶妈手中接过小太子，示意宫女暂时将药碗移开，她抱着小太子问：“还认得我吗？”每逢贤妃娘娘带着小见深去仁寿宫请安，太后总是让万贞儿带着他玩耍，给他各种好吃的糖果糕饼。因此小见深喜欢上了这位漂亮的姐姐。他睁开泪眼打量着她，果然停止了哭闹。

万贞儿又示意宫女将药端过来，舀了一小银匙放到嘴边尝了尝，

“呀！这莲子羹好甜呀！一点也不苦，太子爷您试试。”

小见深瞪大眼睛看着她，将信将疑。万贞儿乘势将汤匙伸到他嘴里。那小人儿感觉有些苦涩，挣扎着摇头抗议，但这次竟没有哭闹。于是万贞儿乘势连哄带劝地一连喂了几匙药。

这天晚上，万贞儿衣不解带地守在睡梦中有些惊悚的小太子身旁。侧榻上奶妈李姑姑早已鼾声如雷。服侍太子的两个宫女也都东倒西歪地入睡了。寝宫中万籁俱静，烛光闪烁，寝殿外忽有狸猫“喵呜，喵呜”叫。小太子不安地蠕动了几下，万贞儿便轻轻拍着他，一面轻声哼着家乡小调——

小摇床，轻轻晃，
小星星，挂天上。
……
太子爷，睡觉觉。
一觉睡得大天亮
……

万贞儿在东宫服侍见深的生活，就这样开始了。

这天晚上，万贞儿整晚守在小太子身边，她想起临行时太后对自己的万般嘱托，面对着这个孱弱可爱的小人儿，深感责任重大。太子远离母妃，没有亲娘的庇护；乳母李姑姑只管给太子喂奶，没事就倒头酣睡；春红、秋雨两个宫女都只有十四五岁，稚嫩得很。其他的太监宫人全都是王诚手下的人，对新来的太子满怀敌意。看来小太子今后在东宫的日子不会好过，自己受太后重托，只有须臾不离地照料他，保护他。

第二天上午，万贞儿服侍见深用早膳。早膳是御厨房送来的，有百果煨稀粥及各式宫廷糕点。凡是小太子想吃的，万贞儿都先亲口尝一尝，没有异常才敢喂给太子吃。

早膳后，万贞儿带着见深到东宫各处宫室走了一圈，借此熟悉这里的环境。东宫的各个宫室都以回廊相通，方便住在这里的成年的太子和共读的皇子们读书和互相交流。只是现在住在这里的只有一位未成年的太子，显得格外孤寂和冷清。

他们在宫中四处游逛，万贞儿感觉自己每到一处，总有一双眼睛在暗中盯着她。在东宫每处宫室的殿角，都站着值侍的护卫。因为东宫的主人是男性，没有后宫妃嫔的禁忌，这里就由东华门的皇宫卫队值侍。皇宫卫队的侍卫长杭宝是当今皇上最宠爱的杭贵妃的弟弟，是宫廷里炙手可热的人物。杭宝见一位绝色宫女带着小太子到处游玩，那宫女的风姿绰约，深深地吸引了他，便尾随着他们。她那窈窕的身段和呼唤太子时甜美的声音让他惊为天人。杭宝曾经出入宫禁，皇上的后宫佳丽他也见过不少，很少有人像眼前这位宫女这样美丽动人。他一时色胆包天，竟欺小太子年幼，在殿角拦住了他们的出路，一双色眯眯的眼睛紧盯着万贞儿。

“你……你是什么人？”万贞儿连忙把太子护在怀里，惊骇地问。

“嘻嘻，你不认识我，我可知道你。你是太后宫中派来照顾太子的万姐姐是不是！”杭宝涎笑着说。

“我不认识你！太子爷，我们走。”万贞儿不愿跟他纠缠，牵着小见深急急往回走。

“哈哈哈，美人儿，你可躲不开我！告诉你，我是这里的侍卫长，当今皇上的舅爷！”

万贞儿带着小见深匆匆回到寝宫，惊魂未定。她心想自己受太后委托，肩负着保护太子的重任。这里的环境如此险恶。总管太监舒良阴险诡诈，包藏祸心，又凭空冒出一个觊觎自己美色的色狼，自己得倍加小心才行。经过打听，她终于证实杭宝确为当今皇上最宠爱的杭贵妃的弟弟。杭贵妃因为生了皇长子朱见济，备受皇上宠爱，风头甚至压过了汪皇后，大有取而代之之势。舒良和杭宝都是在东宫拥有权势的人，自己受太后之托保护幼小的太子，如何巧妙地周旋、应付他们确是一个难题，唯有处处小心谨慎，方能保太子无虞。

第五章 太上皇归来，幽禁南宫

英宗祁镇土木堡兵败被俘将近一年了。此时瓦剌太师也先势力渐衰，瓦剌内部分裂日趋严重。而明朝有了新皇帝以后，朝廷在兵部尚书于谦的领导下整军备战，发愤图强，屡屡挫败瓦剌犯境的意图。在这种形势下，也先于景泰元年六月派遣使者来北京，表示愿与明朝议和，并送还俘获的太上皇祁镇。

这无疑是个大好消息。一个国家的皇帝做了别国的俘虏，是多没面子的事！以前也先带着俘获的太上皇在各边镇勒索金帛，使边关将帅穷于应付。现在他愿主动奉还太上皇，消弭边患，多好！于是大臣纷纷上书景帝，要求皇上答应与瓦剌议和，多赐金帛，派遣太监使臣去瓦剌迎回太上皇。

可是二十二岁的祁钰当了将近一年皇帝，上瘾了，他想：你们一定要把太上皇接回来，莫非是要朕让位？于是他突然发难："当初是卿等硬逼着朕即位的，又不是朕自己要当这个皇帝！"

此语一出，大臣们目瞪口呆，不知说什么好。仍然是于谦站出来表态："陛下天位已定，谁也不会有异议！不过按照常理，我们应该从速奉迎太上皇回来。"

景帝见于谦这样说，只得尴尬地表态："依你！依你！"

可是朝廷选派礼部给事中李实和大理寺少卿罗琦为使臣，带着景帝诏书前往瓦剌，李实看到诏书上只提议和之事，并没有迎奉太上皇回京的字样，他便去内阁询问。路上遇着大太监兴安，问起此事，兴安训斥他道："你拿着诏书上路就是，其他的不用管！"

李实、罗绮经过长途跋涉到达也先的驻地，呈上朝廷敕书及所赐礼物。也先准他们去见被俘的太上皇。只见祁镇的住处只是一顶蔽旧的帐篷，席地而寝。帐旁置一车一马，准备随时迁徙。祁镇本人则衣履破旧不堪。李实等只得将自己的衣帽献给他。祁镇得知朝廷并无迎他回京的意思，是因为御弟怕他要求复位，于是吐露心迹："也先有意送我回京，请你们转告朝廷，差人来迎我。我愿为黔首（即普通百姓），或去守祖宗陵寝。"

李实向也先辞行时也先说："朝廷敕书只提议和，不曾说要迎驾。你回去奏知，务要差遣太监、大臣来迎，我便差人送去。"

李实等回朝后，大臣们得知太上皇在异国的凄惨情状，以及也先确实愿意送还太上皇，王直与宁阳侯陈懋代表文武官员上疏，要求朝廷再派太监和大臣前往瓦剌，谈判迎奉太上皇回国之事。可是景帝仍然置之不理。一提迎奉太上皇回国他就不高兴。群臣无奈，要求兵部尚书于谦表态。于谦说："也先既愿意奉还太上皇，朝廷若不遣使迎接，则是我们理亏了。况且不迎回太上皇，我们与瓦剌始终是战争状态，干戈不得平息，百姓也不得安宁。"

连主战派领袖于谦都坚持主张迎奉太上皇回来，景帝尽管一百个不愿意，也只得同意再派使臣前去瓦剌谈判。

这次率领使团赴瓦剌的是右都御史杨善。杨善十七岁跟随明成祖朱棣起兵，历经四朝，才熬得一个都御史之职。如今他已年届六十，极善谈吐，声音洪亮。他对此次使命信心满满，临行前对友人说："我将迎奉太上皇还都，届时将与君浮一大白！"然而，他拿到的敕书中仍然并未提及迎奉太上皇字样。朝廷只给他赏赐瓦剌的礼物。杨善无法，只得自己拿出银子给太上皇置办了许多衣食用品，并大量采购塞外稀缺的绸缎日用品，作为贿赂瓦剌官员、打通关节之用。

杨善率领使团到达迤北后，也先太师派遣亲信田民在驿馆迎候。田民有意打听明朝的军备情况，杨善故意透露说："现在南征贵州苗蛮及闽浙叛匪的二十万大军都回来了，另外兵部尚书于谦招募了三十万京营壮士，装备了西方的神枪、火炮、连弩，百步之外就能致人死命！"他还故弄玄虚地说："也许现在驿馆屋顶上就有中原派来的奇侠刺客，他们身怀绝技，飞来飞去，随便就可取人首级！"田民等听得毛骨悚然。

第二天杨善率领使团晋见也先，献上朝廷赏赐的金帛彩缎，还有他自己斥资购买的丝绸织物和精巧日用品。也先十分高兴。

可是也先看到朝廷诏书上又没有提及迎接太上皇还都的字样，很不高兴地说：“皇帝诏书上并没有迎返太上皇的话啊？”

可这难不倒口若悬河的杨善，他从容地说：“这是朝廷想成就太师的美名啊！若将迎奉太上皇的事写在诏书上，别人会说太师是迫于朝廷的命令，不是出于太师的诚心啊！”

也先果然喜爱这样的奉承，可又有人发难：“请问使臣，朝廷为何不带贵重的金银珠宝来讲和，是否缺乏诚意？”

杨善笑道：“敝国如带贵重的金银珠宝来，人家会认为太师是图利。今太师不图利，主动送太上皇回京，方显出太师仁义。名垂青史，万世颂扬！”

也先连连点头说：“好，好，是这个道理。”

第三天，也先带着杨善等去他弟弟营地见了太上皇，亲口答应送祁镇回国。听到这个好消息，身处窘境的祁镇不禁喜极而泣。

八月初二，太上皇从瓦剌启程回国。也先率众首领前来送行。临别，也先解下所佩弓箭、战袍献给太上皇，众首领下马拜别。

也先的弟弟连送两天路程。最后告别时还派遣七十名骑兵护送太上皇到边境。

杨善抵达边境后，随即将太上皇南归的好消息快马驰报京师。礼部的官员非常兴奋，他们议定迎奉太上皇回朝的礼仪上报：派礼部官员至龙虎台迎驾，锦衣卫备法驾至居庸关护驾，百官迎于土城外。可景帝给他们泼了一瓢凉水，传下圣旨：“用一轿二马在居庸关迎接太上皇，一切从简。”

给事中刘福等联名上书，说迎奉太上皇回都的礼仪太薄，立遭景帝怒斥，并声称要追查指使他们上书的后台。

景帝派亲信太常寺少卿许彬赶到宣城会见太上皇。许彬受景帝授意，代太上皇草拟罪己诏，称自己丧师辱国，有辱宗庙，到京时迎接之礼务须一切从简。

景帝担心太上皇回京若大张旗鼓地迎接，百姓夹道欢迎，若有人倡议太上皇复位，百官拥戴他临御午门，岂不酿成大祸！他只想悄悄地派人到边关把太上皇接回了事。

可偏偏有人唱对台戏，千户龚遂荣上书主张景帝先辞去帝位，然后再接受太上皇禅让，方合古礼。他官卑职小，没有上书的权利，便写信托大学士高谷呈上。高谷把这封信带给大臣们看，并说："龚遂荣一介武夫，尚如此知礼，真令我等儒臣愧死！"

大臣们商量后，将这封上书呈给景帝。景帝不敢责怪大臣们，却拿写信的龚遂荣开刀。龚遂荣自缚到宫门请罪，景帝下令将他投入监狱，很久才释放。

八月十五日，正好是土木堡事变一周年，一乘马轿把太上皇悄悄载进京城。景帝在东安门迎接他，互相拜了两拜。依照事先商定，按照唐朝天宝之乱后，玄宗与肃宗禅让之礼，各叙授受之意。景帝虚情假意谦逊一番后，慨然受之。然后命令将太上皇送往南宫安置。从此，太上皇祁镇开始了漫长的幽禁生涯。

南宫是宣德年间修建的一处园林府邸，地处紫禁城外东南角上，现在的皇史宬一带。南宫内的正殿叫崇质殿，与紫禁城所有宫殿都覆盖黄色琉璃瓦不同，崇质殿盖的是黑色琉璃瓦，故俗称"黑瓦殿"。南宫内的建筑群和园林花圃以高大的红色围墙与外界隔绝。进去南宫的大门名"延安门"，因此南宫又名延安宫。

景泰元年八月十五日，返回故国的太上皇祁镇被御弟安置在南宫居住。景帝派了大批太监和锦衣卫"服侍"他，太上皇的一举一动受到严密监视。连延安宫的红色正门上的门锁都被灌了铅水，永世不得开启。

在南宫迎接太上皇祁镇的是他的皇后钱氏。在祁镇羁留迤北的一年多时间里，钱皇后在宫中日夜不停地哭泣，竟哭瞎了一只眼睛，哭累了就席地而卧，她的一条腿也瘸了！今日夫妻侥幸重逢，宛若隔世！祁镇拥着钱氏，喃喃地道："皇后，你为朕受苦了！"

景帝让祁镇夫妇在南宫团圆，还大度地允许祁镇的众多妃子周贤妃、万宸妃、王惠妃、高淑妃等及她们的子女搬来南宫与丈夫团圆。这样他就可以名正言顺地让大内三宫六苑成为自己妃嫔的天下了。

第二天，景帝又准皇太子见深从东宫乘辇前来拜见父皇。自从祁镇率军出征，父子阔别已有一年多，现在见深已长到三岁。小小年纪的他在东宫那样恶劣的环境下养成了怯生孤僻的习性，在父皇母后面前竟然沉默寡言，显得呆滞木讷，还有些口吃。

祁镇见太子身边有一名二十来岁的宫女形影不离地侍候着，长得十分秀丽，好像在哪里见过，便问周贤妃："这宫女是？"

周贤妃答道："她原是太后宫中打点衣物的宫女，名叫万贞儿。是太后命她去东宫全权照料太子的生活起居。"

万贞儿上前拜见太上皇。祁镇遂记起在母后宫中曾见过她。见深年幼，身处东宫，周围都是祁钰的亲信爪牙，形势极为险恶，有一个母后的宫女贴身照顾，毕竟让人放心些。当着东宫那么多太监内侍的面，他不便对万贞儿嘱咐什么，只能对她投以信任和期许的目光。

祁钰对祁镇防范甚严。派遣亲信太监和锦衣卫驻守在那里，严密监视他的行动，尤其怕他与外廷的文武官员接触，谋求复位。这年十一月，适逢太上皇祁镇二十四岁生日，礼部尚书胡濙上书景帝："太上皇生辰寿诞，按制应许百官至延安门行朝贺礼。"景帝未予理睬。到了年底，胡濙再次上书："正月初一正旦，请皇上命百官至延安门朝觐太上皇。"景帝对大臣们念念不忘太上皇非常愤懑，亲自提笔在奏折上批了"不许"两个字，还加上一句："自今后正旦庆节皆免行。"

景帝派到南宫监视太上皇的太监侍卫们还肆意克扣南宫的伙食费用，以致钱皇后和众妃只得拿出各自仅有的一点金银首饰托人至宫外变卖，以贴补家用。钱皇后在娘家习得一手好女红，在此艰难时节只好重操旧业。而太上皇善画工笔花鸟，画出的花鸟虫鱼、小猫小狗形神兼备，栩栩如生。通常夫妻俩合作绣成一幅作品后，妃子们看了都拍手赞赏，然后托稳妥可靠的人携至宫外出卖，换一些食品为太上皇滋补身体。

南宫原为宣德皇帝游幸之所，园中假山树木甚多。夏日，高大的槐树和古柏浓荫蔽日，树下凉风习习。祁镇喜欢坐在大树下纳凉，听着树上悠长的蝉鸣声，静静地怀古思今。回京以后，他也听到王振阉党被愤怒的群臣清算的消息。王振擅权误国，罪有应得。只怪自己受他蛊惑，丧师辱国，以致落到现在这般境地！一想起御弟将自己软禁在这里，不许他和朝臣们有任何交流的机会，他觉得很委屈。这是对禅位的太上皇应有的尊重吗？尤其是那帮子太监和内侍，一个个对他冷眉冷眼，随时都在监视自己的一举一动，好向主子报告，邀功请赏。守卫南宫的锦衣卫更是对祁镇和他的后妃没有任何好眼色，一转身便满是敌意的眼光。这让身为九五之尊的太上皇难以忍受！但人在矮檐下，又能如何呢？

一天，延安宫中突然来了许多民夫，他们在太监的指挥下，将园中的石桌石椅和假山尽皆挖开拆除，还拆掉了一座座亭阁。听说是司礼太监兴安佞佛，耗费库银数十万两大兴土木修建大隆福寺，因缺少石材木料，便拆掉南宫中所有亭台楼阁，移去修佛寺用。不出数日，南宫便满目疮痍，到处坑坑洼洼，残砖断瓦，不忍卒睹！

后来，又有尚衣监太监高平向景帝进谗："南宫树木太多，恐生叵测，不如令人全部砍掉。"这一提防太上皇的举措正对了景帝的心意。于是他下令一夜之间将南宫浓荫蔽日的大树尽行伐倒。于是南宫又成了光秃秃的一片。

在南宫服侍太上皇的内侍中，有一个五十多岁的老太监阮浪，为人木讷老实。他并不像其他太监那样对太上皇冷眉冷眼，而是异常恭谨，常侍左右。在他五十八岁生辰那天，祁镇想赏赐他一点什么，便顺手解下腰间一个镶金绣袋，袋中有一把镀金小刀，颇为精致。祁镇将它赏赐阮浪作为生辰礼。阮浪得到太上皇的赏赐极为高兴，经常拿出来在人前炫耀。没过几天他又将它转赠给门下宦官王瑶，王瑶视为宝贝。一天他与锦衣卫指挥卢忠一起喝酒，卢忠听说绣金小刀是太上皇赐的，便心生歹念，拼命灌王瑶喝酒，直到把他灌醉，再解下他腰间的绣金袋，跑去向尚衣监太监高平告密。高平拿着小金刀端详半天，心想立功的机会来了！于是向景帝告密：阮浪奉太上皇之命，以镀金刀为信物，让王瑶去联络外面的朝臣，图谋复位。

景帝正要找祁镇的茬，立即下令将阮浪、王瑶抓到诏狱，严刑逼供，希望牵出太上皇，找到他与外廷勾结，图谋复位的证据。阮浪深知此事干系重大，无论锦衣卫怎样严刑逼供，也一口咬定金刀是太上皇赏赐的生辰礼。两人在诏狱里被拷打得不成人样，最后王瑶被糊里糊涂地处死，阮浪因年老瘐死狱中。因为两人至死也不肯供认，案子只得不了了之。

第六章 易立太子的闹剧

景泰初年，蒙古部落发生严重内讧。先是太师也先毒死脱脱不花可汗，强占他的妻妾，吞并其部落。随后阿剌知院趁也先主力出征兀良哈之机，为报杀子之仇将也先围困在帐篷里，抽刀将其杀死。也先的几个儿子四散奔逃。从此瓦剌部落烟消云散，明朝的边患逐渐消除，景帝和他的大臣们大大地松了一口气。然而兵部尚书于谦为了增强国力，未雨绸缪，创立团营自任总督，加紧操练，把京营训练成一支十五万人的常备军，成为一股抵御外侮、保卫国家的中坚力量。

敌我力量的此消彼长，使景泰初年边境安定。国家不打仗，人民便能休养生息，安居乐业。景帝虽然年轻，缺乏治国经验，但在于谦、王直等能臣的辅佐下，皇帝当得越来越稳，也越当越有滋味。而皇兄被他无情地幽禁于南宫，失去人身自由，也不见这位太上皇有强烈的反抗。这就让年轻的景帝有些飘飘然，认为自己的帝位已经绝对巩固了。他依靠于谦、石亨掌握军权，京营越来越强大；依靠内阁里王文、江渊等忠于他的阁员掌管政事；依靠王诚、舒良等太监掌握了后宫。唯一令他感到憋屈的是东宫皇太子的宝座还被皇兄之子见深占据着，而自己最宠爱的见济却只能以“郕世子”身份待在母妃宫里。父有天下却不能惠及其子，这真是岂有此理！为此见济的母妃杭贵妃闹过几回，责怪他这皇帝当得太窝囊！祁钰竟无言以对，只能安抚她道：“爱妃别着急，容朕妥为安置。”

的确，易立太子不是一件简单的事。就算皇帝有这个打算，还需要朝臣们捧场，由满朝文武联名上奏才能启动易储的程序。可现在景帝拿不准自己要换太子大臣们会不会捧场。他们会不会拘泥于当初他与孙太后订立的君子协定，维护见深的储君地位？当下一些老臣如礼部尚书胡濙、吏部尚书王直等还认为景帝对太上皇执礼不够恭谨，累累上书呢！另外，景帝的宫廷内部也有阻力，他的正宫汪皇后就极不赞成易储。汪皇后很喜欢东宫太子见深，认为他小小年纪很懂礼数。见深母妃在南宫难得出门，却天天到汪皇后宫中给汪皇后请安。景帝跟汪皇后谈起易储的事，汪皇后却劝他："陛下由监国登基，已属幸运，以后还是要将帝位传给皇侄。储位已定，怎能轻易更换？岂不招天下人笑话。"

景帝道："儿子继承父亲的皇位，天经地义，谁敢笑话？！"

汪皇后却反诘道："兄未终而弟及，难道也是天经地义？"

景帝听她这么说，怒火中烧，暴躁地砸烂桌上的茶杯，骂道："见济不是你生的，你就心怀妒忌，不想让他当太子，真是岂有此理！"说罢愤愤地拂袖而起，到杭贵妃宫中去了。

宫中另一个反对易储的是历经四朝、声望很高的老太监金英。他以维护皇室血统纯正为己任，认为景帝只是暂摄皇位，将来仍需将社稷交给英宗祁镇的继承人——太子见深。

景帝对汪皇后反对易储虽然极为气恼，但一时还无可奈何，毕竟汪皇后位居中宫，说话很有分量。可这死老阉人金英居然也敢倚老卖老，跟他作对，皇帝岂能不整垮他！

于是立刻有言官收受授意，上书弹劾司礼监金英纵使家人多支官盐牟利，征发民船运盐，途中还杖死船夫。案涉人命，景帝命都察院审理此案。左都御史陈镒、王文碍着金英面子，只对家奴李庆等论罪。景帝又暗示都给事中林聪弹劾陈镒、王文及办案御史宁栗等"阿佞权贵"。陈镒、王文是何等精明之人，立即领会到皇上的意图是要扳倒金英。他们手头掌握现成的材料，都督孙镗、尚书石璞曾以巨金贿赂金英，求保官位。这些案件一经曝光，三法司深刻领会了皇上的意图，立即援引《大明律》判定金英斩罪。

金英历事四朝，宣德七年与范弘一同获颁"免死诏"。景帝也不敢做得太过分，便将他禁锢宫中，终身不用。如此总算清除了易储的一大障碍。

金英被扳倒后，景帝身边的太监王诚、舒良又出主意，厚赂朝中的大臣，让他们拥护皇上易储的决策。左都御史王文与王诚私交甚厚，景帝便借王文巡视江淮大水有功，由二品尚书晋升从一品，加封太子太保衔。

王文深感景帝厚恩，利用自己在朝中的威望，成为积极拥护易储的带头人。接着景帝又令太监一个个登门拜访，给内阁首辅陈循、次辅高谷赐银一百两、内阁学士江渊、王一宁、萧镃、商辂各赐银五十两。太监们传达了皇上的意图，请学士们草拟一道易储诏书。并且暗示事成之后，皇上将加赏同等数量的黄金，且可升官易带。

这时，恰有一亡命之徒掺和到这件事中来。广西思明指挥黄竑因谋夺思明土官之位，凶残杀害庶兄黄刚全家。这一灭门案被广西巡抚破获后，黄竑父子将被判凌迟重罪。黄竑家人无奈派人携重金进京活动。有太监告诉他们，有一个办法可救黄竑父子，即用黄竑名义上书朝廷，请求易立太子。此疏一上，龙颜大悦，什么罪都能豁免。

黄竑家人便花重金雇请一位神秘人物连夜草拟一份奏章，以最快的速度递入宫中，奏疏大意是：

> 往年上皇轻身御寇，驾陷北塞，寇至都门，几危社稷。不有皇上，臣民何归？今且逾二年，未见易立皇储。臣窃思国之本不可缓也，切恐逾久议论妄生，人心易摇，多言难定。争夺一萌，祸乱不息。皇上即循逊让之美，欲全天伦之序，臣恐势有不可者。若谓因东宫至亲，不忍遽易。然天命岂可逆违，国本岂容轻缓？万一羽翼长齐，情势转移，委爱子于他人，寄空名于大宝。阶除之下，变为寇仇；肘腋之间，自相残蹙，此时悔之晚矣！乞与亲信大臣密定大计。以一中外之心，绝觊觎之望。天下幸甚！臣民幸甚！
>
> 臣广西思明知府黄竑顿首叩上

黄竑只是一名蛮兵指挥，根本没有上奏折的资格。他是冒顶被他残杀的黄刚土司知府之职给皇帝上奏。景帝看了这份奏疏，大喜过望。易储之事，酝酿已久，却始终没有人这样激烈地挑头，上疏吁请。“想不到万里之外，竟有这样的忠臣！”他对黄竑大加赞赏，并把这份奏疏发给朝廷大臣们商议。

而此时黄竑这位冒牌知府还被关在广西巡抚衙门大牢里，等待秋后处决。《大明律》规定：凡杀一家三口以上犯灭门罪者处以凌迟极刑。可景帝竟然不分青红皂白，令广西巡抚马上放人。

黄竑的奏折在朝廷里传阅，有人分析：一个蹲在死牢里的蛮酋哪能写出这样的奏折？分明是有人捉刀代撰。从奏折的文笔揣度，可能是内阁某位学士所为。有钱能使鬼推磨，学士们受了皇上赏赐的银子，正在呕心沥血地草拟易储诏书，顺带赚这广西土蛮一点外块，何乐而不为？

在皇上馈赠的银子和左都御史王文官升一品的巨大诱惑前，内阁学士们权衡着正义、道德与既得利益，最终选择顺从皇上的意志。大家聚集一堂，彼此心照不宣地搜寻最冠冕堂皇的词句，来粉饰皇上易储的野心。

诏书由内阁首辅陈循执笔，他搜肠刮肚，找不到适当的佳句起头。素以才思敏捷著称的吏部侍郎何文渊道：“这有何难？皇上不是要把天下传给儿子吗，一句大实话就行：‘父有天下传之子。’”陈循立即以“天佑下民作之君”相对起头。学士们各显才华，集思广益，一篇洋洋洒洒的易储诏书终于定稿。诏书被递进宫中，送呈景帝御览。景帝非常满意，于是批示将诏书交付礼部，召集百官廷议。

第三天，礼部尚书胡濙、侍郎萨琦、邹干奉景帝命召集文武官员廷议易立太子之事。参加廷议的文武官员共九十余人，冠冕一堂，谁都知道这样的廷议只能有一个结论：废黜现任太子太上皇之子朱见深，改立景帝世子见济为皇太子，进驻东宫。可这又是一个艰难的抉择，因为谁都知道景帝即位之初曾与皇太后孙氏签订君子协定，必须传位给太上皇之子见深。现在景帝的皇位坐稳了，便想变卦，显然不公。群臣没有谁敢公开反对皇上，那样你还想在朝廷立足吗？但仍然有给事中李侃、林聪和御史陈英委婉地表示反对，认为当前外患犹存，仓促易储似乎不妥，应该从长计议。

言官们的建议立即遭到王文、陈循等既得利益集团的反对，他们倚仗权势铁了心要在这次廷议中通过易储诏书。于是双方唇枪舌剑，争论不休。

这时司礼太监兴安急了，他声色俱厉地训斥官员们道："吵什么吵?！这事不能没有结果，诏书在此，如果有人反对，就不要签名。但不能模棱两可，首鼠两端！"

兴安命人将易储诏书摆在桌上，让与会的官员一个个表态签名。廷议主持人礼部尚书胡濙自然要带头签署。接着自告奋勇上来签名的是内阁首辅大学士陈循。他本来就是易储诏书的起草人，自然欣然命笔，龙飞凤舞地签上了大名。接着是左都御史王文，他刚升了太子太保，春风得意，哪能不捧皇帝的场！

吏部尚书王直本来是百官之首，他被推到了前面。这位耿直的冢宰从心里不同意易储，他很看重自己的名誉，此事将来史官们会怎样载入史册啊！正在犹豫间，大学士陈循走上前来，将笔醮满墨塞到他手中，几乎被胁迫着，他颤颤巍巍地写下了"王直"两个字。

现在轮到兵部尚书于谦了。这位位高权重的大臣为景帝所倚重，但他对易储这种事并不认可，认为不利于朝廷团结。然而他一贯拙于言辞，他拿起笔犹豫了再三，迟迟没法落笔。最后在陈循、王文的催促下深叹一口气，缓缓写下了自己的名字。

这下，与会的文武百官见素来刚直的于谦都签了名，还有什么可说呢？于是一个个上来签上自己的大名。就连原来持反对意见的林聪等人也迫于形势跟着签了名。

大获全胜之后，大学士陈循得意地将通过廷议的诏书又大声地朗读了一遍，然后交由司礼太监兴安携着它向景帝报喜去了。

得到满朝文武捧场的景帝此时却又惺惺作态地抬出皇太后孙氏来，"朕不敢自专，上请于上圣皇太后。蒙太后懿旨宣谕：只要宗社安，天下太平。今人心既如此，当顺人心行。"明明是为一己之私，撕毁了当年与孙太后订立的君子协定，却还要说是孙太后自愿的，此时的景帝已远远不是当年的祁钰。

五月初二，景帝颁诏："天佑下民作之君，实遗安于四海；父有天下传之子，斯固本于万年。”宣布立杭妃生的皇子朱见济为皇太子，将原东宫太子朱见深贬为沂王。景帝为此大赦天下，命百官初一、十五在文华殿朝见皇太子。并且循例设立东宫官属：吏部尚书王直、礼部尚书胡濙兼任太子太师（正一品）；内阁大学士陈循、高谷及兵部尚书于谦兼任太子太傅（从一品）；俞士悦、王翱、何文渊兼任太子太保（从一品）；内阁学士萧镃、王一宁兼太子少师（正二品）；勋臣宁阳侯陈懋、武清侯石亨等也兼任东宫公孤官爵。

历朝历代，东宫官属只是荣誉爵位，一种光宗耀祖的头衔而已。可是景帝为了酬谢大臣们，居然大慷国家之慨，令户部为兼职的十八位大臣支领双薪。兵部尚书于谦急了，连忙上书景帝，称：“现今边境与京师粮用浩大，国库日不暇给，而臣却以一介之微，叨冒千人之食！扪心知惧。乞只支一俸以省浮费。”

于谦带头拒领双薪，兵部石亨、仪铭等跟着上书辞领双俸。景帝却一概不允。吏部尚书王直为未能阻止易储深感愧疚，又因此晋升太师、兼领双俸，故而坚辞，未允。当他收到景帝赏赐的元宝金币，惭愧得无地自容，顿足叹息。

易储成功，景帝果然兑现自己的承诺，仍让太监们给草拟易储诏书的内阁学士陈循、高谷等酬劳黄金一百两；赠江渊、王一宁、萧镃、商辂黄金各五十两。

为了易立太子这场闹剧，景帝一时高兴，升赏之滥前所未有。京都百姓编了顺口溜讽刺这种情况道：“满朝皆太保，一部两尚书！”

朱见济被立为太子后，他的生母杭贵妃地位立刻飙升，成为后宫最有权势的女人。而汪皇后则遭到景帝的冷遇。景帝又指使太监们频频上门逼宫，迫使汪皇后自知处境艰难，被迫上书辞去中宫皇后之位，搬出坤宁宫。景帝随即颁诏册立杭贵妃为皇后，统领后宫。

景帝在废黜侄儿朱见深太子之位的同时，改封他为沂王，迁居宫外的沂王府。同时他还假惺惺地封太上皇另外两个幼子——万宸妃生的朱见清、王惠妃生的朱见淳为荣王、许王。此举足见其对背信弃义，无端剥夺见深的太子之位感到有些心虚。

第七章 沂王府的凄凉岁月

在紫禁城东安门外，有一条十王街。这条街上建有十座王府。永乐十八年朱棣定都北京后，这些王府陆续建成。朱元璋、朱棣的子孙在外面各有封国，就藩之前和奉诏回京就住在这些王府里。这些王府按照统一的规制建成，有前中后殿和廊庑居室，共一百三十八间，还有花园、马厩等附属建筑。只是因为年代久远，再加闲置，部分王府颓破荒凉。景帝安置废太子朱见深的沂王府就是其中的一座。

五岁的太子朱见深被废黜，东宫有了新主人。周贤妃本想把儿子接到南宫和太上皇父子团聚，景帝偏又不许。他将见深封为沂王，封地在山东沂州，按祖制藩王要年满十七岁才离京就藩，于是景帝将废太子见深安置到沂王府。侍从人员较东宫大大地缩减，只留下奶妈李姑姑、春红、秋雨和充杂役的几名小太监。万贞儿是太后宫中派来侍候见深的，自然一同迁至沂王府。虽身份由储君变成了沂王，且见深还是不到五岁的稚儿，但景帝却对他严加防范，唯恐朝廷中拥护太上皇的人通过沂王府与南宫联系。东厂派了一小队锦衣卫士兵驻扎在沂王府，严密监视出入沂王府的人。

按制沂王府应由宗人府辖属管理，但景帝又与杭皇后商量，调派杭皇后的一位亲戚范姑姑担任沂王府的总管。原来东宫的老太监都留在东宫侍候新太子，于是这位杭皇后的亲戚、一脸横肉的范姑姑就成了沂王府颐指气使的主人。她除了在小沂王面前偶尔装装笑脸，对府中所有宫女、侍从总是板着一副脸孔，动不动斥骂处罚他们。她知道万贞儿是上圣皇太后派来陪护小王爷的人，身份特殊，因此将万贞儿视为眼中钉肉中刺，严加防范。

在东宫时宫中有轮值的太监和宫女，寝殿内每晚有两个奶妈当值，准备随时服侍太子。万贞儿因受太后重托，须臾不敢离开小见深，几乎每晚都是在太子寝榻旁迷迷糊糊度过。搬到沂王府之后，服侍见深的人锐减。奶妈李姑姑因为是贤妃宫中的人，仍然留在沂王府照顾小王爷的起居，管理府中一些杂务。春红、秋雨两名宫女分值日晚班。见深虽然还不懂政治，但看得清周遭已大不同，各人的脸色也在变化。入夜，空旷荒凉的王府四周不时悉索有声，小见深非常害怕，辗转反侧，睡不安宁。加之他从三岁时就罹患疝气，累累发作，一发作小小人儿便在榻上痛苦地翻滚，需万贞儿给他轻柔地不断按摩，方能渐渐缓解。迁入沂王府后服侍小王爷的人手不够，也没有了宫中那样严格的规矩，万贞儿为了照顾见深，缓解小王爷梦中不时来袭的惊悸之症，便每晚带着他睡觉。

小见深自降生以来，由于宫中规矩，很少与母妃亲近，先是都由保姆奶妈带着睡觉。到东宫时规矩更严，都是一个人孤零零睡在宽大的暖榻上，旁边由宫女服侍。如今到了沂王府却可每晚睡在万贞儿温软的身边，慢慢地就睡得特别踏实温暖。有时小人儿还在睡梦中下意识地钻进万贞儿的怀里，摸索着她丰满结实的乳房，下意识地咂巴咂巴小嘴想吃奶。万贞儿又羞又急，只得轻轻把他推开，慢慢拍着他抚慰他重新入睡。

万贞儿睡得很警醒，除了要关注小王爷有无惊悸，还要留意王府四周的动静，怕有什么不测的事情发生。

见深的父皇母妃一大家子幽居南宫，自顾不暇。而他的叔父想尽办法褫夺了他的太子之位，如今最害怕的就是那帮拥戴太上皇的朝臣勾结沂王与自己作对，图谋复辟。因此王府除了锦衣卫还时有东厂的检校出没，严密盘查进出沂王府的人员。

沂王府地处紫禁城外，按例不由宫中的尚膳监供应伙食。小沂王及他的所有侍从人员由两名厨师及其助手做饭。沂王食禄一万石，供养王府十数口人绰绰有余。且兼有仁寿宫的上圣皇太后关照，经常差遣太监给她的小皇孙送些好吃的糕饼点心之类。因而日子也还过得。

景泰三年冬天，沂王府发生了一桩骇人听闻的投毒事件。午牌时分，沂王见深在喝了一碗莲蓉白粥后，突然感觉喉头不适，伏在桌上呕吐起来。在一旁侍候的万贞儿慌了手脚，几乎哭出声来："王爷您怎么啦？"她将见深抱到旁边的暖坑上，手足无措地为他抚摸胸口，以为见深是吃坏了肚子，可是王爷吃的白粥是自己亲口尝过的呀！为什么自己吃了没有事，小王爷才喝两口就开始呕吐？万贞儿不敢怠慢，忙让当值太监火速进宫，一面禀报上圣皇太后，一面去御医院叫太医前来为小王爷看病诊治。

所幸见深喝得不多，呕吐抽搐一阵后慢慢地平复下来。

上圣皇太后得知小沂王急病，匆匆从仁寿宫摆驾前来。万贞儿跪禀中毒经过。太后立即下令将厨师及其助手，以及服侍小王爷进食的宫女下人统统捆起来审问。随后，从太医院急急赶来的两位御医，经过谨慎查验，发现粥中渗有一种叫观音莲的毒汁，致使小王爷中毒腹部痉挛，幸亏所食白粥尽皆呕吐出来，才没产生致命后果。

沂王府发生投毒案，范姑姑难辞其咎，甚至她很可能就是投毒案的幕后指使人。但由于景泰帝的庇护，沂王也最终无恙，事情也就不了了之。太后只能暗自叮嘱万贞儿今后加倍小心。由是万贞儿身上的担子更重了。

见深年岁渐长，至七八岁时，又发生了一次离奇的走失事件。

祁钰坐稳皇位以后，废了见深。此时蒙古人已无力侵犯中原。朝廷内部，政局也渐趋稳定。他唯一担忧的是从迤北归来的皇兄太上皇朱祁镇，深恐他图谋复位。因此他采取了一系列严厉措施管制南宫，断绝了太上皇与外面的一切往来。此举看来很有成效，被禁锢的太上皇只能满足于在南宫那个狭小的天地里过一个平头百姓的日子。

至于被景帝褫夺了皇太子称号逐出东宫的见深，景帝越来越相信一个乳臭未干的黄口小儿不足为患，准备等他稍长大几岁将其遣出京城赶到沂州就藩了事。驻扎在沂王府的锦衣卫人员几经更替，只剩下十来个新兵。他们整天无事可做，就在王府空地上玩蹴鞠，把一只线球踢得满天飞。日久天长，见深逐渐参与到士兵们的游戏中，和士兵们一起嬉游玩闹，打成一片。

这天，两个锦衣卫士兵从街市上买来两只纸鸢，拉着长长的线在王府的空地上放起来。那天风力强劲，纸鸢越飞越高，那两个士兵举着长长的纸鸢线渐渐跑出了王府，且越跑越远。见深跟在他俩身后，只顾仰头看着高高飞扬的纸鸢，也跑出了王府很远。到了一片荒无人烟的旷野中，天上那只飘飘荡荡的纸鸢忽然不见了，再看那两个士兵，也不见了踪影。在这远离王府的荒凉旷野中，见深找不到返回王府的路径，在惊慌失措中朝相反的方向越走越远，最后在一条护城河边停下来。望着那波光粼粼的水面，一阵倦意袭来，他竟蜷伏在河堤的柳树下沉沉睡去。

到了傍晚，王府要进晚餐了，万贞儿发现见深不见了。问了周围的人，都说下午看到小王爷在外面跟锦衣卫的士兵们放纸鸢。万贞儿急急地跑到锦衣卫驻地询问情况。带队的侍卫长说下午有两个年轻士兵在外面放纸鸢，可能小王爷也跟去了。找到那两名放纸鸢的士兵，都是十几岁的孩子。他俩都说小王爷本来跟着他们跑，但放了大约一个时辰后纸鸢线断了，他们也就回府了。他们以为小王爷也回府了。

万贞儿顿时吓出一身冷汗。显然见深是跟着士兵们放纸鸢出府走失了。这还了得！她立刻派春喜进宫去报告上圣皇太后。太后听到孙儿走失的消息，心急如焚，立刻亲自去见皇上，要求他降旨令九城兵马司和锦衣卫全城出动寻找。

经过一夜紧张的搜寻，兵马司的巡逻士兵终于在离沂王府约五六里远的护城河边找到在那里沉沉入睡的小王爷，把他送回沂王府。

在门口焦急等候的万贞儿，立刻扑上前去搂住一身尘土的小王爷，号啕大哭。

经历这次离奇的走失事件之后，万贞儿更是形影不离地跟在见深身边。

此时正值景帝爱子东宫太子朱见济薨逝，朝廷里也兴起了一股要求让见深重新入主东宫的浪潮。但景帝态度十分强硬，将胆敢上奏谴责他的御史钟同和郎中章纶逮捕入狱。朝内形势十分紧张。上圣皇太后孙氏又一再叮嘱万贞儿：在此敏感时期，一定要非常谨慎，时刻注意见深的安全，以免遭人暗算。

万贞儿对孙太后的叮嘱自然牢记在心。纵然没有太后叮嘱，她与年幼的小王爷朝夕相处，也已经有了不同于一般宫女的深厚感情。孙太后褪下腕上的玉钏放入她手中。万贞儿捧在手里，想到小沂王正如这玉钏，金贵而易碎，不由得双手微颤。她要不惜牺牲自己的生命去保护他。

第八章 夺门之变，太上皇复位

景泰四年冬季，娇生惯养孱弱多病的太子朱见济不幸薨逝。杭皇后哭得死去活来，几欲气绝。景帝祁钰也是唉声叹气，好不容易买通大臣联名上书更易储君，夺得东宫太子之位，偏偏自己的宝贝儿子不争气，短命夭折，偌大的东宫又没了主人。不过景帝又想，自己还年轻，还不到三十岁，后宫中广置妃嫔、美人，还怕她们不给自己再生几个皇子？

最近，景帝新纳的最宠幸的唐妃怀上了身孕，景帝正在期待她诞下龙种的佳音。宫中那班太监还引导皇上私出宫禁寻花问柳，将京城名妓李惜儿接入宫中，封为惜贵人，夜夜专宠。

景帝如此行事自然引发朝臣的不满。最先发难的是御史钟同和礼部郎中章纶，他俩相约先后向景帝上奏折，建议恢复沂王朱见深的储位。钟同奏折里有这样一句话："父有天下，固当传之于子。乃者太子薨逝，足知天命所在。"这句话惹恼了已遭遇丧子之痛的景帝。好个大胆逆臣，竟敢诅咒太子薨逝是遭天报应！而接下来章纶的奏折里竟公开说："陛下曾受太上皇册封，是上皇之臣，礼应于朔望朝见上皇；复皇储于东宫，以定国本。"这些都是景帝最忌讳的事，他顿时火冒三丈，令锦衣卫将钟同、章纶逮捕入狱！当时天色已晚，宫门已经关闭，内侍将圣旨由门缝中递出，让刑部拷问钟、章二人，挖出幕后指使者。钟同、章纶拒不招供，被关在诏狱一年多，后竟被景帝下令施以巨杖。钟同当场被打死，章纶侥幸未死，仍关在狱中。

怀献太子夭折后，皇后杭氏心怀丧子之痛，郁郁寡欢，终于一病不起，于景泰七年春撒手人寰。丧子又丧后，祁钰经受了双重打击，精神几乎失常，益发沉溺于后宫女色和肉欲的麻醉中，终于因为纵欲过度，身子一天天虚弱下来，经常咳嗽不止，痰里带血。

色字头上一把刀。本来就羸弱的身体哪里经得起这样的折腾！到了景泰八年春节，他终于撑不住病倒了！

正月间礼仪活动很多，皇帝要亲赴南郊主持祭天仪式。景帝撑着病体勉强起驾出宫，最后因体力不支病倒在南郊斋宫里，一切祀天仪式都委托太子太师武清侯石亨代为主持。按说武清侯只是一名武官，皇帝因病不能主持祭天仪式，由礼部尚书、历事六朝的胡濙代为主持最为合适。可是胡濙曾多次上书，要景帝朔望率群臣朝见太上皇于延安门，及太上皇生日令百官拜贺等，均遭景帝驳斥不准；且胡濙积极参与谋求见深复储的活动，景帝很不喜欢他，宁愿选择武清侯石亨代替自己主持。谁知因此铸成大错，把江山和性命都赔了进去！

石亨在南郊斋宫亲眼看到景帝病入膏肓，频繁咯血，暗自忖度：皇上来日无多了。回到京城，他听说朝中文臣们正在聚议草拟奏疏，请求皇上复立朱见深为皇太子，以备储位。石亨虽然位列公卿，但这种事情他们武官一般插不上手，故无人来征求他的意见。回到府中他想了一夜，忿忿地自言自语：好吧，你们既然无视我武清侯，老子难道不能独辟蹊径，走另外一条路？

蓦然间，一个大胆的计划在他脑海中闪现：他们不是要奏请皇上恢复见深的储位吗？朱见深只是不满十岁的孩童，将来朝政大权岂不是又落在拥戴他的文官们手里？现在皇上病成这样，看来已无痊愈之望。我何不索性把太上皇从南宫请出来，趁着皇上病危宣告复位。这样我石亨就有迎复的不世之功，成为太上皇复辟的重臣，何愁不得高官厚禄，光宗耀祖！

不过实现这样的冒险计划不是自己一个人可以完成的，他必须找几个“志同道合”的冒险家做帮手，共同谋划实施方有成功的希望。

当晚，石亨将前军都督府右都督张軏和掌管神机营的大太监曹吉祥秘密邀至府中，神秘兮兮地问道：

“公等想要获得不世之功吗？”

张軏和曹吉祥见他这样问，不禁十分诧异，忙问何事。

石亨压低声音道："我昨日在南郊代皇上行祭天之礼，见到皇上不停咯血，奄奄一息。现在文臣们正奏请复立沂王为太子，愚意不如干脆让太上皇复位。我们若抢先拥立太上皇，岂非不世之功？"

曹吉祥一听，连连拍手，"石公好计！石公好计！"

张軏虽身居右都督，但京军由兵部尚书于谦直接统领，他没多少实权。有这样升官发财的好机会，他自然鼎力赞成。

石亨审慎地说："此事干系太大，我等都是武臣，惯于冲锋陷阵，还需找一个足智多谋的文臣帮我们出谋划策。"

这种性命攸关的阴谋活动弄不好就要掉脑袋，必须依仗绝对信得过的人。他们决定去找太常寺少卿许彬。三人一同来到许彬府中，老奸巨猾的许彬果然赞同他们的计划，说："这是不世之功啊！可惜我老了。我推荐一个人为你们出谋划策。他就是左副都御史徐有贞。当年他因倡议南迁，被于谦斥责并赶出朝堂，一直郁郁不得志。"

结果徐有贞与石亨等不仅一拍即合，还立即建议将此计划事先禀报南宫，让太上皇有心理准备，还要曹吉祥入宫密奏上圣皇太后孙氏，取得她的同意，届时他们就可扬言奉太后密诏行事。

正月十六日夜里，石亨、曹吉祥和张軏三个阴谋家齐集地处偏僻的徐有贞家。徐有贞白天削尖脑袋打进文官集团内部，探听到因为景帝从南郊返京后病势危殆，以王直为首的大臣们统一了意见，联名奏请复立沂王为皇太子，奏折已递入宫中，有望得到病情危重中的景帝恩准。如果政权平稳过渡，就没他们什么事了。石亨等人明白，要想立下这不世之功，他们必须抢在明日早朝之前紧急行动，去南宫拥戴太上皇复位。否则以前的一切准备都将是白费力气，而且计划一旦败露，阴谋集团的人员均有杀身之祸。

徐有贞以善观天象自诩，他让石亨、曹吉祥、张軏等稍待，自己神秘地爬上屋顶的露台，仰面望天，观看星象。一会儿，他急匆匆下来告知伙伴们："紫微星晦暗无光，预兆天位将变。机不可失！"

石亨、张軏、曹吉祥等人分头行动。张軏伪造虚假边报，称鞑靼胡骑来袭，趁机将他所辖京营千余人调入，保卫皇宫。石亨掌握宫城长安门钥匙，负责开门接应。曹吉祥聚集子侄、家丁及家中私藏兵甲接应。他们还秘密通知右都御史杨善、赋闲在家的原兵部尚书王骥，率领子侄家丁一起行动。

三更时分，人们仍在熟睡，张軏已率千余京营兵悄悄进城。石亨打开长安门，将张軏的大队人马放入后，反锁城门。徐有贞要过城门钥匙扔进水沟。这一举动告诉众人，此事有进无退，若不成功，谁也别想活着出去。

眼见没了退路，百数十号人向南宫进发。天色晦暗，他们悄无声息地摸向南宫，不久到达延安门前。却见宫门紧闭，石亨等前去叩门，里面无人答应。于是他命兵士用事先准备的巨木撞门。门未撞开，倒把旁边的宫墙震坍了一个大洞。众人于是从破洞中鱼贯而入。

太上皇祁镇事先得知今晚行动，正颇为镇定地在灯下看书。见众人拥入伏拜在地，他道："你等来请我复位，可此事须慎重啊！"

徐有贞等上前奏道："臣左副都御史徐有贞。""臣武清侯京营总兵石亨。""臣前军都督府右都督张軏。""臣等众心一致，恭请陛下勿虑登舆。"士兵们随即把事先准备的舆轿抬过来，请太上皇坐上去，众人齐心将祁镇抬出了南宫。

从南宫出来后，一行人拥着舆轿来到东华门，这时前来上朝的官员已都进宫，宫门紧闭。徐有贞没有料到东华门守门官不肯开门，这里不是南宫，皇宫卫队守卫森严。一旦卡在这里，天一亮就前功尽弃了！

这时，祁镇从舆轿中伸出头来大声喊道："我是太上皇，有事入宫，快开门！"

守门官一怔，连忙走到轿前察看，果然是太上皇！太上皇要入宫，岂可阻挠，那可是欺君之罪，于是稍一迟疑就打开了宫门。众人前呼后拥，抬着太上皇一拥而入，直奔奉天殿。那是皇帝登基前举行仪式的殿堂。值侍的武士们上前制止，也被太上皇祁镇喝止。徐有贞将太上皇扶上宝座，然后按官阶大小，诸臣跪拜见驾。一时殿门大开，钟鼓齐鸣。

这时，在朝房等候上朝的文武百官猛然听见后面的奉天殿钟鼓声，甚是诧异。平日并不在那里上朝，这是怎么回事？大家迟疑地走出朝房观望。这时奉天殿丹陛前一名官员大声宣告："太上皇复位了，宣众官进谒！"

百官面面相觑，不知道太上皇如何复位了？是皇上病重让位于太上皇，还是别的缘故？事发突然，大家你看着我，我看着你。终于迟迟疑疑地走进奉天殿，排班见驾。

御座上的祁镇见百官齐集，镇定地宣布："景泰皇帝病重，群臣迎朕复位。望众位爱卿各安其职，用心办事，共享太平！"

官员们参差不齐地三呼："万岁！"他们此时心情复杂，不敢断定究竟是怎样一种局势及其未来的走向，他们得慢慢适应这种令人错愕的现实。

此时此刻，景帝祁钰在乾清宫西暖阁抱病在床，猛然听见大殿那边擂鼓鸣钟，脸色惨白，"发生了什么事？"

不久，前去打听消息的宦官跌跌撞撞地进来禀告："是……是太上皇复位了！"

祁钰呆若木鸡，连声笑说："好……好……好。"然后一头倒在御榻上，气喘吁吁，眼中闪现泪光。

在"夺门"之变发生前的这几天里，上圣皇太后孙氏所住的仁寿宫异于寻常。正值新春，太后把沂王见深接到仁寿宫小住，让他去南宫拜见了父皇母后和母妃，然后就窝在仁寿宫，哪里也不许去。九岁的见深能够与祖母住在一起自然高兴。不过这几天老太后特别严厉地叮嘱万贞儿不许见深出仁寿宫半步。

"夺门"之变成功的消息传到仁寿宫，万贞儿带着小沂王见深去见太后。太后眼里噙着泪花激动地拥住见深，"见深，你父皇登基复位了，你再也不用战战兢兢，如履薄冰了。"

万贞儿情不自禁地抱着身边的小沂王欢呼雀跃起来，又哭又笑，口中喃喃："王爷，我们的苦日子熬出头了！"

第九章 报复与杀戮，于谦冤死

随着景泰八年（1457）正月十七日凌晨的钟鼓齐鸣。这场惊心动魄的宫廷政变宣告成功。而伴随着权力交替的，必然是血腥的杀戮。

当天，景泰朝最有权势的兵部尚书于谦和内阁大学士王文就被逮捕入狱。石亨、徐有贞罗织罪名，诬告他们勾结太监王诚等阴谋迎立外藩篡国，应处极刑。明朝规定迎接藩王入朝需动用金符、马牌，而这些罪证全无，王文据理力辩。可石亨、徐有贞必欲置二人于死地，授意法司仍以“意欲”迎立外藩定罪，罪减一等。于是于谦、王文仍被斩首弃市。

朱祁镇本来不想杀于谦。土木堡兵败之后，朱祁镇沦为瓦剌的俘虏。瓦剌太师也先挟持祁镇亲率五万铁骑进犯京都，意欲摧毁明王朝。在这危急当口，有人主张将朝廷南迁避祸。当时任职兵部左侍郎的于谦站了出来怒斥道：“倡议南迁者当斩！”他力主整军备战，分兵把守九门，启用能臣和待罪的将帅，并主动承担责任：“用兵作战之事，由臣亲自承担，若战守失利，请治臣之罪！”于谦本是文职官员，不必担负统兵作战之责，像他这样主动承担战守重任，自古罕见！也先铁骑兵临城下，于谦亲率将士坚守九门，与敌人殊死搏斗，直至也先累累兵败，损兵折将，不得不狼狈逃窜。

于谦领导的京城保卫战一举奠定了明王朝从战乱中复苏的基础。他的功绩怎样评价也不为过。况且于谦一贯廉洁奉公，身居高位而恪守本分。锦衣卫去查抄他的家产时，发现这位堂堂一品大臣家境非常寒酸，没有一件值钱的东西，查抄的官员见于谦如此清贫，尽皆摇头叹息。

由于于谦是景帝面前的红人，因而也可以说是祁镇的政敌。可是考虑到在国家危亡之际，于谦领导的北京保卫战挽狂澜于既倒，他拯救明室江山社稷的巨大功绩是无法磨灭的。对于处决于谦一事，英宗内心有些挣扎，于谦实有功于国家。

可是徐有贞道："不杀于谦，此举为无名！"的确，这场"夺门之变"需要有反派，如果不把王文、于谦打成阴谋集团，那么他徐有贞、石亨就是阴谋家，"夺门之变"的合法性就不存在了！

更何况徐有贞对于谦的愤恨已经年累月。徐有贞原名徐珵，是一名翰林院侍讲，以善观阴阳自诩。当年瓦剌侵扰中原，驱兵直下，京城危急时，他极力鼓吹朝廷应南迁避祸，于谦的"倡议南迁者斩"让他无处遁形。京师为天下的根本，一动则大事去矣！难道看不到宋朝南渡的后果吗？结果徐珵被太监金英和兴安轰出大殿，以后一蹶不振。后来他改名徐有贞混入朝堂，直到"夺门之变"，他凭着阴谋家的直觉和本能，加入石亨、曹吉祥一伙，为叛乱出谋献策。

景泰五年，徐有贞还曾托人向于谦说情，让于谦推荐自己当国子监祭酒。却被景帝识破："徐有贞不就是当年倡议朝廷南迁的徐珵吗？此人当祭酒岂不是会教太学生们坏了心术？"此事未果，让徐有贞对于谦更是怀恨在心，必欲置他于死地。

政治斗争是如此残酷，尽管复位的朱祁镇不想杀于谦，"迎立外藩"的罪名也漏洞百出，但不清除朝廷中忠于景帝的势力，夺门功臣们无法掌权。于是于谦不得不死！

于谦被抄家斩首，曝尸于市。有一名都督同知陈逵冒险殓了他的遗骸收葬。直到天顺三年，于谦的女婿朱骥将其灵柩运回故乡，埋葬在西子湖畔，后人称为于少保墓。

恰好南宋抗金名将岳飞的墓地也在西湖旁边。岳飞被秦桧横加"莫须有"的罪名，死于风波亭上，世称"三字狱"。而于谦的罪名是"意欲"迎立外藩，时人称为"二字狱"。

"夺门之变"后被杀的除了王文、于谦两位景泰朝的大臣，还有京营都督范广。范广英勇善战，在北京保卫战中累立奇功，深受于谦信任。他与石亨矛盾很深，曾经揭发石亨的贪腐劣迹。因此石亨对他恨之入骨。张軏因在都督府与范广争权，范广曾骂他是“侯门败类”。于是石亨、张軏二人挟嫌报复，诬陷范广是于谦拥立外藩的帮手。朱祁镇下令将范广处以磔刑，其子充军流放，妻女赐予降卒，备受凌辱。

另一个被杀的将领是杨俊，因与张軏有私人恩怨，张軏向英宗进谗，说杨俊镇守怀来时下令士兵不许开门接纳英宗，以此激怒英宗将杨俊斩首弃市。

景泰朝的文官们也遭到清算。他们在政变的第一天就被关进诏狱。内阁大学士陈循倡议易储，废黜朱见深的东宫太子之位，自然极受英宗憎恨。英宗虽然没有杀他，仍然罪加一等，贬官充军铁岭之前还特地下令处以一百廷杖，打得他皮开肉绽。

与陈循一起谪戍铁岭的还有刑部尚书俞士悦、工部尚书江渊、吏部左侍郎项文曜等人。俞士悦、项文曜被认为是于谦的死党，而江渊素以投机取巧著称，他被怀疑收取广西土官黄竑一千两银子，代他草拟奏请易储疏。

何文渊积极参与易储，得景帝赏识擢升吏部尚书。“父有天下传之子”便是他首创的名句。英宗复位后他自知必遭清算，惶惶不可终日，心怀恐惧上吊自杀。

内阁学士高谷为人正直，他曾力主迎奉太上皇回京，因而得英宗赏识邀他入阁。但高谷不愿与徐有贞等奸佞之徒共事，坚决要求致仕。英宗赐给金帛袭衣，令其乘驿站舟船归家。

吏部尚书王直、礼部尚书胡滢两位老臣因为力主迎奉太上皇回京和累累维护被废的太子见深，得到英宗的宽宥。但二位元老眼见同僚一个个获罪，徐有贞、石亨等宵小得志，专横跋扈，日益心灰意冷，不约而同地上疏请求告老还乡。英宗知道留他们不住，遂准允他们回家养老，赐给玺书、褚币、袭衣，令驿传送他俩回乡。

英宗复位后，景帝的亲信太监被一网打尽。祁钰则被谪居西内。他本已病得奄奄一息，二十天后暴薨。据说是太监蒋安潜入西内，用一条丝帛将他勒毙。

而另一面，英宗因“夺门之变”重登皇位，自然要对“夺门”功臣进行大封赏，让他们与自己同掌江山。他在颁布复位诏书的同一天，即敕封总兵官石亨为忠国公，食禄一千五百石。明朝只有几位开国元勋徐达、李善长、常遇春等敕封国公爵位，可见朱祁镇对石亨宠遇之隆。

其他参与“夺门”有功之人，张軏封太平侯，食禄一千三百石；张輗封文安伯，杨善封兴济伯，均食禄一千二百石。太监曹吉祥是夺门功臣，升任司礼太监，总督三大营。其嗣子曹钦擢升都督同知，封昭武伯，侄曹铉、曹铎等晋官都督……于是曹吉祥门下厮养冒“夺门”功得官者多达一千九百人。

“夺门”黑高参徐有贞被提升为兵部尚书，掌握内阁大权，可他还不满足，又以“夺门”功争得加封武功伯，食禄一千一百石。英宗皇帝为了酬谢帮助自己夺回政权的有功人员，不惜破坏祖宗定下的规矩，让一些文官兼任武职，获得侯伯爵位。

石亨、徐有贞等获得高官厚禄后，都想控制朝政，拼命结党营私，扩充自己的势力。石亨趁着英宗对自己有求必应，他的弟侄亲属及家人冒“夺门”功得袭锦衣卫官职者达五十余人。部下及亲朋故友假借“夺门”功得官者竟多达四千余人。真可谓一人得道，鸡犬升天！

景帝朱祁钰自即位后，就大兴土木为自己修陵。经过六七年修缮，天寿山下的寿陵地宫已修筑完工。景帝暴薨后，英宗赐其恶谥，命以亲王礼葬于西郊金山。还毁掉了寿陵的地面建筑。寿陵后来改葬了只当了一个月皇帝的明光宗朱常洛，改名庆陵。这是后话。

景帝朱祁钰暴薨后，他的后宫宠妃唐氏等一律被迫殉葬，只有被废黜的汪皇后因曾庇护见深幸免殉死，后来活到八十余岁。

英宗朱祁镇复位后，九岁的沂王见深再也没有回荒凉破败的沂王府，一直待在孙太后宫中。复位之初，朱祁镇忙着安抚夺门功臣，为他们加官晋爵，分享权力，忙得不亦乐乎。多亏李贤与王翱等老臣提醒他早定国本，方议定重新册立朱见深为皇太子，入主东宫。在册立太子的同时，封二皇子见潾（万宸妃生）为德王；五皇子见澍（高淑妃生）为秀王；六皇子见泽（周贵妃生）为崇王；七皇子见浚（万宸妃生）为吉王。三皇子见湜和四皇子见淳早逝。因为这几位王爷都是牙牙学语的幼童，暂时均育在宫中母妃身边。

第十章 皇太子离不了她

在“夺门之变”发生后的头两个月里，重新登上皇位的明英宗朱祁镇，清洗忠于景帝的死党，整肃朝纲，忙得不亦乐乎。紫禁城的后宫也经历了一场残酷的“清宫”，景帝的亲信王诚、舒良、张永等大小太监被凌迟处死。景帝生母吴太后被迁出安乐宫，改称宣庙吴贤妃。景帝暴薨后，他的后妃本应全部殉葬，除废后汪氏因曾护见深太子位，又得内阁李贤保奏得免殉死，迁居宫外郕王府；贵妃唐氏以下所有妃嫔一律殉葬。

“清宫”之后，跟随太上皇在南宫度过七年悠长凄惶岁月的钱皇后重新入主坤宁宫。周贤妃因沂王朱见深重新册立为东宫太子而晋升贵妃。万宸妃等皆因皇子封王而晋封号，各自成为东西六宫的新主人。

后宫的这些变化大都是秉承皇太后孙氏的旨意进行的。年过半百的孙太后为祁镇的惊险复位操碎了心。石亨、徐有贞等人的“夺门”计划是由太后准允，且太后的兄弟孙继宗等也不同程度地参与或支持了“夺门”行动。太后殚精竭虑地操持着这场繁复变革，同时也关心着变革后朝廷内的权力斗争。当得知于谦之死，太后一连数日嗟叹不已。

英宗复位后，由于形势复杂，孙太后仍把孙儿见深留在仁寿宫，只遣万贞儿随中官返沂王府宣谕懿旨，逮捕景帝亲信，清理门户。不可一世的范姑姑被杖责二十大板后被解回原籍。她在沂王府滥施威福、搜刮盘剥后在乡间购置的庄园田产也统统被没收充公。那些参与监视沂王府的锦衣卫也受到了严厉的惩处，有的削夺军籍，解送乡里，有的被投入监狱或发配铁岭充军。

前朝政务极为纷扰繁复，“夺门”功臣内部的权力斗争也日趋激烈。住在祖母宫中的朱见深轻易难得见父皇一面，有时仅在祁镇前来向太后请安时才得匆匆一瞥。祁镇对皇长子见深在漫长的艰难岁月中得以长大感到欣慰。见深住在祖母宫中，起居饮食仍由万贞儿亲自照料，每天清晨给祖母孙太后叩头请安后，就由万贞儿陪同去坤宁宫给嫡母钱皇后请安。然后整个上午就待在母妃周贵妃宫中，与十二岁的姐姐重庆公主及尚在襁褓中的幼弟六皇子见泽一同玩耍。周贵妃虽然位居钱皇后之下，但由于她生了当今太子和长公主，地位自然远在其他妃嫔之上，是后宫中说一不二的人物。

说来也怪，周贵妃深知这么多年来，儿子见深在那阴森可怕的沂王府全赖万贞儿的悉心照顾和保护，但她内心并不喜欢这个长相秀美的宫女，尤其是皇上在场的时候。万贞儿也敏感地觉察到这一点，她把见深送到贵妃宫中后自己不做停留，仍然回仁寿宫服侍太后。

这天，在仁寿宫的东暖阁里，太后坐在铺有软垫的紫檀雕花靠椅上闭目养神。二月春寒山料峭，但阁中燃着檀香暖炉，倒也暖意浓浓。万贞儿由周贵妃宫中回来，便到暖阁给太后请安。太后挥手让站在两旁服侍的宫女退下。

万贞儿见太后单独留下自己，料想一定是太后有什么重要的训谕，不由得有些紧张，局促不安地低垂着粉颊往太后面前来。

太后语气温和地道：“贞儿，你打四岁入宫，至今已多少年了？”

“禀太后，奴婢入宫已经二十三个年头了。”

“啊。那你今年二十七岁了，是不小了。自己有什么打算吗？”

听到太后用温柔的语气谈及自己的“高龄”，万贞儿不由得一阵心酸。宫中惯例：宫女入宫服役年满二十五岁后允其出宫，婚嫁自便。可是万贞儿十九岁时被太后派去照料处于危境的皇太子见深，随着太子被废，又在沂王府度过漫长的凄惶岁月。如今韶华已逝，青春不再，前路不知该往何处，想起这些万贞儿难免有些伤感。不过她是个有主见的女孩子，略作沉思便低下头答道：“禀太后，奴婢受太后厚恩，愿一辈子服侍太后和太子殿下，不想出宫。”

“唔，原来这样。”孙太后怜惜地看着万贞儿。光阴催人老，尽管她天生丽质，这些年岁月的摧残也在她身上留下了不可磨灭的痕迹，她确实不如以前那么青春靓丽了，不过仍不失为一个美貌女子。孙太后端详着她，慈祥地说：“贞儿，哀家深知这几年你在沂王府服侍太子殿下受了不少苦。唯其如此，哀家不能不管你的终身大事。哀家的亲弟弟会昌侯孙继宗在宫中见过你，他有意收你做他的第四房夫人，你是否愿意？”

万贞儿一惊：前不久孙继宗来太后宫中，万贞儿被他撞见，躲避不及，只得上前行礼。孙继宗一双色眼紧盯着这个姿色可人的宫女不放。传言会昌侯极为好色，府中姬妾成群，有的甚至被他摧残至死！自己怎能自投虎口，给这样一个魔王做妾呢？虽说自己是太后做主嫁过去的，但日后之事难料呀！况且，万贞儿心灵深处还深藏着一个不可告人的秘密愿望。也许它很难实现，但是世事轮回，谁能预料？纵使将来自己的愿望不能实现，终身做一名女官老死宫廷，也强于嫁入豪门作妾呀！

于是万贞儿眼里噙着泪花，跪倒在太后跟前泣奏道：“太后恩典！奴婢已立下心愿：终身不嫁，服侍皇太子和太后一辈子！”

孙太后知道弟弟口碑不佳，早已传遍朝廷，万贞儿不愿做他的小妾情有可原。况且十岁的孙儿见深已复立为皇太子，即将入主东宫，能有知根知底的万贞儿随同前去照料当然求之不得。于是她对伏在脚下泣不成声的万贞儿说：“你起来吧。既然你不愿嫁他，也就罢了！太子殿下将重返东宫，哀家任命你为七品执事女官，负责管理太子殿下的生活起居和调派值侍宫女等。望你一如既往，忠心服侍太子，将来自然会有你的好处。”宫中女官如有适当的人家可以自由婚嫁，婚后如果愿意，还可在宫内当差，有的还能升任内廷总管等有权势的尊位。大概太后谋划让万贞儿将来走这条路。

万贞儿如释重负，感激涕零：“太后厚恩！奴婢谨遵懿旨，一定把太子殿下服侍好。”

英宗复位后，改国号为天顺，以景泰八年为天顺元年。三月初六，宫中举行仪式，备銮驾象征性地从沂王府迎回太子，入主东宫。天顺帝十分重视东宫的重建，派遣自己最亲信的太监牛玉兼任东宫首领太监。另由周贵妃和太后宫中各派一名七品女官负责东宫日常管理。

万贞儿随同太子銮驾重回东宫时，大太监牛玉率领东宫全体执事人员排班迎接。随后万贞儿特地前去拜见首领太监牛玉。

牛玉身居四品司礼太监，是皇帝最倚重的亲信。他也深知皇上南宫蒙尘的这些年，全赖万贞儿保护太子安全，因此对太后宫中派来的这位七品女官非常尊重。经常是笑脸相迎，有关太子的许多安排都听从她的意见。

在沂王府那段惶恐的岁月，见深都是由万贞儿带着睡的。回到东宫，制度森严，自然不能这么随便了，太子寝宫里自有太监宫女服侍。按规矩他俩是不能同睡的，只有服侍年幼的太子睡安稳了，她才能伏在他的脚边打盹。

离寝宫不远处有两座小阁，原是皇子们练琴习字的处所。阁前悬有宣德皇帝亲笔题写的匾额，一名“精一”，一名“敏思”。万贞儿选了离太子寝宫较近的“敏思”阁做自己的居室，命宫女们打扫干净便搬了进去。

十岁的见深现在已长得齐万贞儿下颌高了，虽然仍稚气未脱，却要故意装出老成。过去他一直叫万贞儿“姑姑”，现在却改口叫“万姐姐”。他到敏思阁来玩，见万贞儿把这里布置得温馨可人，便赖在贞儿床上说：“万姐姐，我也要睡到你这里来。那寝宫里空落落的好怕人！”急得万贞儿连搂带抱把他拖起来，“我的太子爷，别胡闹！让人看见我可吃罪不起！”

见深从小就患有疝气痛的毛病，发作时疼得在床上打滚，服药后一时也不见缓解，全靠万贞儿轻轻按摩，才慢慢好转。

进驻东宫以后，见深晚上没有万贞儿陪伴很不习惯，常常有事没事把万贞儿叫来说一阵话才肯睡。这一段时间，太子疝气发作更频密了。累得太医们常常提着药箱气喘吁吁地赶过来给太子看病诊治。最后还得万贞儿陪在太子床边给他轻轻按摩半个时辰，方得缓解。

第十一章 太子进学和选妃大礼

见深重新入主东宫后，这位皇位继承人的培养教育提上了朝廷的议事日程。不管复位的天顺帝朱祁镇怎么忙，朝廷的耆宿大臣，特别是礼部的官员们接二连三地上奏折，要求重开经筵，让皇太子出文华殿读书，礼聘饱学鸿儒为太子讲学，传授治国平天下的大道理。

天顺二年春暖花开时，祁镇稍得空闲，决定重开经筵，命皇太子见深出文华殿读书。他事先咨询内阁首辅、大学士李贤，要他拟定为太子讲课的翰林官名单，并询问太子应该先读什么书。李贤回答说应先读《尚书》和《大学》。于是天顺帝颁诏：任命“夺门”功臣太子太师、忠国公石亨知经筵事，礼部尚书、兴济伯杨善及吏部尚书、翰林学士李贤同知经筵事。翰林院侍讲学士吕原等为太子讲经授业。朱祁镇一再交代李贤，为太子选择师傅既要重才更要重德。当初因为上疏请求恢复沂王朱见深太子位被景帝赐巨杖打死狱中的钟同获得平反，与钟同一起上疏的章纶挨了一百廷杖侥幸未死。朱祁镇自然要重用这样的忠臣，章纶披红挂花从狱中被接出，连升三级，由郎中擢升为礼部右侍郎。章纶是正统四年进士，虽不是翰林官，道德文章堪为师表，于是皇上钦点他为指导太子读经的老师之一。

见深天资聪慧，好学上进，在吕原、章纶等名儒的精心教导下，不仅识得经书要义，更懂得为君恤民的重要性。这为他即位后开启明室中兴的局面打下了基础。在明朝的十六位皇帝中，成化帝朱见深幼年经历坎坷、濒于危难，因而颇能体恤下层民众的艰难。他在幼年的经筵进学中，努力学习古代圣贤明君的治国之道。在历代皇帝中他最崇拜唐太宗李世民能虚怀若谷地纳谏，任用贤能，励精图治。成化元年八月，朱见深即位不久就亲自撰写序文，刊印汇集唐太宗治国理念的《贞观政要》一书，成为后世公认的治国经典。这说明幼年时的皇太子朱见深在文华殿读书确实卓有成效。

文华殿的经筵讲学仪式颇为隆重，太子登殿后，以石亨为首的经筵官率领诸讲学儒师觐见太子。然后太子在师傅的引导下叩拜大成至圣先师孔圣人，完成儒学入门仪式。开始讲学时见深御案前摆了《尚书》或《大学》，老师在下面逐章讲解，然后带领学生诵读课文。十岁的见深虽然幼年时学业有所耽搁，然而悟性颇高，对老师的讲解听得入神，有时还能提出一些颇令老师意外的问题。老师们盛赞太子殿下绝顶聪明，臣等万不能及。小孩子爱听赞扬，立即下令赏赐授课讲师金钱宫缎。一本正经的翰林院儒师们惊喜之余颇有些尴尬地谢赏。

这时，在一旁监督讲学的石亨早已呵欠连天。他身为太子太师，大字识不得几个，对儒师们深奥的讲解如入五里雾中，好不容易盼到经筵讲课结束，宦官们宣布皇上在左顺门赐宴。这就是教皇子读书被称为“经筵进讲”的来历。

文华殿就在东宫前面数百米处，它是东宫殿群中最大的殿宇，也是绿色琉璃瓦覆顶，是成年太子学习处理政事的地方。往往老皇帝患病，自己感觉治愈无望，就开始准备移交政权，下令百官在文华殿朝见太子，向太子禀报政事。太子有权代颁圣旨，任免、处分官吏，这里也就是皇权更迭的开始。

朱见深在文华殿读书时，万贞儿与东宫当值的太监皆在殿后守候，经筵赐宴开始后他们就簇拥太子车辇返回东宫。

开始经筵进学后，朱祁镇虽日理万机，但对太子的督促依然很严。他命见深除了读书，还需习字。日诵经书两章，不仅要能背诵原文，还要解释其要义；命见深每天送呈大小楷书各一帖御览。当时士大夫习书师法颜真卿柳公权，见深得益于那时的苦练，后来当政时书法颇有造诣，出身翰林的公卿大臣都自叹弗如。成化元年刊行的《贞观政要》序文就出于十八岁的朱见深之手，笔力遒劲，颇具颜柳风骨。

见深经历幼年的跌宕，颇知珍惜，发愤读书，每天除了进宫给父皇、母后、母妃及皇祖母请安，绝大部分时间都在东宫读书习字。

巍巍东宫，自然不缺太子爷读书习字的地方，也有大批侍从、太监服侍太子读书。但见深却有自己的突发奇想，常命太监们将纸笔砚台搬到万贞儿住的“敏思阁”去，他要在那里习字，只令万贞儿牵纸磨墨。初时，万贞儿劝谏说：“殿下，奴婢那儿地方窄小，也不如这里亮堂，还是不去的好。”

“胡说，敏思阁本来就是给皇子们习字练琴的地方，你住在那里我就不能去吗?”

万贞儿拗不过他，只得命小太监在敏思阁布置了一张写字台，铺陈好纸笔，并亲自焚香磨墨，伺候太子爷习字。

见深满意地笑了，他狡黠地问站在一旁看着自己写字的万贞儿说：“你知道红袖添香的故事吗?”

万贞儿摇摇头，不解其意。

天顺五年，太监曹吉祥发动政变被剿灭，处以凌迟。至此，“夺门”功臣悉数败亡。天顺帝朱祁镇开始信任、重用贤臣李贤、王翱等，励精图治，重整朝纲，扭转了石亨、曹吉祥等依仗“夺门”功贪腐、乱政的混乱局面。

太子朱见深也已长到十五岁，个子已跟万贞儿一般高了，说话也变得瓮声瓮气，嘴角开始长出细细的茸毛。有一次，小宫女拿见深换下的衣裤给她看。上面有些异样，细细一想，许是秽物，万贞儿不禁羞红了脸，因为她虽已年过三十，却从未经过男女之事。想起太子幼时，特别是在沂王府的那段艰难时日，因为寒冷和恐惧，常常需万姑姑把他搂在怀里，用她的体温将他慢慢捂热方能入睡；现在太子已长大成人，碍于礼教尊卑，她再也没有像过去那样和他亲密相处的机会。想起这些，她不禁有些怅然若失，甚至在心底羡慕那两个在太子寝宫值夜的宫女。也许在某个夜晚，她们就会获得与太子肤肌相亲的机会。

万贞儿素有洁癖，自从入住敏思阁，她花了很大的工夫，把那座尘封已久的阁楼打扫干净，布置得暖意融融。太子爷执意要到这里来习字，带来一大帮太监随从，她本来颇有些不高兴，但转念一想：太子此举不是借此和自己亲近吗?“红袖添香”的典故，她虽没听过，但想起太子那颇有深意的笑，万贞儿心里美滋滋的：他虽然长大了，毕竟心里还是有我啊！因此她又巴不得太子每天都到敏思阁来习字，自己亲自为他磨墨牵纸，也不嫌那一大帮太监随从们邋遢了。

偌大的紫禁城中服役的只有两种人：太监和宫女。少数有权势的大太监在皇宫外建有自己的豪宅，妻妾假子成群。绝大多数底层的老太监或老死宫中，或得恩准回乡。宫女的出路各有不同：少数上了年纪的宫女担任了宫中各部门的女官，允其成家。绝大部分宫女在二十五岁后便可由父母领回，婚嫁自便。万贞儿十九岁时即被太后派遣去东宫侍候危境中的太子，与小太子相依为命度过了八年艰难岁月。待到太上皇复位，她已二十七岁，早已过了婚嫁的年纪，自己也绝了出宫的念头。孙太后顾念她在危境中保护太子的功劳，任命她为东宫内府总管的七品女官，让她走在宫中任职的道路。以后她的出路如何，只能看她自己的造化了。

太子见深每天上午要进宫给皇祖母及两位母亲请安，都由万贞儿陪同。孙太后年已五十多岁，自正统十四年土木堡事变祁镇被俘，归来后又被软禁南宫，后来“夺门”复位，后又经历石、曹之乱，十余年间太后始终处于揪心、忧虑的状态。老人家操劳过度，一旦进入太平盛世，松弛下来，反而身体不堪承受，各种病患都发了出来，经常缠绵病榻。但她每每看到孙儿已长大成人，玉树临风，又倍感欣慰。而对站在孙儿身后的万贞儿，老太后心中颇感歉疚。是自己差遣万贞儿去保护照料太子，让她错过了出宫的时机，十几年转瞬即逝，现在太子长大成人了，而万贞儿却已青春不再。本想关心她的出路，让她的弟弟孙继宗娶她为妾，偏偏这丫头心气高，断然拒绝嫁入豪门做妾，也不知道她是怎么打算的。如今自己已是风烛残年，缠绵病榻，自顾不暇。不过她仍不忘嘱咐钱皇后和周贵妃：要顾念这丫头在危境中保护太子之功，凡事多宽容她一些。

太子见深年满十五岁后，宫中最重要的事就是为太子选妃。明朝为了防止外戚恃势坐大，自朱棣娶功臣徐达之女为妻以后，再没有豪门女入主中宫。早在两年前，皇上就命乾清宫首领太监牛玉牵头为太子选妃做准备，派遣太监至全国各地遴选一批姿容出众的少女，她们都是来自民间或地方官吏之家。然后由宫中的嬷嬷们从中挑选出五十名备选，最后由钱皇后和周贵妃亲自优中选优，挑选出十二名家世清白、品貌端庄者作为太子妃、嫔的候选人，养在宫中学习礼仪。待太子年满十五岁，再由皇上亲自从中择定三名淑女为太子妃、嫔人选。至于这三名淑女将来谁是太子正妃（也就是将来的皇后），谁是太子侧妃，名义上该由太子亲自抉择，实际上是取决于宫廷各种势力的博弈。

天顺五年春天，是皇上和皇后及贵妃娘娘遴选太子妃的好日子。平日难得一见的十二位候选淑女，娉娉婷婷齐聚一堂。由牛玉一个个通报姓名、年龄及家室出身，候选淑女逐个出来向皇上及皇后、贵妃行礼，自然都是娇声燕语，仪态万方，一时难分伯仲。不过皇上阅人无数，自然明察秋毫。而钱皇后和太子生母周贵妃自有她们的择媳标准。钱皇后素来贤惠，周贵妃是太子生母，在择媳上自然要让她三分。贵妃娘娘将她看中的淑女一一叫过来仔细盘问，读过何书，是否习过女红等，从外貌到声音、举止一一比较。这些平日连家门都不出的淑女哪里经过这阵势：在贵妃娘娘挑剔的注视下，有的羞得满脸通红，有的直往后退缩。甄选终于完毕，皇上与皇后、贵妃退入后堂商议定当，最后由牛玉出来宣布甄选结果。

十二名候选女子及闻讯前来观看者尽皆屏住呼吸仔细聆听。牛玉清了清喉咙，朗声宣布：羽林前卫指挥使吴俊之女吴氏、南直上元县镇抚王镇之女王氏，以及京郊通判柏崇礼之女柏氏为太子正妃、侧妃人选。她们将继续养在宫中，待太子大婚，一人将为太子妃，其余二人将为太子侧妃。牛玉同时宣布，其余九位淑女也将留在宫中，由宫廷女官和教引嬷嬷教习礼仪，作为太子继位后遴选后宫妃嫔的候选者。

第十二章 敏思阁的诱惑

太子选妃是一件大事，宫中许多有地位的太监女官都去观看。那天万贞儿约了东宫两名执事女官一同前往，选妃大典在坤宁宫的偏殿举行，万贞儿站在人群中引颈观望。当十二名女子带着几分羞怯娉娉婷婷地出场时，万贞儿心中五味杂陈，既羡慕这些女子的青春美貌，能有成为皇太子妃的机会，成为未来宫廷的主人；又觉得她们也不过如此，还不及当年自己的风采。如果时光倒退十年，以自己的容貌，说不定还能独占鳌头呢。

那天下午，见深照常到敏思阁来习字。小太监为太子磨好墨，万贞儿亲自在书案上铺好宣纸，摆好字帖，笑着对准备开始挥毫的见深说："太子爷，今天您该写个'喜'字。"

"为什么要写'喜'字？"太子见深提着笔，不解地问。

"今天是皇上为太子爷选妃的大喜日子呀！奴婢特地去看了，皇上、皇后和贵妃娘娘为太子爷选的三位淑女很美！"

"是吗？"见深丝毫不见激动，好像这消息不关他的事一样，埋头挥毫，认真临帖。

"那三位女子好福气啊，将来她们都是太子爷的妻妾，甚至有当皇后娘娘的福分呢。太子爷，你难道不喜欢她们？"

"不喜欢。"见深执拗地继续写他的字，冷冷地说，"父皇要为我选妃，我没有办法。你知道我喜欢谁！"

一听太子这话，万贞儿心里小鹿直撞。最近宫中的一些传言令她不安。有人说：太子即将纳妃，还把万贞儿留在身边不合适，贵妃娘娘已禀告病中的孙太后，要把万贞儿仍遣回仁寿宫。

这个传言令万贞儿深感震惊。周贵妃素来不太喜欢万贞儿，虽然她也知道年幼的太子多亏万贞儿的保护方能渡过危机长大成人。但她认为那是一个奴才应尽的本分，多给赏赐就够了。万贞儿也就此事向东宫总管太监牛玉打听，但高深莫测的牛玉连连摇头，“啊，此事咱家不清楚，没听说啊！”

万贞儿心里深知太子是向着自己的，他绝不愿意她离开东宫。十几年朝夕相处，让他对儿时的万姑姑现在的万姐姐产生了深深的依恋。这种依恋甚至超过血脉相连的母爱。周贵妃因为体弱多病，见深生下来就由乳母抚养，很少亲近母妃；后来尚在襁褓中，见深就入主东宫，被废黜后又流落沂王府，这些岁月，贵妃娘娘跟随太上皇落难南宫，母子隔绝，见深连母亲的面都难见。在这七八年间，万贞儿名为奴仆，实为母亲、姐姐，甚至是父亲，含辛茹苦，把见深抚养成人。人非草木，孰能无情，见深此时对万贞儿的依恋胜过任何人。

这天上午，见深备驾进宫请安，照例由执事太监及内府总管万贞儿护送陪同。在仁寿宫叩问祖母孙太后安好后，转至坤宁宫给钱皇后请安。钱皇后很关心见深的经筵进学，垂询备至，还谆谆嘱咐万贞儿要照料好太子的饮食起居，及时增减衣服。钱皇后自己没有生育，把太子视同己出，无微不至的关怀让万贞儿深为感动。

接下来见深要去景福宫给母妃周贵妃请安。万贞儿深知贵妃娘娘对自己有成见，也想让太子与母妃单独相处多一些，借口要为钱皇后打络子，便滞留坤宁宫，没有陪同前往。

周贵妃最近有些小恙，又因长女重庆公主的婚事操劳过度，正歪在榻上闭目养神。见深前来请安，她自然高兴。十五岁的儿子个头已长得比她高，嘴唇上长出了黑黑的柔软的胡须，俨然成人了。贵妃娘娘拉着儿子的手，问这问那，说个不停。还命宫女拿出各种好吃的宫廷糕点，摆在见深面前，让他尝尝这尝尝那。可是面对母妃过分的热情，见深却不甚领情。贵妃娘娘拉着他的手问这问那，太子却左顾右盼，答非所问。显然是因为万贞儿不在身边，他深感局促不安，坐了一盏茶的工夫就借口要回东宫练字，起身向母妃告辞。

见深走后，周贵妃急火攻心，越想越愤怒。她拿性格孤僻的儿子没辙，便把怒气全都记在万贞儿身上，气冲冲地跑到坤宁宫，劈头就对钱皇后抱怨说："见深对母妃如此冷淡，完全是万贞儿这贱婢指使的！所以这贱人不敢来见我。太后开恩让她当了东宫内府总管，这贱人恃功自傲，目中无人，竟敢离间本宫母子，本宫容她不得！"

钱皇后深知周贵妃禀性偏激，猜疑心重，但见深是她的亲生儿子，自己也不便多说，只得温言劝慰一番，自己把万贞儿没有陪同太子去景福宫的责任揽了下来，还笑着说："我原想让你娘儿俩多说说体己话儿，没想到妹妹倒见怪了。怪我怪我！"

钱皇后将见深视同己出，因此对将太子抚养大的万贞儿心怀感激，也极为信任。那天她将万贞儿留下，就是告诉她贵妃娘娘坚持要将她遣回仁寿宫，并已禀奏太后，让她早作打算。

回到东宫，万贞儿五味杂陈，那天夜里整夜未曾合眼，躺在床上思来想去。贵妃娘娘坚持将她遣回仁寿宫，并禀奏太后将她升任六品女官，她的家族也将获得相应的荣誉，小弟万通将擢升锦衣卫指挥。可是她将永远离开东宫，离开自己从襁褓中带大，相濡以沫十多载的见深。他们之间的深厚感情将被生生割断。这样的伤痛纵使自己能够承受，初识世事，懵懵懂懂的太子何以接受……

万贞儿越想越乱。贵妃娘娘决意要拆开她与太子，这似乎已是不可逆转的事，该怎么办呢？她蓦然想起有一次在钱皇后宫中见到的一位娘娘。她叫樊顺妃，面相和蔼可亲，可明显比钱皇后苍老许多，比当今皇上还年长十三岁，现在已经四十多岁了。可在太上皇落难南宫时，许多原来受宠的宫人妃嫔避之唯恐不及时，她却站了出来，细心照料太上皇的生活，成为钱皇后最得力的助手，还在南宫为太上皇生育了一位公主，太上皇复位后她被封为顺妃。

樊顺妃的故事，给了万贞儿一个启发：虽然自己比太子年长许多，但只要两情相悦，要做他的妃子也不是不可能的。自己一手把他带大，感情深笃是毋庸置疑的。只是这种感情更多的是见深对她母亲般的依恋，万贞儿敏感地觉察到，随着太子年龄的增长，一种转化正在慢慢地形成。过去太子对寝宫中服侍他的宫女毫无感觉，当着她们的面脱光衣服也不觉得羞怯。现在有了明显的变化。太子坚持要到敏思阁习字，让她亲自服侍他，这无非是借机亲近她罢了。他说的“红袖添香”的典故，她懵然不懂，但她却能从太子眼中看出绵绵情意……

选妃程序既已启动，按照惯例，太子要在十七岁时举行大婚，娶纳一妃二嫔。在此之前，太子寝宫每天有两名美貌宫女侍寝。侍寝宫女如被太子临幸，值夜太监要报告宫正司记录确认，以保持皇裔血统纯正。一天夜里，面貌姣好的十六岁的司帐宫女雪雁衣衫不整、含羞带怯地由太子寝宫跑出来，当值太监心知肚明，当即带她去让教引嬷嬷检验，验明雪雁已非处子之身。第二天即由宫正司报告皇上，授雪雁八品更衣，仍在太子宫中任司寝之职。

身为东宫内府总管的万贞儿自然清楚这些情况，她为太子终于长大成人感到高兴，却又有些怅然若失。她打心里羡慕那两个司帐宫女，她们整晚陪伴在太子榻旁，且有可能成为太子的女人，并获得一定的名分。万贞儿心中产生了一种莫名的嫉妒，找了一点小事故意把刚升为八品更衣的雪雁叫来训斥一顿。

自从得知贵妃娘娘要将自己遣回仁寿宫，她一直处于焦虑和恐惧中。自从见到樊顺妃，得知她的故事，万贞儿更坚定地相信：尽管自己比太子大十几岁，种种迹象表明，年龄的差距并不能阻断见深对自己的感情。他们共同度过的十多年，使她在太子心中无法被他人所取代。即使她自愿离开东宫，太子也未必答应。

是的，只有太子才能保护自己在这尔虞我诈的深宫中立足。她必须让太子对自己的深深眷恋转化成她在后宫中的地位，成为他的众多嫔妃之一。万贞儿深信，自己决不会输给那些仅长着一张漂亮脸蛋的不谙世事的毛丫头。

每天下午，太子都要到敏思阁来，或是习字，或是找万贞儿说话。太子总喜欢把随侍的太监遣开，自己进门与贞儿单独相处，那班奴才也乐得偷闲去干自己的事。这天下午，见深来到敏思阁，只见阁门紧闭，用劲推也没有推开，他寻思可能贞儿有什么事去别的宫了，转身打算离开。可突然似听见敏思阁里有哗哗舀水的声音，甚觉诧异。从敏思阁牌匾下的正门往里看，只见黑漆漆一片，什么也看不到。他稍一迟疑，转身至堂后精致的雕花窗外。这里门窗紧闭，但哗哗的舀水声更为清晰了。见深好奇地用点破窗纸，朝里望去，顿时目眩神迷，心跳加快。原来堂中有一只大浴盆，万贞儿正在洗浴。她那白皙的身体，纤毫毕露地展现在他的眼前。见深虽已临幸过司帐宫女，但乍一见贞儿如此，不知为什么，慌忙倒退几步，但又产生了想要破窗而入的冲动。室内万贞儿似乎听到外面的动静，警觉地缩进硕大的浴盆里。见深尴尬地快步离开了敏思阁。

整个下午见深心神恍惚，无心读书。他坐在书斋里，面前摆着一本《论语》，脑海中却满是万贞儿出浴的情景。他索性把《论语》搁到一旁，找来契合心境的《诗经·国风》，将那些描写男女爱情的诗篇，有滋有味地吟诵起来。

见深沉浸在柔情蜜意的亢奋中无法自持。他甚至在大白天将雪雁召入寝宫，令其侍寝，一泄而快！但事后又觉心有不甘，他心里想的是他的万姐姐。他开始盘算：如何才能得到梦寐以求的万姐姐，让她成为自己的女人！

一个周密的计划浮上心头。他命司帐宫女雪雁和秋鸿将东宫阁楼上的藏书一沓沓搬出来，放在太阳底下翻晒。可怜那两个娇弱的女孩，搭着梯子从阁楼上翻找那些沉甸甸的线装书。一摞摞地搬出来，在太阳下面不停翻晒，忙得上气不接下气，疲惫不堪。其他内侍要给她俩帮忙，可他不许，说是怕那些内侍的手玷污了圣贤之书。

雪雁和秋鸿累得上气不接下气，几乎动弹不得，好歹才把几百本线装古籍翻晒好，又得重新搬回阁楼，还得在太子亲自监督下安置好。可怜两个娇弱的女孩刚上灯就瘫倒在太子寝榻旁呼呼大睡，进入香甜梦乡。

午夜时分，东宫万籁俱静。两位侍寝宫女睡得烂熟，发出细细的鼾声。宫门外值侍的小太监也倚着门打瞌睡，手中的拂尘掉在地上。太子从寝榻悄悄起身，披一件柠檬黄的软缎睡袍，轻轻地开启寝宫宫门，跨过瞌睡的小太监，穿过回廊，径直朝敏思阁走去。

敏思阁的前檐下原来有一盏明亮的宫灯，此时却不知为什么灭了。太子摸索着走到阁前，刚一叩门，阁门竟然开了，发出轻微的“吱呀”声。太子进入阁中就直奔万贞儿的卧房。

卧房的门微微开着，里面沁出一股淡淡的香气。宫中有规定，凡侍寝的嫔妃必须焚香沐浴。显然万贞儿早有准备，知道今晚太子一定会来敏思阁。

太子在黑暗中摸索向万贞儿的寝榻，一面轻声叫着："贞儿姐姐，我来了！"

万贞儿又惊又喜，伸出臂膀抱住见深："太子爷，你怎么来了？"

见深没有回答顺势把她压在床上，一阵手忙脚乱。万贞儿早就期待这一天的到来，她闭上眼睛强忍疼痛接受太子的猛烈冲击。

她把太子搂得紧紧的，深恐得而复失。

第二天万贞儿羞涩地将此事告知教养嬷嬷，嬷嬷验明此事，报告宫正司记录在案。

此后，情窦初开的太子难挡万贞儿丰腴、成熟的诱惑。本已心灵相通的两个人，如今更是如胶似漆，经常在敏思阁幽会。

周贵妃得知此事，怒斥万贞儿勾引太子，坚持要把她遣回太后宫中。太子得知，到坤宁宫面禀钱皇后和周贵妃："母后母妃若执意将万贞儿遣送回太后宫，儿臣也不当这太子了！"大有不爱江山爱美人的气概。气得周贵妃几乎当场晕厥。

年迈的太后此时已病入膏肓。万贞儿来到仁寿宫，满脸悲戚、委屈，跪倒在太后病榻前低声啜泣道："奴婢已是太子的人了，若被遣回，还有什么脸面活在世上？"说罢泣不成声。老太后边咳边安抚她道："此事不难，自有哀家做主。"

当晚，太后抱病召见钱皇后和周贵妃，断断续续对她们说："当初东宫险恶，若非万贞儿，太子早已不在人世了！为了太子，耽误了她出宫婚配。如今太子爱重她，给她一个名分也不为过。两位儿媳应速为太子择定妃、嫔，并赐万贞儿才人名分。"

这是太后临终前的最后一道懿旨，钱、周二人自然遵照执行，万贞儿因此得以保住她在东宫的地位，被封为才人，名正言顺地成为太子见深大婚前的侍妾。

那年九月，太后殡天，享寿五十八岁。太子见深为皇祖母送葬归来，与万贞儿追忆太后的恩德，唏嘘不已。

第十三章 储位引发的风波

年过三十的万贞儿，幸赖皇太后孙氏的庇护，得以继续服侍太子，这对万贞儿是一个极大的回报。她虽然没有获得太子妃、嫔或婕妤、美人等高等级的名分，但已然是太子名正言顺的侍妾，位居雪雁、秋鸿等八品更衣之上。

万贞儿知道，太子将来是要继承皇位的，他的妻子早已选定，养育在宫中，等待他成年后举行大婚，那便是未来的皇后。未来除了中宫皇后，还有东西六宫的妃、嫔、婕妤、美人等，都是见深的合法妻妾，负有繁衍皇室、传宗接代的任务。万贞儿深知：见深将来的这些嫔妃都是正值豆蔻年华的妙龄少女，个个妖娆美丽，仪态万方。而自己不仅只是一个才人，且年已三十有余，再怎么精心打扮也胜不过她们。她唯一可依仗的就是见深对她的深深依恋。见深是她从两岁起一手带大的，他俩在沂王府艰难求生，建立了母子般的深厚感情。而当见深逐渐长大成人时，东宫中的朝夕相处又让他俩萌生了男女间的情爱，敏思阁的放纵是他俩感情水到渠成的必然结果。有人说她万贞儿有意勾引太子上了她的床，其实那也是由于她对见深爱之深切，生怕自己失去他所致。

现在万贞儿做了见深的才人，却也已三十五岁。不过她皮肤白皙娇嫩，体态仍不失轻盈婀娜，也非常注意保养自己，宫中虽然有供宫女们粉妆的护肤脂粉，但她嫌其质地粗糙，常常让家里人去宫外采购优质香料脂粉供她敷用。在敏思阁里，万贞儿精心布置了一间供自己梳妆打扮的密室，不许别人进去。四周墙壁镶嵌有西洋进口的玻璃。

随着郑和下西洋，东西方航运和丝路贸易开通，波斯和罗马帝国的玻璃钟表等陆续涌入中国，成为专供贵族享用的奢侈品。宫里自然得开风气之先。万贞儿在密室里常常裸露肌肤，精心敷粉施蜜，直到看到四周镜子里的自己虽略显丰腴却仍不失妩媚方才罢休。

因太子尚在成长期，父皇母后为他选定的妃嫔仍养在深宫，跟他毫无接触，因此他对她们毫无感觉。而对带给他最初的性的甜蜜的万贞儿欲罢不能。

万贞儿的占有欲很强，她知道雪雁和秋鸿都曾与太子有染，因此近来她对太子寝宫的盘查很频密，甚至深夜还要找借口到寝宫跟太子说说话，直至哄得见深睡着了才离开。她甚至还怂恿太子见深经常将自己召至寝宫侍寝。当她与太子在鸾帐中调情浪笑时，雪雁和秋鸿还得为他们端茶递水，低着头偷偷打量拥着锦被半裸的“万娘娘”，恨得牙痒痒，却又无可奈何！于是两人不仅背地里埋怨，还找机会把万贞儿勾引太子的丑事添油加醋地通过小太监向外透露。这下，万贞儿故意在敏思阁洗澡，引得太子偷窥的情节也被绘声绘色地传了出去。万贞儿由是落了个白昼宣淫的罪名。

不利于万贞儿的传言在宫中迅速传播开来，可是万贞儿一心想抓住太子在大婚前对自己的宠爱尽快怀上龙种，借以巩固自己在后宫中的地位。此刻的她沉浸在甜蜜的幻想中，想尽办法紧紧粘住年轻的太子爷，让他围在自己身边打转，以至于让太子误了逢五文华殿经筵进讲的时间。打巳时起，翰林院几位为太子讲经的老先生就在讲堂等待太子驾到。但一直等了半个时辰，还不见太子的身影。直到日上三竿太子才匆忙赶来。

这件事的结论是：太子沉迷于万才人的闺房之乐，连文华殿的经筵进讲也懒得去听了。

这些话传到皇上的耳朵里，英宗朱祁镇大为恼怒。本来他对历经坎坷的太子寄予厚望，希望他能在师傅们的辅导下迅速成长，成为合格的储君，担起继承江山社稷的重任。为了培养太子的治国才能，天顺帝不仅依李贤、王翱等老臣的意见，遴选翰林院德才兼备的饱学之士为太子傅，为他讲述修身治国之道，还将太子经筵进学由每月三次改为上中下旬各两次。可见深居然因贪恋女色，将儒师们晾在文华殿久等。

皇上本来体质极好，夏天不举扇，冬天不烤火。可是兵败土木堡之后陷入敌手，羁留迤北整整一年，冰天雪地中住在破败的毡房里，让他染上了严重的风湿病，如今双脚浮肿，行动已十分不便。他自度时日无多，不得不考虑是否重新选择储君。

当年正宫钱皇后体弱多病没有生育，土木堡兵败英宗身陷敌营。国不可一日无君，群臣奉郕王朱祁钰继位为景帝，同时立英宗皇长子周贵妃所生的见浚为皇太子（改名见深），后又经废逐。“夺门”之变后朱祁镇复位，旋即又复立被废的见深为皇太子，入主东宫。

宫廷里的权力争斗历来纷繁复杂，大大小小的太监为了私利削尖脑袋捧自己的主子上位，又施展各种手段诬陷打击对手，无所不用其极。现在他们发现太子见深有失宠的迹象，便纷纷落井下石，添油加醋大肆渲染其失德，企图使东宫改换门庭。

朱祁镇后宫的众多妃子共生了九个皇子。其中周贵妃生皇长子见深及皇六子见泽。最受英宗宠爱的万宸妃先后为他生了四个皇子，其中皇次子德王见潾只比太子见深小半岁。万宸妃端庄美丽，圣眷长盛不衰。德王见潾聪明俊秀，一表人才，在众皇子中出类拔萃，也深得父皇喜爱。

太监们此时便争先恐后地往万宸妃住的长春宫涌。他们在皇上面前把万贞儿勾引太子的丑态说得极为不堪。皇上震怒，埋怨周贵妃教子不严。谁知周贵妃竟反唇相讥：“皇上责怪臣妾，岂不闻有其父必有其子。”说完竟拂袖而去。把朱祁镇气得暴跳如雷，“反了，反了！朕一定要废了这逆子！”

皇上的表态立刻引起宫廷内部的震荡，一班趋炎附势的太监宦官见风驶舵，更加直白地力捧德王见潾上位。

相对于宫廷太监们发动的易储活动，朝臣们却很笃定。以吏部尚书王翱为首的五府六部文武官员大都经历过景泰年间的易储闹剧，深知这是易于引发内乱、动摇国本的大事。他们团结在深受皇上信任的内阁首辅李贤周围，坚决反对易储，要李贤伺机向皇上进言，压下这股祸乱的邪风。

朱祁镇作为朝廷的最高决策者身处事件的旋涡中心。此时，他正罹患着严重的风湿病，双足肿痛，已不能正常上早朝，但仍坚持每天抱病在文华殿召见大臣处理最重要的政事。宫中太监们传言易储的声浪日炽，太子生母周贵妃甚至与他闹翻脸。到底选择谁为继位储君，需要他做最后的抉择。他颇为犹疑，只得召见自己最信任的首辅内阁学士李贤，向他问计。

在处理完政事之后，英宗朱祁镇颇有些迟疑地说："当今朝廷庶事颇宁，而大事反而摇曳不定，奈何？"

李贤知道皇上说的"大事摇曳不定"是指宫廷内部皇位继承权的争斗愈演愈烈，以致皇上在储君问题上产生了犹豫和动摇，不得已才来问计于他这位最受信任的辅臣，帮自己拿主意。

对于此事，李贤与以王翱为首的大臣们事先统一了看法：经过夺门复辟与曹石之乱，国家元气大伤，正处于方兴未艾之时，力求稳定是第一要素。而轻易撤换储君极易引发内部争斗和国家动荡，是万不可行之事。李贤见皇上如此推心置腹，便离席伏地叩首奏道："臣以为，储位之事乃国之根本，本固则国安。愿陛下三思谨慎，切勿轻言易动。"

李贤的态度很明确：为了国家的稳定，不能随意更换储君。皇上一听，颇有些震动，呐呐地说："既然如此，那么朕必须传位给太子了！"

李贤立刻顿首再拜："臣以为，陛下做这样的决定是国家之幸，万民之幸！"

英宗是一位饱经忧患的皇帝，他虽对太子见深和他的母妃有许多不满，也很喜爱德王见潾，然而在当前形势下随意废长立幼将引发怎样的动乱是他必须考虑的。为君者必须以国家大计为重，千万不能感情用事。李贤是他最为信赖的大臣，李贤的谏言让他感到愧疚和自责。于是他不再犹豫，踉跄着站起身来，立刻传旨召太子见深进见。

见深急匆匆跟随传旨内侍来到文华殿。李贤搀扶太子到皇上跟前，让他行大礼叩谢父皇。

见深立即跪倒在地，泪流满面地给父皇叩头。然后膝行到父皇御座前，抱着他的脚痛哭流涕。毕竟父子连心，朱祁镇也潸然泪下。

从次日起，皇上命群臣在文华殿觐见太子见深，禀报军国大事。自己则在宫中安心养疾。

见深毕竟年轻，陡奉父皇之命临朝理政，难免张皇失措，对一些军国重事不知如何处理。好在这段时间王翱等六部大臣格外恭谨担当，又有内阁辅臣李贤把着手教，使太子听政期间内外军政要务和官员任免等均能顺利进行，没出什么大的纰漏。

每天退朝后，见深就进宫向卧病的父皇详细禀奏当天处理政务情况。深受疾病折磨的皇上惊喜地发现：太子见深似乎一夜之间长大了，连口吃的毛病也好了许多。这让他暗自庆幸没有听信谗言仓促易储，避免了国家的动乱和可能带来的悲剧。一念及此，朱祁镇自己也在病榻上暗自欣慰。

第十四章 父皇驾崩和他的临终遗言

天顺八年的正月，关内连降十数日鹅毛大雪。天寒地冻，京城一些胡同里的百姓让大雪封了门，人们像鼹鼠一样地爬进爬出。高大的皇宫也覆盖了一层厚厚的积雪，显得格外臃肿庞大。清晨，宫殿的檐口挂起一串串泪珠似的冰挂，显得很不雅致，太监们忙命小内侍用长竹竿把它们敲落下来。

春节过后，因患脚疾辍朝已久的天顺帝朱祁镇病情不见好转。他已经很久没有下床了，浸入骨髓的寒毒让他的双腿浮肿，失去了知觉，更别说任意移动了。御医们心知肚明，皇上羁留漠北一年，被软禁在破蔽的帐篷里，又缺少活动，刺骨的寒湿侵蚀了他的肌体。在那一年里，作为阶下囚的他还要时刻担心瓦剌人变脸危及自己的生命。这种惴惴不安的心理负担，更让肌体上的病情加剧。及至一年后侥幸回到京都，又被御弟幽禁南宫，郁郁寡欢达七年之久，病体也一直没有得到应有的医治和康复，以致最终恶化到目前这种地步。

御医院的医正和官员穷尽了各种办法，遍搜天下偏方和独门药剂，乃至藏医蒙药、海外仙丹，无奈皇上已病入膏肓，纵使华佗再世，扁鹊重生，也无力回天了！御医们无奈，只得将皇上的病情如实秘奏钱皇后，并向内阁大臣们通报。除此之外，他们能做的就只有熬制参汤和各种珍贵补药，用以迁延皇上的生命，勉强吊住他的一口气。

自从命太子视事文华殿以来，朱祁镇再也没出乾清宫一步。缠绵病榻数月之久，这位历经坎坷的皇帝有充足的时间来回顾自己的一生——

宣德十年父皇驾崩，年仅八岁的他在皇祖母张太后扶持下登基继位，遵先帝遗诏由杨士奇、杨荣、杨溥、胡濙、张辅等五大臣辅政。当时的情景他已印象模糊，依稀记得自己穿着特制的小号绣金龙袍，端坐在御座上，接受殿内外黑鸦鸦一大片文臣武将的跪拜，“万岁”之声震耳欲聋。那时的他觉得上朝毫无乐趣可言，一应国家大事、官员任免均由五大辅臣决策。倒是从小在东宫服侍他的太监王振见小皇帝对早朝和经筵进学烦了，利用他兼摄东厂提督之便，在朝阳门外大兴土木，筑将台设校场，集合京营将士比武，陪同身着戎装的小皇帝以三军统帅的名义检阅将士，给骑射成绩优异者颁旨赐奖。那些活动令他大呼过瘾。

后来王振因为这件事和其他僭越专权之事，惹恼了太皇太后。太皇太后当着五大辅臣的面，令女官将刀剑架在王振脖子上，宣布其罪状，要赐其一死。当时小皇帝和五大辅臣跪地求情，太皇太后方免他一死，并严厉警告他今后谨守本分不得肆意干政。

然而，随着岁月流逝，“三杨”等辅臣相继老的老死的死。太皇太后亦于正统七年驾崩。朝政逐渐为王振把持。王振欲立边功，不顾朝臣反对，轻启麓川之役，派遣兵部尚书王骥率十万大军远征叛酋思任发。该役历时十余年，几乎耗尽国库所有积蓄，致使后来朝廷无力应付北方瓦剌的入侵。

正统十四年，瓦剌太师也先派遣三千多人的朝贡使团来到京城，因为索要赏赐未能得到满足，又被朝廷限令赶出京城，恼羞成怒的也先悍然大举南侵。阳和一役，明军四万步骑全军覆没，西宁侯宋瑛、武进伯朱冕战死沙场。消息传到京城，朝野震惊。在朝会上群臣议论纷纷，有主张调集天下兵马与也先决一死战的，也有主张遣使与也先议和的，莫衷一是。他太年轻，只得问计于司礼太监王振。王振听说也先只有两万骑兵，便有些轻敌，欲效法前辈宦官建立边功树立自己的威信，于是极力怂恿他亲率六师北征瓦剌，欲一劳永逸地消除边患。

以吏部尚书王直为首的数十位大臣上书极力劝阻，申言利害。可是他受王振蛊惑，一心做着扫荡北疆的美梦。下令调集河南、山西各地驻军，京军精锐部队五军营、三千营、神机营全部从征，各路大军共计三十万人；又号称五十万以壮大声势。可是这支庞大的军队却没有一个有战斗经验的统帅，他和王振对领兵打仗都是十足的外行。况且从颁布诏令到出发只有五天时间，如此仓促，后勤根本无法保证，大军离京没有几天，军中就闹起了饥荒！

他御驾亲征漠北，从征护驾的文武官员达一百多名，几乎大半个朝廷倾巢而出。这也是违背兵法常识的。战场上两军相接，是兵对兵将对将的厮杀，护驾的官员越多，越拖累军队，影响其战斗力。由于后勤跟不上，士兵还经常吃不饱，军中病号急剧增多，不少人倒毙于路途。

刚到大同，从阳和战场临阵脱逃的监军宦官郭敬秘密来见王振，告知他瓦剌太师也先诡计多端，率数万骑兵撤至捕鱼儿海，企图引诱明军深入沙漠腹地，分割围歼。王振顿时吓蒙了，但他隐瞒了真相，只说也先畏惧大军威势，已逃入沙漠，大军宜早日凯旋返京。

而他自己对这次可怕的远征也早就厌烦，于是下令班师。王振想途经他的家乡蔚州，光宗耀祖，便命令部队往南行进。可是中途又怕大军践踏庄稼，遭族人唾骂，又改令大军沿长城北线返京。这一番折腾白白损失一天多时间，又把部队暴露在瓦剌人预设的攻击范围之内。

在地形险恶的鹞儿岭，负责断后的成国公朱勇率五万明军被瓦剌骑兵分割包围，伤亡殆尽，没有多少人逃出鹞儿岭的虎口，朱勇也战死阵中。明军护卫着车驾到达一个叫土木堡的地方。这里离怀来县城只有二十里路，护驾的官员一致要求赶快进入怀来城，那里可以据城坚守等待援兵。可王振自认为懂得军事，说土木堡地处高岗，进可以攻，退可以守。其实他是要等拖在后面的数十辆辎重车，那些车载着他沿途搜刮的金银珠宝，他舍不得丢掉。

结果一夜之间，也先的主力骑兵从各方面急驰而来，迅速对处在孤岗上的土木堡形成合围。

也先老奸巨猾地假装与朝廷使者商议媾和条款，就赏赐数万两金银讨价还价。这边王振以为和议必将达成，便急不可耐地下令拔营。堡内缺水，干渴了两天两夜的士兵们听到移营的命令，争先恐后地跃出，直奔岗下的小河喝水。瓦剌骑兵立刻四面合围冲杀过来。河水都被明军的鲜血染红了。这边瓦剌骑兵大部队乘势攻入土木堡，直扑明军大营。

大营里全是跟随御驾亲征的文武官员，英国公张辅等连忙上马拿起武器御敌，可是“嗖嗖嗖”的箭矢飞蝗般迎面射来，可怜七十五岁的张辅老将军中箭栽下马去。手无寸铁的兵部尚书邝埜、户部尚书王佐等数十位大臣也尽被瓦剌兵凶残地斩杀，血染沙场。

这场惨绝人寰的屠杀就在他的眼前发生。他在御营卫队的拼死保护下侥幸逃出重围，但身边的卫士越来越少，祁镇见四周都是疯狂杀戮的瓦剌骑兵，身为帝王难道也要这样血肉横飞地死去？帝王要有帝王的尊严，他索性找了一处干净的地方盘腿而坐，身边只有太监喜宁服侍。

一个瓦剌兵见他的衣甲鲜明亮丽，便哇啦哇啦拿刀逼着他脱下来。这时一个瓦剌的小头目过来，连忙制止瓦剌小兵，把他带去也先之弟赛堪王帐中。就这样，身为一国之君的他成了瓦剌人的阶下囚，在天寒地冻、凄风苦雨中待了整整一年。

后虽侥幸返回京城，可他这位太上皇却被坐稳帝位的御弟祁钰幽禁于南宫，过了整整七年被软禁的生活。后来发生了“夺门之变”，几个投机分子趁祁钰病重发动宫廷政变，将他重新扶上皇帝宝座。复辟后的他——天顺皇帝朱祁镇，虽年纪只有三十来岁，却已备尝艰难险阻，洞悉忠奸真伪。在李贤等辅佐下，他逐步清除石亨、曹吉祥等“夺门功臣”在朝中的势力，每日敬天勤政，远小人而近君子，逐渐达致政通人和的局面，一批老臣贤相得到任用，年轻有为的才俊也得到提拔，政局渐趋稳定，国力有欣然上升之势。

他原想成为一个中兴明室的英主，将来无愧于列祖列宗和后世子孙。他复位以后，效法历史上的仁君，做了两件足令后世称颂的事。一是下令释放被幽禁在凤阳长达数十年的建文帝庶子朱文圭。朱文圭两岁即被幽禁，他同家眷五十余人被释放为民。走出高墙时，五十七岁的他连牛马都不认识。另一件事是为宣宗废后胡氏上恭谥，恢复皇后身份和陵寝、享殿。宣宗宠爱妃子孙氏，胡皇后因多病未育，被逼上表辞去皇后尊号，废为静慈仙师，皈依佛门。他和皇后钱氏力主为被废的胡皇后恢复尊号。李贤极力赞同说："陛下此言，天地鬼神都在看着啊！"于是他为宣宗废后胡氏上尊谥为宣宗恭让章皇后，为其修建陵寝，优抚族人。

上元节过后，祁镇的病情日见加剧，常常一阵接一阵地昏迷，他感到死神就要降临。此时召见外朝大臣颁遗诏已经来不及了，于是他把宫中司礼太监牛玉、傅恭、裴当、黄顺、周善等叫到病榻前。太子见深闻讯急急赶到，看到病榻上父皇蜡黄的脸，顿时泣不成声地跪倒在榻前，紧紧攥着父皇的手不放。

祁镇睁开眼睛，努力想看清见深的脸，他挣扎着用微弱的声音把最重要的嘱咐告诉他："钱皇后名分已定，是你的母后，你当尽孝以终天年。"

见深知道父皇心中所虑，钱皇后曾陪父皇度过那七年艰险、清苦的幽居岁月，父皇放心不下她。他在床沿上磕着头哭奏道："父皇放心，儿臣记住了。"

可祁镇皇上仍不放心，继续艰难地嘱咐："钱皇后他日寿终，宜与朕合葬。"

见深连连点头遵旨，并命跪在床头的太监取过纸笔把皇上的遗旨记下来。

交代完这件大事，祁镇稍稍喘口气，又口述遗诏："朕倘有不讳，东宫择吉日即皇帝位，过百日成婚。"

牛玉连忙一字不漏地记下来，并让环跪在榻前的众太监一一见证。见深哽咽地呼喊着："父皇，父皇……"重重地把头磕在床沿上，差点磕出血来。众太监忙上前拦住。

说完最后的遗言，祁镇把最后一点精力都几乎耗尽，浑身无力地倒在枕上昏厥过去。见深见状慌了手脚，示意太监们急召御医。守候在寝殿外的御医没有别的办法，只能急进参汤，暂时激活皇上垂危的生命。

一阵手忙脚乱的救治之后，祁镇慢慢苏醒过来，见太子和众太监环跪在床前哭泣，他意识到自己还有机会把话说完，他在病中思考了很久的重要决断，还没来得及说。他挣扎着微微扬起头，宛若游丝般的声音断断续续：

“宫妃殉葬……非古礼……仁者所不忍……朕死后……众妃……不要殉葬……”

说完，像是轻松了许多，他又睁开迷蒙的双眼，示意司礼太监牛玉靠近，将他记录的遗诏念一遍，然后点头道：“速送文渊阁……让他们……为朕润色。”

牛玉拭着泪叩拜道：“奴才遵旨！”

当他还是太子时，很得父皇宣宗后宫妃嫔们的喜爱，经常在各宫那些美貌的姨娘们那里玩耍。她们把许多好吃的糕点果子都留给他。以致父皇宣德皇帝开玩笑说：这小子从小就好色啊！可是当父皇驾崩时，最受宠爱的十位年轻嫔妃都被迫殉葬。年幼的祁镇刚好看到那悲惨的一幕。虽然他即位后立即为被迫殉葬的十位姨娘上了徽号，都封为皇妃，可她们毕竟不能死而复生。

祁镇对此耿耿于怀。人殉是上古之礼，到汉朝时已被彻底废止，以大量木俑和陶俑陪葬，代替人殉，可到了本朝，太祖高皇帝驾崩，孝陵中陪葬的宫妃竟达四十六人！太宗文皇帝死后殉葬的宫妃也有三十余人。就连素以仁慈著称的仁宗和宣宗也各以五妃、十妃殉葬！祁镇无意责备自己的祖辈，但他不愿幼时亲历的那种恐怖场景再次发生，那太残酷了！故而有了遗诏中的再三叮嘱：“此事宜自我止，后世勿复为”。

牛玉捧着记录稿匆匆来到文渊阁。阁臣们颇为惊愕，急问有何事？

牛玉说：“皇上病情危急，召太子至榻前留下遗命，此为记录稿，让诸位大人给予润色。”

李贤、彭时等恭读皇上遗诏，早已涕泪纵横，读毕，李贤代表阁臣们说：“皇上遗诏关系国家大体，非英明不能及此。尤以命止宫妃殉葬一事，高出古今帝王，真盛德之事！遗诏不需润色。”说完竟号啕大哭起来。

正月十七日，上元节过后的一个阴冷的早晨，祁镇咽完最后一口气，颇为平静地离开了人世。这位命运坎坷、极富传奇色彩的皇帝，历经磨难，两度临朝，执政二十余年。当他撒手人寰时，年仅三十八岁！

第十五章 太子继位，风波迭起

正月间关内连降大雪，三大殿前面的铁狮子全被大雪包裹成大白熊，臃肿地蹲在那里，茫然地俯视着白雪皑皑的宫廷平台。

皇宫里调动大批兵丁扫雪，在乾清门前搭起孝棚，供奉大行皇帝的灵柩与牌位。京城各大寺观的法师、和尚吹响法器，诵读经文，为故去的皇上超度亡魂，引向西天乐土。

皇太子朱见深身披麻布重孝，足蹬草履率领众皇子在灵堂中接待前来吊唁和叩拜的皇亲国戚、文武百官。由于对父皇去世的深切哀悼和连日操劳，十七岁的见深显得极度疲惫，憔悴不堪。他声音嘶哑，本来口吃的毛病更显严重了。

自从视事文华殿以来，见深深感责任重大，如临深渊，如履薄冰。自己毕竟太年轻，面对纷纷扰扰的国家大事，官员任免等重大决策时，难免捉襟见肘，莫衷一是。好在父皇在临终之前，早将他托付于内阁首辅大学士李贤——这位经历天顺朝风风雨雨，纵横捭阖、扶危渡困的能臣。又有阁臣彭时、吏部尚书王翱、兵部尚书马昂等一干老臣辅佐，见深相信国家在此非常时期可以正常运转，度过艰难的时期。

在宫内为大行皇帝举办丧事的同时，戴着重孝的大臣们仍然坚守在值房中处理重要公务。紫禁城午门内，文华殿南面有一排低矮的平房，约十余间，这里就是内阁大学士们办公的地方“文渊阁”。正堂挂有永乐皇帝朱棣御书的匾额。从永乐朝的解缙、黄淮、金幼孜，到辅佐仁、宣二帝的著名的“三杨”，内阁在朝廷施政和官员任免等重大决策上起的作用越来越大。英宗朱祁镇复位以后，信任学识渊博、经验丰富的内阁大臣李贤，粉碎了“夺门”功臣石亨、曹吉祥等的篡权阴谋，使政局渐趋稳定。英宗弥留之际，又托孤给李贤，李贤涕泣受命。此时他已经五十八岁，虽然从政经验丰富，精力却已渐渐不逮。但他是个好强的老人，内阁人手少，他常常夜不归府，留守值房，处理随时可能发生的紧急公务。

大行皇帝的葬礼即将结束，紧接着是新皇登基大典，内阁要为即将登基的见深草拟告谕天下臣民的即位诏书。诏书照例要宣布新朝的施政纲领，内政、外交、赋税、金融、军事、边防等面面俱到。为此李贤已与朝中六部大臣王翱、马昂等交换意见，拟定重大的施政措施。现在他已胸有成竹，准备形成文字。

李贤研习过他的前辈、著名的三朝宰辅杨士奇为宣宗和英宗两任皇帝草拟的即位诏书。那玩意儿实在难写，既要措施明确了当，又要兼具文采。因而他坐在座位上字斟句酌，颇费思量。

这时，新近进入内阁的礼部左侍郎兼学士陈文突然跑过来一把夺过李贤手中的笔，“李公，草诏的事还不是最急的！”

一闻此言，不仅李贤大惊失色，另一位阁臣彭时也从座位上站起来，忙问陈文怎么了。

陈文是新近入阁的内阁成员。明朝的内阁很精炼，一般由三名阁员组成。吕原病故后，首辅李贤向英宗推荐詹事柯潜入阁，并将此事告知吏部尚书王翱。老资格的王翱行事古板，他说：“按顺序陈文应在柯潜之前，为什么要压抑他呢？”李贤尊重王翱的意见，改奏陈文替补入阁。

陈文入阁后，处理政务屡屡与李贤、彭时意见相左，还公开顶撞首辅李贤说：“我不是你推荐的人。”

新皇登基大典在即，内阁必须在今日拟定诏书。陈文突然打断，令李贤十分惊诧，难道他又想惹事非？

陈文神秘兮兮地屏退随从与护卫，关好阁门，向李贤、彭时详细讲述了他掌握的一个惊天阴谋——

原来，陈文与翰林院侍读学士钱溥比邻而居。陈文是詹事出身，同为文人，又是邻居，因此与钱溥交往频密，经常诗酒唱和，甚为相得。

钱溥曾教宫中太监识字读书，与皇太子内侍太监王纶交情甚厚。王纶常来钱溥家饮酒，有时也邀隔壁的邻居陈文共饮。陈文入阁后，钱溥特别羡慕。陈文几杯黄汤下肚，故意把内阁的决策过程说得神神秘秘，还把自己对首辅李贤的不满透露出来。谁知喝酒喝得面红耳赤的钱溥一捋袖子说："李贤有什么了不起，吾将取而代之！"旁边稍为清醒的大太监王纶见他说漏了嘴，连忙把话岔开。

在国丧举行期间，王纶与钱溥的往来愈加频密。几乎每天都来钱溥家密商。陈文凭直觉怀疑他们是在策划某种秘事。有一天夜里他潜至钱溥书房窗下，屏住呼吸细听二人的谈话。原来王纶已串通宫中一部分有权势的宦官，收买统领宫廷卫队的侍卫长，准备在大行皇帝丧礼结束的那天举行宫廷政变，挟持太子，逼他任命王纶为司礼监掌印太监，钱溥取代李贤为内阁首辅，兵部侍郎韩雍取代马昂任兵部尚书，由他们掌控朝政。

陈文听到这里，倒吸了一口凉气。他怕被发现，悄悄蹑回家中，暗自权衡利害。他身为内阁阁员，深知在此非常时期老谋深算的李贤、王翱等对于突发事件早有防备。兵部已在皇宫周围调派京营数千士兵严密布置，以防意外。何况王纶、钱溥之流嗜酒贪杯，志大才疏，岂是能成大事之人？一旦事情败露，自己经常与他俩饮酒聚会，虽只是邻居，终难逃嫌疑，弄不好要到锦衣卫的监狱终了余生！

权衡利害之后，陈文决定向李贤告发此事。李贤不敢怠慢，立即搁下草拟的诏书，赶赴宫中，向即将登位的皇太子见深和钱周两位太后禀报了这一阴谋。

王纶本是东宫太监，活动能力强，且生性狂傲，认为自己识文断字，堪为宦官中的佼佼者，打算在新君即位后谋取司礼太监的高位，像他的前辈王振一样做一番事业。他在大行皇帝的丧礼中，为了显示自己与众不同，在麻衣白布的丧服上加了一袭亮闪闪的貂皮，令身披重孝的皇太子感到十分厌恶。

得知王纶与钱溥等策划宫廷政变，年轻的皇太子见深从未经历过这种事，震惊之余颇有些慌乱。李贤忙安抚他说："殿下勿惊，臣等已有防范措施，皇舅会昌侯已派遣京军精锐驻跸神武门外，以防万一。”

见深请示两位母后后，立即下令将太监王纶捕入锦衣卫大狱。经过严审，王纶供出同谋十余人。最后王纶以谋反罪处以极刑，其手下多名党羽被杀，钱溥以勾结内官阴谋未遂罪贬为顺德知县。兵部侍郎韩雍亦受牵连，被贬为浙江左参政，勒令出京。

大行皇帝的丧礼结束后，皇太子朱见深遵遗诏即皇帝位，以明年为成化元年。故后世亦称朱见深为成化皇帝。

新皇登基，照例举行大赦，并免除第二年天下三分之一的田租赋税。新朝除弊革新，颁行若干新政：比如将派驻各省及边塞的内官太监一律撤回；派到番邦的使者和缉事官校一律召回，以清除宦官干政的弊病。又从狱中释放蒙冤的参政罗绮，归还他被没收的家产。将作恶多端的锦衣卫指挥门达逮捕入狱，后赦免发配广西南丹卫戍守。

新朝这些举措深得民心，激浊扬清，一时人心大快。

二月，见深为已故父皇上尊谥：“法天立道仁明诚敬昭文宪武至德广孝睿皇帝”，庙号英宗。又命内阁廷臣商议，如何为两位健在的母后上太后尊号。她们俩一个是英宗皇后、见深嫡母钱氏，一个是见深生母周贵妃。

对于这个问题，亲身参与英宗遗诏草拟过程的李贤说：“先帝弥留时，特地召太子到榻前嘱咐。当时太子涕泣受命，并命内臣记录在案。现在皇上登基，自应尊嫡母钱氏为皇太后，这有什么可疑惑的呢？”

可是宫中的太监们阿顺贵妃娘娘的旨意，蓄意贬低钱皇后的地位。大太监夏时说：“钱氏久病无子，不适宜称太后。贵妃娘娘是皇上生母，应独尊为皇太后。”

他说宣德年间已有先例：宣宗胡皇后久无子，潜心向佛。贵妃孙氏得皇上宠幸，阴取宫人之子为己出（即太子祁镇），母以子贵，结果胡皇后上表辞去后位，退居长安宫，赐号静慈仙师。孙贵妃得以晋升为皇后。

夏时仗着周贵妃是皇上生母，气势汹汹，极力贬低没有生育的钱皇后。内阁李贤和彭时忍无可忍，据理反驳道：“宣德年间事有不同，胡皇后是上表让位，隐居别宫，故未加皇太后的尊号。现钱皇后执掌中宫多年，名份俱在。且先皇遗诏命太子为嫡母尽孝以终天年，怎可类比？”

夏时竟说：“既如此，钱后为什么不起草让位表章？”

彭时立即反驳：“先帝在时未曾施行，现在谁敢起草？做臣子的阿谀顺从做这样的事，是万世的罪人！”

夏时见彭时倔强如此，恼怒地威胁道：“你如此对抗贵妃娘娘旨意，敢是有二心吗？”

彭时急了，拱手对天道：“太祖、太宗神灵在上，谁敢有二心必遭天殛！钱皇后无子，为她争位有什么好处？但为臣子的大义使我不能沉默，我这还不是为了保持皇上的盛德吗？”

李贤也坚持道：“为了皇上的大孝之心，两宫并尊太后才最妥当。”并建议钱皇后称慈懿皇太后，周贵妃称“皇太后”，以示区分。

由于内阁据理力争，夏时不得不再次入宫请示。经过新皇见深再三婉劝，贵妃娘娘终于同意两宫并尊的方案。翌日，由皇帝颁布敕令，礼部官员恭备仪礼，尊奉嫡母钱皇后为慈懿皇太后，居仁寿宫；尊奉生母周贵妃为皇太后，居清宁宫。并制定了皇帝及后妃至太后宫晨昏定省之仪。

过了几天，宫中另一位太监覃包来到内阁，对李贤、彭时说：“本来皇上的想法也是两宫并尊，但迫于贵妃娘娘的威压，不敢自作主张。若非二位先生力争，几乎误了大事！”

当时，彭时、李贤与宫中太监夏时激烈争辩，同为阁臣的陈文怕得罪贵妃娘娘对自己不利，明哲保身，一言不发。此刻，他听到太监覃包这番话，十分惭愧，恨不能找个地缝钻下去。

新朝建立，一切慢慢走上正轨，早朝午朝如期举行，国家机器平稳运行。朱见深继位时年仅十七岁，虽在童年和当太子时历尽艰险饱经忧患，但毕竟年轻太轻，且久居宫廷，阅历不足，又兼几度沉浮，缺乏正统的皇家子弟应有的经筵教育，因此一旦登上皇帝宝座，面对纷繁的国家政务，以及其他需须臾决定的事，明显有些手足无措。

严格意义上说，太子朱见深能够顺利继位，全赖李贤的鼎力扶持，否则在云谲波诡的易储风波中他就要遭遇不测。因此在登基之后，他对李贤等力主施行的一些新政，如罢黜各地镇守内官、释放参政罗绮、逮捕并放逐罪恶深重的门达等重大措施鼎力支持，因此深得民心。他进而批准拆毁锦衣卫新建监狱，释放浣衣局中那些犯事官僚充入宫中的家眷，赢得京师内外百姓交口称赞。

即位不久，他便晋升李贤为少保、吏部尚书兼华盖殿大学士，晋升阁臣陈文为吏部左侍郎兼学士，阁臣彭时为吏部右侍郎兼学士。彭时在内阁资历比陈文早，官位却居陈文之下。这其中有彭时直言为钱后争位，惹得周太后不悦之故。可素来淡泊名利的彭时对此泰然置之，依然直来直去地进谏。立朝三十年，彭时成为一代名臣。陈文虽后来当了首辅，却因其猥琐钻营，人格低下，在《明史》上归入万安、刘吉一类窃居高位的小人之列。

十七岁的皇帝朱见深在后宫中处于许多佞幸宦官的包围中。初登基的一段时间，他受宦官太监影响，居然避开内阁和吏部的考察流程，直接由宫中传旨任命各级官员。这类官员被称为“传奉官”。上至文武大臣，下至僧人道士，由皇帝滥施恩典任意授官的人数以千计。后来遭到朝廷各部的反对方不情愿地罢手。可是皇帝下了圣旨授了官，又不好反悔，最后只好职务照授，薪俸照发。于是那些妃嫔宦官的亲属或是花钱买官的混混们沐猴而冠，扰乱了朝廷的吏治，造成极大的隐患。

当年瓦剌挟持被俘的英宗攻入北京近郊，意欲倾覆摇摇欲坠的明王朝。幸亏景帝充分信任和依靠兵部尚书于谦，统率北京军民殊死抗敌，将瓦剌铁骑驱出关外，挽狂澜于既倒，延续了明王朝的命运。对于那段惊心动魄的历史，朱见深虽然当时年幼不甚了解，但回想起来也是印象深刻。虽然后来他在沂王府受到不公正的对待，对叔父祁钰稍有怨怼。可在他心里，对众所景仰曾挽救国家危亡于既倒的于谦仍是心怀仰慕。后来于谦遭徐有贞、石亨陷害被杀，连他的祖母孙太后都深感惋惜。逐渐成年的朱见深只能叹息政治斗争的残酷。到他自己执政时，朝廷中为于谦平反的呼声日益高涨。于谦被杀是徐有贞等诬陷他在英宗被俘后企图迎立外藩篡国。后来英宗朱祁镇在宫中发现襄王力主太子见深继位的两封奏疏，所谓“迎立外藩”的谎言才被彻底揭穿。可是英宗祁镇在位时没有勇气纠正自己的错误为于谦平反。此时见深采纳大臣们的意见，派遣礼部官员马璇至杭州西子湖畔祭奠于谦。并亲撰祭文：

卿以俊伟之器，经济之才，历事先朝，茂著劳绩。当国家之多难，保社稷以无虞。惟公道之独特，为权奸所并嫉。在先帝已知其枉，而朕心实怜其忠。故复卿前官，遣人谕祭。

这篇祭文当时传诵颇广，其中也有见深为其父祁镇说解之辞，说先帝早就知道于谦的冤枉，只是没来得及为他平反罢了。他还下令将于谦之子于冕从戍所放归，任命他为兵部员外郎。于冕后来还当了应天知府。

朱见深被贬为沂王，放逐沂王府时，朝不保夕，根本没有机会读书进学，直到十岁以后，重新入主东宫，父皇才重视对他的培养教育，为他礼聘翰林大儒为老师，经筵讲学每月三次，寒暑不断。历朝历代贤君圣主的事迹成为太子见深学习的重点。在历代君王中，朱见深最为仰慕的是唐太宗李世民。唐代史臣吴兢辑录的《贞观政要》是他最爱读的书。他从中学到许多任贤纳谏、正心修身的为君之道。见深即位后，即命儒臣重新勘订《贞观政要》，并付梓发行。他还亲自撰写《御制贞观政要序》，用他那颇具功力的楷书写在卷首。看来他在敏思阁的书法练习没有白练。据说他给五品以上的官员每人御赐一本，要他们潜心研读，身体力行。而那些官声不佳或他认为滥竽充数、没有学问的官员则得不到他的赐书。

第十六章 皇上大婚，后位的争夺

英宗临终前，曾口述遗诏："朕倘有不讳，东宫择吉日即皇帝位，过百日成婚。"当时太子涕泣领命，并由司礼太监将遗诏记录在案。见深即位后，由东宫迁入乾清宫，成为大明王朝新的一代君主。新皇上已年满十七岁，本应遵遗诏早日举行大婚。奈何朝廷诸事繁杂，且英宗皇帝的陵寝裕陵工程浩大，久未竣工。直至当年五月份才举行隆重的葬礼，将英宗的灵柩葬入裕陵地宫。至此，两宫太后才定下心来商议皇儿大婚的事。

祁镇在世时，曾为即将成年的东宫太子选妃，选定三名贤淑美貌淑女为太子正妃和侧妃的候选人，养育在宫中待太子成年后娶为太子妃。现在太子已继承皇位，登上大宝，这三名淑女便直接成为皇后和皇妃的候选人。

明朝为了防止外戚干政，规定太子选妃只能从民间或下层官员的女儿中遴选。当年被选中养育宫中的三名淑女，家室较为显赫的是羽林前卫指挥使吴俊之女，十六岁的吴氏。她的父亲虽只是御林军的普通军官，但其舅父却是声名显赫的怀宁侯孙镗。孙镗在平定太监曹吉祥及其养子曹钦发动的宫廷政变中立了大功。另两名淑女一个是南直上元县镇抚王镇之女，十七岁的王氏；一个是京郊通判柏崇礼之女，十五岁的柏氏。皇宫中的优越条件和良好的教育，让三位少女出落得雍容大方，聪明与美貌兼具。但太子见深早在东宫初识人事时，一颗心就已被万贞儿所俘获，对养在深宫的这三位美人没有一点感觉。

即位以后，见深遵光帝遗诏，百日成婚，年轻皇帝的大婚提上议事日程。养育宫中的三位妃子，谁当皇后谁为妃嫔需要年轻的皇上自己决定。慈懿太后钱氏因见深不是自己所生，不愿擅自做主。见深生母周太后急了，逼着儿子问：“你到底喜欢谁，让谁做皇后？你倒是说话呀！”见深一脸冷淡地说：“母后您定就是，儿臣没意见。”

周太后没辙了，只得召见司礼太监牛玉，命他再对三位妃子家室出身审慎考察一次，为选后最后的抉择做准备。

牛玉本是英宗临终托孤的内臣之一，又被两宫太后委以选后重任。便不辞劳苦亲赴三位女子老家，考察其家室人员等情况。风尘仆仆，牛玉公公确实不容易。

考察的第一站是家在京郊的羽林前卫指挥使吴俊家。吴俊本是外地人，因为在羽林军任职，且与平叛功臣怀宁侯孙镗结为姻亲，得以在京郊置地安家。吴俊虽一介武夫，却颇有心机。女儿有幸被选为太子妃，现又有成为中宫皇后的机会，自己若有幸成为“国丈”，跻身皇亲国戚的行列，那是多大的荣耀！不仅荣华富贵接踵而来，自己在羽林军中的地位也会步步高升。闻知朝廷派司礼太监牛玉前来考察，自己官卑职小，他想通过姻亲怀宁侯孙镗巴结牛玉。开始他想用金银珠宝进行贿赂，可孙镗知道朝廷的监察御史对贪腐行贿防范甚严，东厂的锦衣卫更是了得，若让他们逮着便大祸临头！况且牛玉公公在宫中什么稀世珍宝没有见过！后来吴俊挖空心思想了一个妙招：他打听到牛玉是京畿昌平人，便托驻守昌平的羽林军指挥出面，在当地强购五百余亩良田，契约写在牛玉的养子名下。这一巧妙的厚赂避开了言官们的监督和东厂特务的耳目，牛玉公公理所当然地笑纳了。于是他便在两宫太后面前极力夸赞吴女端庄贤淑，知书达理，堪为中宫皇后的最佳人选；王氏则不善言辞，稍显木讷，难掌后宫；而柏氏不满十五岁，年龄尚小，难当中宫重任。经过牛玉一番游说，两宫太后终于做出决定：选定吴氏为皇后，入主坤宁宫，同时册封王氏为德妃、柏氏为贤妃，分住其他宫室。

皇上就要大婚，乾清宫坤宁宫及合宫上下张灯结彩。两宫太后笑得合不拢嘴。朝中也很配合，礼部宣布：皇上大婚，辍朝七日。让年轻的皇帝暂时忘却政务，在后宫的温柔乡中尽享新婚的快乐。

在这欢乐愉快的氛围中，只有一个人暗暗感到失落。她，就是万贞儿。

随着见深登基，万贞儿也随着东宫全班人马入住乾清宫。乾清宫是宫中最为宏伟壮丽的宫殿。已经册封为才人的万贞儿选取了一处小小的偏殿做了自己的住处。虽说皇上应住在正殿寝宫，但在皇上大婚之前，大多数夜晚是在她这里留宿。以致值夜的太监都颇有些尴尬。

大婚前夕，万贞儿倚在见深怀里不无醋意，“皇上明晚就要在坤宁宫和皇后娘娘度过洞房花烛夜了，不知还会不会记得奴婢？”

见深连忙安抚她道：“怎么会不记得？你永远是朕心中的贞儿姐姐，朕永远是你心中的深儿。太后催朕完婚，朕没有办法。其实那个吴氏朕一点也不喜欢。”

“德妃王氏长得可漂亮呢，还有贤妃柏氏小巧玲珑，挺惹人喜爱的。皇上一定会喜欢她们。”

见深知道万贞儿在试探自己的心意，叹口气道：“她们能被父皇和母后选上，自然有其过人之处。朕身为皇上，三宫六院必不可少。可是贞儿你要知道，你在朕心中是任何人不能替代的。朕大婚之后，就会借齐备六宫的机会，奏明母后，升你为昭仪或婕妤。你要给朕生个皇儿，朕就封他为太子，将来朕把皇位传给他，你就可以做太后了。哪怕你给朕生一个女儿也好，朕封她为长公主，将来为她物色一个好驸马爷，你说好吗？”

皇上这番情意绵绵的痴话，让万贞儿得到很大的安慰。眼看东方即将发白，她急忙催见深起床，随内侍返回寝宫。

这天晚上，年轻的皇帝与皇后的大婚庆典在灯火辉煌中举行。身着凤冠霞帔、顶着大红盖头的新娘由十余名宫女牵引叩拜了天地，叩拜了两宫太后，然后与新郎交拜再进入洞房，一应故事几乎与民间无异，只是场面更加辉煌宏大，珠光宝气，熠熠生辉，其富丽堂皇远非民间可比。

宫女们已引导新娘在婚床前坐定。天色渐晚，参加婚礼的皇亲国戚已相继告辞退出。新郎要来为新娘揭去盖头。当内侍们示意新郎官这样做时，皇帝有些犹豫，迟疑地走上前，把覆盖在新娘头上的红绸揭起。但他并没有认真看自己的新娘一眼，仍然回到桌前拿起桌上的小玩意把玩起来。

新房里的场面有些尴尬：宫中细乐悠悠地回响，喜烛不时爆着喜庆的灯花，可是新房中的主角，一个在灯下心不在焉地玩弄着小玩意儿，一个低头坐在床前忐忑不安地搓着手娟。直到外面响起初更的鼓声，当值太监进来跪奏道："启禀万岁，更鼓已响，请皇上娘娘安歇。"

立刻有数名宫女上前为新娘卸妆，重施脂粉，引导于龙床前。太监们也服侍皇上脱卸龙袍，换上鹅黄色的轻便晚装。一应准备停当，太监宫女们一一退下，熄灭寝宫中大多数的宫灯，把皇上和他的新娘留在黑暗中。

只是这一对皇家伉俪的初夜似乎并不和谐，据说半夜时分披着龙袍的年轻皇帝竟然在太监侍卫们的护卫下匆匆离开坤宁宫，返回乾清宫的寝宫安歇。

新婚之夜竟被皇上无端冷落，好不容易登上皇后宝座的吴氏心中的失落可想而知。面对空荡荡的龙床，听着皇上渐渐远去的脚步声，吴皇后悲愤交加，却又无可奈何，唯有在黑暗中拥着被褥嘤嘤哭泣，断断续续直到天明。

这晚，乾清宫里万贞儿是在一种极复杂的心境中度过的。她痴痴遥望着不远处坤宁宫璀璨的灯火，想象着自己的心上人——见深在宫人们的引导下，与蒙着红盖头的羞涩新娘共饮交杯酒的情景。羡慕与嫉妒深深地咬噬着她的心，却也万般无奈。她长长地叹了一口气，怀着一颗失落的心返回偏殿，倒在床上蒙头大睡。

半夜时分，万贞儿忽然被外面杂踏的脚步声惊醒。她仔细分辨，似乎是大批太监侍从簇拥皇上回到了乾清宫。这可是个令人惊异的极不寻常的情况：新婚之夜，身为新郎官的见深竟撇下他的新娘返回了乾清宫！万贞儿不禁暗暗得意：皇上所言不虚，他并不喜欢母后为他挑选的这个皇后吴氏。这位吴小姐的家人活动能力强，搞定了负责选后的司礼监牛公公，通过牛玉的巧言令色说服两宫太后，得以顺利入主坤宁宫，奈何年轻的皇帝实在不喜欢这位吴小姐，遵母命与她完婚实是无奈之举，以致有新婚之夜逃离坤宁宫的荒唐举动。

"啷！啷！啷！"宫墙外的箭道上传来悠扬清脆的更鼓声。万贞儿在床上浮想联翩，翻来覆去，无法入睡。她担心见深既已回到乾清宫，会不会来找她倾诉自己的心事。如果是这样，自己该怎么办？皇上大婚之夜逃离坤宁宫已是足令宫廷沸腾的大笑话，若再传出去是为了年长他十七岁的一介宫婢，自己岂不要被人们唾沫淹死？传到两宫太后耳中也会是不小的罪名！

万贞儿越想越怕。果然将近天亮时分，她隐隐听到阁外有轻轻的叩门声。

“贞儿，是朕。”

门外传来朱见深低沉的声音。在万籁俱寂的黎明时分，万贞儿似乎听到了他那熟悉的呼吸声。她于是匆匆地披衣起床，似乎想不管不顾地夺门而出，扑到他的怀里，一诉相思之苦！可理智让她在门边骤然停住脚步。她扶住门框，幽幽地却十分决绝地说：“皇上请回吧！贞儿……不能开门。今晚是皇上大婚的喜日子，皇上应该陪在皇后娘娘身边。”

良久，门外传来一声长长的叹息：“唉——”吃了闭门羹的朱见深被殿外吹来的晓风一激，似乎也清醒了些，从心里体谅身份卑微的万贞儿的为难之处和自己的荒唐任性，终于拖着迟疑的脚步慢慢走开了。

按制，皇帝大婚的前三夜须留宿坤宁宫，内宫监的宦官把皇上临幸后妃的经过详细记录在册。今天皇帝如此出格的行动，着实让内宫监掌簿的老太监犯了难。得知皇帝在半夜忽然离开了坤宁宫，他差点惊得丢了老命，一清早便屁滚尿流地赶到乾清宫，在宫门外长跪不起，口口声声奏道：“请皇上开恩，立刻起驾返回坤宁宫，否则老奴就跪死在这里！”

朱见深自知理亏，拗不过这白发苍苍的老太监，只得在大帮内侍的簇拥下重返坤宁宫。伤心了一夜的皇后吴氏强装笑颜前来迎驾。皇上回来了就是她的胜利！不管你朱见深爱不爱我，只要你认本宫是你的皇后就行。而皇帝对自己的荒唐行为也不无歉疚，为了缓解与皇后的关系，他特地签署了将国丈吴俊由羽林前卫指挥使提升为都督同知的敕令，还允许岳父合家迁入京城，同享荣华富贵。

这一夜，年轻的皇帝终于留宿坤宁宫。至于他与皇后是否琴瑟和谐倒很难说，因为第二天他便匆匆移驾去了德妃王氏的长宁宫，第三天又去了贤妃柏氏的万安宫。三名后妃中王氏年龄较长，与见深同岁。其父是南直隶上元县镇抚，官职卑微，家境不甚宽裕，拿不出多少财宝笼络负责选后的牛公公，故而落败，仅封德妃。好在德妃生性冷漠，与世无争。后来虽然时来运转，吴皇后被废，她幸运地登上皇后宝座，入主坤宁宫。但始终生活在得宠的万贵妃的阴影下，得不到皇帝的宠爱，史料记载，她“终其一生，不得十幸”。

倒是在贤妃柏氏的宫中，年仅十五岁的柏氏天真无邪，活泼可爱，给见深带来一些乐趣，两个人相当投机。以致后来万贵妃专宠，见深还常常偷偷来柏氏宫中，让她很快怀上龙种。

第十七章 杖臀风波，吴皇后被废

当皇帝其实是个异常辛苦的差事，每天天不亮就要上早朝，接见文武大臣，处理国家大事，往往忙到天黑还不得回宫休息。朱见深继位后，方才体会到父皇勤于理政的艰辛。好在朝中大臣们体谅，许他大婚期间辍朝七日，完全摆脱朝廷事务，去尽享新婚的快乐。

可是新郎官过得似乎并不尽兴，他勉强在皇后吴氏的坤宁宫和德妃、贤妃那里过了三四天，忽然心血来潮，呼啦啦带着一大帮太监随从返回了乾清宫。

冷清了几天的偌大的乾清宫复又热闹了起来。廊上的侍卫们精神抖擞，回事的小黄门和太监们穿梭不停。连太监们喂养的金丝雀也在笼子里欢唱不停。

最高兴的人自然是身为皇上侍妾的才人万贞儿。这几天，她夜夜踮着脚尖遥望远处坤宁宫的灯火，想象着自己的心上人与他的皇后、妃子在洞房中的甜蜜场景，心里难过得滴出了血！这天她正痴痴地望着北边重重叠叠的宫殿发呆。没承想她的心上人忽又回到她的身边，瞅着旁边没人的机会，她猛地扑上去搂着见深，泪如雨下！

见深回到乾清宫，这几天不用去上朝，便有大把的空暇时间。自从离开东宫，见深已经很久没有练习书法了。乾清宫宽敞明亮，他便命太监们在上书房准备好纸笔，让万贞儿亲自牵纸磨墨，他意气风发，泼墨挥毫，一口气写了好几张大字。写完自己歪着头欣赏了好一阵。接着又命在一旁侍候的乾清宫总管太监怀恩和副总管覃包评价，两位老太监自然一顿着实的恭维。年轻的皇帝一时高兴，便顺手将两张御笔墨宝赐给两位公公。怀恩和覃包自然叩头谢恩，拿回家随便供在堂上。谁知京城的书画古董商闻讯慕名而来，竟用数百两黄金求购了去。两位老太监虽不是爱财的人，从此也更加留意服侍皇帝练习书法。他俩自己不通翰墨，但将御书的片纸只字携出宫去，向他们认识的翰林鸿儒请教。翰林院的老先生们在恭维皇上笔力的同时也指出其不足之处。这样一来二去倒使见深大受裨益，也更加信任怀恩和覃包了。

两位侍寝宫女雪雁和秋鸿，也和万贞儿一样对皇帝的归来格外兴奋。皇上大婚后，面对强大的三宫六院的后妃们，她俩选择与万贞儿和好如初。于是万贞儿也不好意思一人独占见深，刻意安排雪雁和秋鸿各为皇上侍寝一宿。还建议见深在第二天宣旨，将雪雁、秋鸿提升为正八品采女之职。

大婚辍朝，实在闲得无聊，见深便带领乾清宫的全体侍从在宽大的御花园演出了一场官兵捉强盗的闹剧。两个小内侍穿着黑色夜行衣扮演毛贼，闯入民宅偷盗大包衣物仓皇奔逃，在御花园的山洞里东躲西藏。一宫女装扮失主步履踉跄地到衙门告状。怀恩扮演巡抚大人，立刻升堂发兵捉拿盗贼。此时年轻的皇帝居然屈就扮一名普通捕快，接过巡抚令箭前往御花园追捕强盗。万贞儿和雪雁秋鸿女扮男装，扮开路兵丁，威风凛凛地走在前面为皇上开路。他们在御花园各个山洞里仔细搜索，果然将匿藏的窃贼一网打尽。

这场游戏闹出很大的动静，甚至连清宁宫的周太后都惊动了。太后打发宫人将乾清宫总管怀恩叫了去，问明情况后仍余怒未息，训斥道："小皇帝登基未久，天下臣民都在看着。天子应有天子的威仪，你们这些近侍，一定不能怂恿他耽于玩乐，听到没有？！"

怀恩挨了太后这一顿训斥，额上汗珠直淌，连连请罪，"奴才该死！奴才该死！"

紧挨着乾清宫的就是坤宁宫。这几日，皇上大婚期间受到冷遇的吴皇后憋着满肚子怨气，却无人可以倾诉。皇上大婚，本该在坤宁宫与皇后及德、贤二妃卿卿我我，恩恩爱爱，共度佳期，谁承想第四天就带着随从不辞而别，一溜烟回到乾清宫。随后只听见乾清宫那边莺歌燕舞，欢声笑语，闹成一片。吴皇后打发宫女来乾清宫探听消息，看到底是哪个狐狸精施展媚术将皇上从后妃身边勾走。她还运用中宫皇后的权力，调阅内宫监皇上临幸宫妃的记录。当她看到这几夜，皇上是由万贞儿和雪雁、秋鸿轮流侍寝时，年轻气盛的吴皇后气不打一处来：万贞儿、雪雁她们是什么东西？竟敢勾引刚刚大婚的皇帝回到乾清宫与她们鬼混！想起自己与皇上大婚之夜所受的冷遇，吴皇后气得流出了眼泪。

吴皇后十六岁，长相秀丽可人，性情却异常暴躁。她从小在官宦之家长大，自有一股傲气，一想起自己身为六宫之主，却遭受万贞儿那帮贱人的欺凌和蔑视，她差点把内宫监那本皇帝临幸宫妃的记录簿一把撕了！

坤宁宫服侍皇后的那帮嬷嬷看出了皇后娘娘的嫉恨，争相把那万贞儿说得不堪入耳。说她在皇上当太子时便故意勾引她，引他偷窥自己洗澡。诱他偷试云雨，从此一发不可收拾。还说万贞儿吹嘘皇上心中只有她，只待怀上龙种便立她为贵妃，如此等等。这些话让吴皇后怒不可遏，她决心找机会惩治这些狐媚子，以整饬后宫纲纪，树立中宫的权威。

这一天，见深在乾清宫的太监、随从的陪同下，带领礼部官员浩浩荡荡去京郊祭天、祭祖。一行人清早就出了宫。就在这天上午，坤宁宫主事太监派遣两名女官来乾清宫，宣皇后娘娘旨意，传雪雁和秋鸿两名司帐宫女前去问话。二人去后，万贞儿心中忐忑，坐立不安：吴皇后传她俩问话一定是为皇上大婚期间返回乾清宫的事，欲兴问罪之师。凑巧这天皇上去京郊了，也许今晚就夜宿行宫，不回来了。万贞儿急得像热锅上的蚂蚁。果然未过一盏茶工夫，随着杂沓的脚步声，坤宁宫主事太监在两名宫女的陪同下来到乾清宫，扯着他那鸭公嗓高声叫：“万贞儿，咱们皇后娘娘让你去坤宁宫一趟！”

万贞儿是宫中的老人，又是皇上敕封的才人，一般宫人没有直呼其名的，都是叫“万侍长”或更亲昵些的“万姑姑”。这坤宁宫的太监仗着主子的威势，横眉冷目，气焰逼人，可见来者不善。万贞儿无奈，只得收拾收拾，随同他们径直去了坤宁宫。

坤宁宫正殿设有皇后的御座，虽然没有金鸾殿上皇帝宝座那般富丽堂皇，皇后娘娘的凤椅仍然是金碧辉煌，耀人眼目。娘娘身后是一排捧着印信玉玺和执着宫扇的女官和侍从。十六岁的吴皇后头戴凤冠身朝服端坐在凤椅上，显得个子偏小，不够威严。万贞儿跟随女官走进大殿。她是见过世面的，在乾清宫正殿里经常有王公大臣甚至外国使节觐见皇帝。这会儿她虽然心里有些紧张，但事已至此，也豁出去了。她沉着地上前一步，行三跪九叩的大礼，“奴婢万贞儿叩见皇后娘娘，恭祝娘娘凤体安康！”

“你就是万贞儿？抬起头来，让本宫好好看看。”御座上传来一个有些稚气却又尖刻的声音。

万贞儿抬了抬头，又把眼帘垂下。只听得御座上那小人儿冷笑一声道：“果然一脸妖媚！听说你已经三十多岁了，这么一把年纪还不知羞耻，一个劲地不守法度，迷惑圣上，秽乱宫廷，该当何罪？”

万贞儿听到吴皇后声色俱厉地扣她一个秽乱宫廷的大帽子，心里早有准备，匍匐在地沉着应道：“启禀娘娘，奴婢自幼入宫，勤习宫中礼仪，从无违犯。当年奴婢蒙太皇太后差遣服侍年幼的太子当今的皇上，历时十余年，今皇上成人，其中的甘苦恐怕娘娘是难以体会的。太皇太后临终前降懿旨，赐奴婢为才人，奴婢深感太皇太后的恩德，一心一意服侍皇上，心无旁骛，不知何罪之有？”

吴皇后脾气暴躁，尤其听不得万贞儿为自己表功，还抬出太皇太后来压她。情急之下，她破口大骂道：“住口！万贞儿你这大胆的奴才，竟敢在这里表功！太皇太后令你从小服侍太子是一个奴才应尽的本分，可你竟敢引诱太子与你行苟且之事。皇上大婚期间，你与雪雁、秋鸿两个贱婢又勾引皇上早早返回乾清宫，还装神弄鬼，女扮男装，把个乾清宫闹得乌烟瘴气。今日本宫要行使中宫皇后的权力，整饬后宫纲纪。来人，请出太祖祖训和高皇后家法！”

“是——”立刻有宫人答应，由坤宁宫总管太监宣读太祖高皇帝的训谕：“嫔妃有越礼不规矩行为，准皇后坐凤仪殿责以家法。”

立即有宫人捧出供奉在殿上的家法。那家法是高皇后所遗，选用两根手指粗的青藤绞制而成，头上点缀有五色绒线凤纹，尾上拖着排须，拿在手上有些分量。不过这家法实际上只是皇后的权杖，施刑时却是另用竹杖打屁股。

总管太监宣毕太祖训谕，吴皇后顿时板起脸，“乾清宫宫人万贞儿、雪雁、秋鸿三名贱婢，不守宫规，魅惑皇上，破坏皇上大婚礼仪，着各臀杖三十大板，以儆效尤！”

“是——”宫人们一声吆喝，立刻有六名强壮的年轻太监将跪在殿外的雪雁、秋鸿和万贞儿连拉带拽拖至殿外，各自褪去外面的裙裤，露出雪白的屁股，一五一十地打起来。

雪雁和秋鸿都是十几岁的妙龄女郎，哪经过这种仗势，开始只为被褪去裤裙露出屁股而羞愧得无地自容，接着那竹杖打过之处立刻溅起一道道血痕，痛得她俩呼天抢地叫起来：“别打了！别打了！奴婢再也不敢勾引皇上了！”

万贞儿比她俩沉着些，但觉被褪去裤裙，露出屁股，是无法忍受的奇耻大辱。她在心里喊着：“皇上救我！”当竹杖一下下打在她雪白的肌肤上，绽起一道道血痕，她强忍着剧烈的疼痛，不肯说出一句讨饶的话，直至痛晕过去。

万贞儿苏醒过来时，偷偷瞅一眼堂上，吴皇后及其随从皆已不见，只剩几个宫人面无表情地站在那里。乾清宫总管太监怀恩随皇上去郊外祭天，只剩副总管覃包留守。得知万贞儿、雪雁、秋鸿她们被吴皇后处以臀杖，覃包连忙差遣一干宫女来坤宁宫，扶持受伤的万贞儿她们，一步一挨地返回乾清宫。覃包情知万贞儿深受皇上宠爱，宫中出了这等大事，连忙差遣小太监快马赶去京郊给皇上报信。一面请示钱、周两位太后，命太医院的医师前来为伤者疗伤。三人中似以万贞儿的伤势较轻，但一道道血痕在双臀上清晰可见。御医为其敷上东海鲸鱼鳔熬制的金创药，立刻显现清凉止痛的功效。万贞儿虽对御医心存感激，但自己的身体只有皇上看过，现在却暴露在外人面前，她深以为是奇耻大辱，将恨意烙在了心底，“姓吴的，我与你誓不两立！”

见深郊外祭天毕，夜宿行宫。准备第二天亲耕畋田祈求国泰民安。忽闻覃包遣使来报：万贞儿及雪雁、秋鸿遭吴皇后杖责，打成重伤。见深心里一惊：怎么朕离开半日就出了这等事？他惦记万贞儿的伤势，遂将亲耕祈福诸事委托礼部官员代行，自己带着怀恩等匆匆起驾赶回京城。

车驾返抵乾清宫，覃包率宫娥太监在宫门外跪了一地迎驾。见深下辇就直奔万贞儿的居处，“贞儿，贞儿，你怎么样了？”

万贞儿斜躺在床上休息。伤处敷上御医的金创药过了一夜，伤口已好了许多，敷着一层薄纱。一听见皇上回来了，她挣扎着坐起来，一把抱住他，泪如雨下，“皇上，贞儿差一点见不到你了！”

见深连忙小心地扶着她躺下，揭开伤口上的纱布察看伤情，那一条条血色的鞭痕，涂着橙黄色的金创药，确实有些吓人，万贞儿刚说杖臀的原委：皇上大婚期间返回乾清宫私幸她们，遭吴皇后嫉恨，故而施行报复……见深就已火冒三丈，“好一个泼皮！欺朕太甚！朕若不把她惩治了，连皇帝都不做了！”

万贞儿见状，故作姿态阻拦他，凄惶道：“妾身已年老色衰，哪及皇后玉女天成。还请陛下准妾出宫，免得后宫不宁。那时皇后自然消气，妾也免得受杖刑了！”

见深被她一激，益发生气道：“你不要如此说，朕明日就去奏明母后，把她废了！”

当晚，见深守在万贞儿榻边，亲自为她敷药消痛，二人又咕咕哝哝商量了一夜，密议废后之计。

第二天早朝后，见深便去仁寿宫和清宁宫见两位母后，禀奏皇后吴氏举动轻佻，不守礼法，且好歌曲，不堪为六宫之主，定要废去。慈懿太后钱氏深知此等大事不便自己做主。周太后却道：“你与她才做了一个月夫妻，便要废去，岂不惹人笑话！”

见深见母后不允，便依前晚与万贞儿所议，蛮横地威胁说：“如此泼妇怎可居中宫之位？母后若不允，儿情愿辞去帝位，进山做和尚去！”

周太后疼儿子，虽然嘴上斥责他：“怎可以江山社稷为儿戏！”却又转口庇护儿子说：“先帝在日，曾拟选立王氏。因司礼监牛玉经多方了解，说吴女较贤，家教谨慎。且二人姿容相貌不相上下，才立了吴女，哪知她是这般脾性呢？”

见深听母后话中似有悔意，便依万贞儿之计，奏道：“母后，朝中早有人传说，司礼监牛玉因受了吴家巨额贿赂，儿子已派监察御史前去牛玉家乡查探，一旦查实，朕要灭这狗奴才一族！”

周太后溺爱儿子，只得由着他任着性子去做。于是见深面谕礼部官员为他草拟废后诏书。不出数日，一道由皇帝亲自签署的诏书颁布了——

先帝为朕简求贤淑，已定王氏，育于别宫，待期成礼。太监牛玉，以复选进吴氏于太后前，始行册立。礼成之后，朕见其举动轻佻，礼度粗率，德不称位。因察其实情，始知非预立者。用是不得已请命太后，废吴氏退居别宫。牛玉私易先帝遗旨，罪有应得，罚往孝陵种菜，以示薄儆。

此谕！

旨意一下，吴皇后只得缴还册宝，退居西宫。其父吴俊也因贿赂牛玉的罪行被捕入狱，发配登州。就连怀宁侯孙镗也受到牵连，赋闲回家。

吴皇后被废，朱见深巴不得一下将他心爱的万贞儿捧上后位，可是周太后一贯对万贞儿没有好感，无论如何也不会让出身卑贱且比自己小不了几岁的万才人得逞，坐上皇后宝座。双方僵持了一个多月，偌大的坤宁宫竟没有主人，宫女太监们乐得清闲，整天在宫中唠嗑磨牙晒太阳。

第十八章 王皇后为万贞儿请封

废黜了皇后吴氏，两宫太后再次启动了选后的过程，候选人除了先皇圈定的两位妃子——德妃王氏与贤妃柏氏外，还有养育在宫中待选的另几名淑女。这些昔日的小女孩皆已长成娉娉婷婷的大姑娘，个个天姿国色，且多年在宫中学习礼仪，出落得雍容大方，皆可作为皇帝后妃人选。

朱见深此时刚掌国不久，纷繁复杂的朝政让他应接不暇，身心俱疲。退朝后他回到乾清宫，常常脱去朝服便浑身无力地瘫倒在软榻上，直到万贞儿与雪雁、秋鸿等细心按摩抚慰，才能慢慢恢复元气。

自从废黜了皇后吴氏，朱见深心情轻松了许多，至少每天不必再去应付这位皇后娘娘，听她埋怨皇帝成天待在乾清宫与万贞儿、雪雁她们鬼混，把后妃们晾在一边！废后以后，见深耳根清净了。可是坤宁宫一个多月没有主人，宫墙内外，议论纷纭。

见深每天要去仁寿宫和清宁宫给两位母后请安，聆听她们的教诲。在这些日子里，他的嫡母慈懿皇太后钱氏和生母皇太后周氏最关心的倒不是朝廷政局，而是后位空悬过久，后宫管理停摆，况且两位太后考虑到见深作为已经亲政的皇帝，必须充实后宫，使其六宫妃嫔齐全。除了正宫皇后，后宫佳丽必须各赐妃、嫔、婕妤、昭仪、美人等各种等级的名分，分居各宫，以期为皇室开枝散叶，绵延帝胄。周太后私下里忿忿地跟慈懿皇太后钱氏说：“绝不能任由万贞儿、雪雁几个贱婢在乾清宫不明不白地霸占了皇儿，任由她们摆布！”

这段时间，周太后为见深的选后事宜忙得不亦乐乎。她不辞辛劳地召见德妃王氏和贤妃柏氏，详细询问她们的家室及亲族情况，父兄所任官职、政绩和所获功勋等一应详情。德妃王氏年已十七，素性稳重，心思缜密，情知太后是为选后考察自己，应答极为恭谨得体，给太后留下了极好的印象；而贤妃柏氏还只十五岁，天真未泯，也给太后留下了较好印象。她俩是此次遴选新皇后要优先考虑的人选。

由于司礼太监牛玉在选后中收受贿赂栽了大跟斗，被罚去孝陵种菜，只勉强保住一条性命，所以这次遴选皇后，宫中太监一个个噤若寒蝉，谁也不敢表态，只能由周太后自己拿主意。

周太后经过再三比较，觉得选择年龄稍长、性情温和、权势欲不强的德妃王氏主持后宫比较稳妥，自己也容易驾驭。慈懿皇太后钱氏深知周太后心事，也表示同意德妃王氏晋封皇后入主坤宁宫。两位太后还分别赐予养育在宫中的九名淑女妃、嫔、婕妤、昭仪、美人等名位，充实皇帝后宫。

即位初期的成化皇帝朱见深是个勤于政事的好皇帝，每天在朝堂上忙得晕头转向。废后以后，坤宁宫一个多月没有主人，他一点也不急。对母后搞得热火朝天的选后活动，他并不热忱，抱着能拖一天是一天的态度，泰然处之。

不过，颇有心计的万贞儿却暗地里非常关心选后活动。她明知自己在皇上的后宫不能上位，但能有一个不似吴皇后那样善妒且极端仇视自己的人主持后宫却是她所希望的，否则说不定哪天自己又要遭遇厄运！在她遭吴皇后杖责被打得皮开肉绽的当晚，德妃王氏竟不避嫌疑差遣心腹宫女给万贞儿送来疗伤的东海鲸鱼鳔膏，万贞儿对德妃娘娘心生谢意。

现在万贞儿明知自己不能上位，但她却能影响皇帝，枕边风的力量是决不容忽视的。既然自己毫无希望，给皇帝挑选一个懦弱且对自己友好的人主持后宫自然是最佳选择。皇帝见深其实对德妃王氏没有好感，他更喜欢天真无邪、活泼可爱的柏贤妃。可是架不住万贞儿在枕边软磨硬泡，历数选择德妃王氏的好处："她生性平和，换了别人见皇上如此亲近奴婢，必然大发醋意闹翻天。皇上你就算是怜惜奴婢吧，也不要让别的人占据皇后之位，让奴婢遭殃！"

见深架不住万贞儿的枕边风，加以周太后经过再三权衡，也认为性情平和恬淡的德妃王氏更适宜主持后宫，她与慈懿皇太后商量后，决定让皇帝通过礼部颁旨：“立德妃王氏为大明皇后，加冕后冠，即日移居坤宁宫，主持后宫事务。其父王镇由南直上元镇抚擢升为南京五军都督府都督同知，官升三级。”

礼部又为皇帝立后举行了盛大仪式。新皇后头戴凤冠，由见深牵引步入奉先殿，向两宫皇太后行礼。皇太后周氏与慈懿皇太后钱氏分别赏赐新媳妇金钱、彩缎等物。朱见深又颁赐皇后金印宝玺。所有一切赏赐，均由礼部记录于金册之上。皇后再次上殿，叩谢两宫太后及皇帝的恩赐。表示自己将恪尽孝道，敬事两宫太后，辅佐皇帝管理好后宫事务，并为皇室开枝散叶，延续圣裔。

大婚之夜，周太后特地密召见深进宫，谆谆嘱咐他无论如何也要顾全大体，善待新晋皇后王氏。周太后话说得很直白：“儿呀！不管你心里喜不喜欢她，这就是我们为你挑的媳妇。今后她就是后宫之主，你千万不能让她难堪。如果再做出新婚之夜出逃那样的荒唐事，可别怪哀家不客气，所有涉事太监宫女轻则驱逐出宫，重则杖毙，一个不留！”

见母后把话说得这么重，见深只得频频点头，承认自己上次确实做得太任性了些。他此时也开始领悟到：身为一国之君必须接受朝廷礼制的约束，不能任性而为。两位母后为自己的婚姻大事操碎了心，自己也应尽孝道，不违背她们的懿旨，不做太出格的事。

因此这次，见深在洞房里的表现循规蹈矩，对新皇后王氏给予了足够的尊重，新婚之夜，倒也琴瑟和谐，相亲相爱。翌日早早地前去叩谢两位母后赐婚。周太后见皇儿此次大婚顺利进行，没出一点纰漏，心中格外高兴，特地留新婚夫妇在清宁宫与自己共进早膳，对儿子和媳妇都细细叮嘱一番，期待他们早怀圣裔，为皇族开枝散叶。

对于母后的谆谆教诲，新婚夫妇的反应各不相同。王皇后此时沉浸在几经曲折终于登上皇后宝座的喜悦中，她为自己庆幸：若不是吴氏仗着自己出身名门，没把受皇帝宠爱的万才人放在眼里，因嫉生妒，横加鞭笞，惹恼了血气方刚的皇帝，自己怎得幸运地登上后位？其实在大婚之夜，新郎皇帝对自己并不热情，甚至还有些冷漠，是自己强颜欢笑，曲意奉承，方成鱼水之欢。即使在这缠绵时刻，王氏也隐隐感到皇帝的心不在自己身上，不过是奉母命虚应故事而已。新婚之夜幽静而漫长，王皇后拥衾而卧，旁边是被烦琐而隆重的婚礼折磨得身疲力竭的皇帝，他已沉入梦乡。一会儿，见深翻了一个身，一只手搭在她身上，嘴里似在喃喃念道："万姐姐……"王皇后的心蓦地一沉，身旁这个男人虽然与自己同床共枕，但他的心却在另一个女人身上！

这让她非常气馁，也真切地感觉到万才人在皇帝心目中的分量。早上醒来，见深明确告诉她：是万贞儿力劝自己选择德妃执掌后宫，说只有这样才能保证后宫的安宁和谐。

王皇后决定要对万贞儿投桃报李。在她入主坤宁宫后，居然打破常例，带领太监宫女，前呼后拥地前往乾清宫万贞儿住处，探视卧病疗伤的万才人。

见皇后娘娘带着大批随从进来，万贞儿来不及下床，就在床上欠身行礼道："奴婢万贞儿贱疾在身，不能下床给皇后娘娘请安，望乞娘娘恕罪！"

王皇后笑容可掬地走到床前，"万姐姐不要客气。前些天本宫着侍女秋红给姐姐送来的东海鲸鱼鳔膏可有些用处？伤好些了吗？"

万贞儿连忙道："启禀娘娘，娘娘见赐的东海鲸鱼鳔膏确有疗效，奴婢擦上立感伤处清凉舒适许多，几天后伤口痛感就消了好些。奴婢还恳请皇上代为致谢，不知皇上说了没有？"

"说了说了！"王皇后含糊地点头说，"万姐姐，你我都是皇上跟前的人，实话对你说吧，妹妹深知此次能被两宫太后选中，忝居中宫之位，全赖姐姐在皇上和太后面前美言，妹妹心中感激不尽！妹妹无以为报，只有全力向皇上和太后禀奏，请求早为姐姐议定适当名位，你我姐妹同心同德服侍好皇上。"

万贞儿见王皇后这样说，心里自然感到惊喜，可面上仍淡淡一笑道："娘娘有这份美意，贞儿感激不尽！不过贞儿只求一如既往地服侍皇上，名分不名分倒不敢妄想。"

"万姐姐对皇上真是一往情深，妹妹自叹弗如。妹妹不才忝居中宫之位，今后还望万姐姐多多指教，协助愚妹管理好后宫，让皇上安心致力于朝廷事务，也不负两宫太后的谆谆嘱托和信任。”

王皇后的一味谦逊取媚，让还在养伤期间的万贞儿受宠若惊。既然皇后娘娘表态要为她谋取后宫名位，她心里已在悄悄盘算该让见深赐自己一个怎样的地位：皇贵妃的尊号照例只有太子生母才能享有，皇妃现在还仅有柏贤妃一位，再往下是嫔、婕妤、昭仪、美人、才人等。自己现在已经是才人，至少还应该晋升几级吧？她在心里暗暗盘算着，皇后娘娘既已表态便不会有问题，皇上那边也绝不会有阻碍，关键是皇上生母周太后。周太后年纪才四十上下，精明强悍，见深是她的亲儿子，她自然要担起为他选立后妃组建六宫的责任，既然如此，周太后那边只能是见深去说服了。而按照见深自己的意愿，至少要让心爱的万贞儿晋升皇妃。

王皇后正式上表为万贞儿请封，这让周太后犯了难：坚持不准既扫了中宫皇后的面子，又惹儿子不高兴。母子俩私下为此事争论时，见深竟然不管不顾地宣称：“母后不喜欢她，儿子偏要独幸她一个人，让她快给我生个皇长子，赐给她贵妃名号！”周太后让儿子气得差点当场晕厥。

后来经过慈懿太后钱氏调停劝慰，于是采取折中办法，周太后不再坚持打压万贞儿，而见深也不坚持封万氏为皇妃，而是让一步同意封万贞儿为低一级的“如嫔”，宫中地位居柏贤妃和另外邵、王二妃之下。

从此以后，宫中皆以如嫔娘娘尊称万贞儿。

万贞儿既属后宫妃嫔之列，便喜滋滋地迁出乾清宫，移居西六宫之一的昭德宫，照例有太监、宫女服侍。

由于皇上独宠如嫔娘娘，昭德宫顿时成了后宫人气最旺和最热闹的宫室。连皇后娘娘想要见皇上一面，也要找借口摆驾到昭德宫来，跟如嫔娘娘姐妹相称，大套近乎。

第十九章 昭德宫 如嫔专宠

昭德宫是大内西六宫之一，宫室小巧玲珑，环境极为幽雅。因为靠近御花园，宫墙边的参天古柏，郁郁葱葱洒下一片绿荫。四季更是繁花似锦，假山湖石，曲径通幽，是皇宫中难得的一片清雅之地。可是自从皇上宠爱的如嫔万贞儿入主昭德宫，这片清幽之地顿时热闹起来了。皇上差不多每天下朝之后，在乾清宫稍事休息，脱卸龙袍，便驾幸昭德宫，与他心爱的万姐姐谈笑风生，腻在一起。仿佛只有如此，处理朝廷事务积下的疲惫与烦恼才能烟消云散。

万贞儿被册封如嫔之后，离开乾清宫之时，秘召雪雁、秋鸿两位司帐宫女，交代她俩：皇上国事繁忙，下朝回乾清宫稍事休息，你们不得纠缠邀宠，否则将奏明皇后娘娘，将尔等赶出宫去！雪雁、秋鸿深知万贞儿的厉害，只有粉颈低垂，唯唯答应。

见深初登帝位，还未充分领略三宫六院的旖旎风光，便因与吴皇后闹翻，使他感到妃嫔多了是个累赘。出生以来，他接触最多的是万贞儿给他的爱，那爱是如此浓烈，如此绮丽和令人心醉。但由于母后的掣肘，他不能给自己心爱的女人最尊贵的地位和称号，他感到愧对万贞儿。于是，他便用最极端的办法，每天守在昭德宫，独宠如嫔，让她尽快怀上自己的骨肉。一旦如愿获得麟儿，他便可名正言顺地封万贞儿为贵妃。到那时就连母后也无法干预了。

宫中掌握实权的大太监们最具势利眼，皇上频频驾幸昭德宫，他们就认定如嫔娘娘将会飞黄腾达，便如苍蝇般蜂拥而至，梁芳便是其中之一。

这天上午，万贞儿正在忙着差遣宫中仆役整理桌案花瓶等摆设，一名衣着鲜明的太监从外面走进来向她行礼，“奴才梁芳见过如嫔娘娘！”

万贞儿早就听说过梁芳是后宫最有权势的太监，掌管皇宫大内的内承运库，皇宫中累朝囤积的金银珠宝、绫罗绸缎及外国进贡的奇珍异宝，皆由他管理，听圣命调度使用。谁都知道皇帝忙于应付朝廷事务，无暇顾及宫中事务，梁芳这位能干的大内总管，发现皇上下朝之后，对后宫这么多如花似玉的后妃不管不顾，独宠地位低的如嫔娘娘，每天守在昭德宫。一开始他感到奇怪，后来打探到皇上做太子时和万贞儿的曲折，嗅觉灵敏的梁芳预感如嫔娘娘必定得宠，这棵大树一定要攀上，于是他便特地造访昭德宫，觐见如嫔娘娘。

万贞儿在宫廷里待的年头长了，深知宫中这些大太监掌控不小的权势，往往后妃们也要依仗他们，因此她也对梁芳笑脸相迎：“公公今天怎么有空来昭德宫啊？”

梁芳一脸谄笑，“万岁爷经常来这里，奴才不是也该来侍候娘娘吗？”

他环顾宫中的陈设说：“依奴才看，昭德宫的陈设太简陋了些，这些桌案和香炉都得换新的，帷幕围帐也得换。奴才库房中正好有新近波斯国进贡的丝绒帷幕，明天奴才就派人送来。如嫔娘娘意下如何？”

万贞儿连忙道谢：“有劳公公了。皇上经常在这里休息，我也觉得太简陋了些。”

第二天，梁芳果然派人送来了几张精雕细刻的雕花案桌，几只古色古香的香炉。还派人拆下还不算太旧的帷幕，换上雍容华丽的波斯丝绒帷幕。那丝绒不仅厚重密实，还带着铃铛，一拉动就发出悦耳的铃声，煞是有趣。那几只造型古朴的铜香炉，万贞儿只在原来孙太后宫中见到过，是专供太后焚香供佛用的。可见那梁芳为了巴结如嫔娘娘，很是用心。

皇上下朝后驾幸昭德宫，尚膳司的太监也命御膳房每天往昭德宫传膳。御膳房在紫禁城的东部一隅，往来于西六宫最北的昭德宫需穿过整个皇城。尚膳司的太监每天押送皇上用膳的温车往来于途，竟成了一道风景。

御膳自然极为奢华丰盛，时令大菜不乏鹿脯、熊掌之类的山珍，海鲜、贝类亦不在少数。万贞儿熟知见深饮食习惯，亲自挑选皇上爱吃的蔬菜瓜果及肉类，对那些山珍海味反而浅尝辄止，不敢让见深多吃。按制后妃可与皇上共进饮食，见深也一个劲地把那些自己不敢多吃的山珍海味往万贞儿碗里夹，可是这时一心想让自己丰腴的体型变苗条些的万贞儿哪敢多吃？

见深独宠如嫔，每天驾幸昭德宫已成定式，并得到中宫王皇后的默许和宽容。为了让万贞儿早日怀上自己的龙种，见深数次召见太医院经验丰富的沈荃太医为她号脉，开出助孕秘方。按照宫中惯例，太医为后妃号脉要隔着帘子和纱帕，更有甚者，御医只能通过搭在娘娘玉腕上的一根丝线悬丝号脉。万贞儿求子心切，与沈太医对面而坐，让他切腕把脉，并详细回答自己月事期间行经多寡等情况。面对这样一位和蔼可亲的娘娘，受宠若惊的沈太医自然是尽心尽力，穷尽所学为她开出助孕良方。其中既有常见的中草药，也有稀罕奇缺的海外仙草。好在这些在皇家御药房里都能一味无缺地配到。

除此以外，万贞儿还在宫中僻静处供奉送子观音和药王孙思邈的牌位，潜心拜求。并挑选自己亲信的十四岁宫女小萝专司煎药。

沈太医年纪还不到五十岁，却已儿孙满堂，一脸福寿相，他将自己年轻得子的经验倾囊相授。万贞儿亦不忘在与皇上缠绵时把这些悄悄告诉见深。当然她也不会忘记沈太医私下所托：今秋太医院老院正将年满六十致仕，沈荃谋求转正，求如嫔娘娘在皇上面前美言。

功夫不负有心人，成化元年（1465）春末，万贞儿果然天葵中断，且时有呕吐反胃现象。沈太医经诊断报喜道：“禀如嫔娘娘，娘娘确已怀上万岁爷的龙种，且脉力强劲，很可能是个男胎。”

得到这样的喜讯，万贞儿喜不自禁，立刻赏沈太医金锞四枚、钱二十串。

至于他谋求太医院院使之职，万贞儿满口答应到时皇上一定恩准，以酬谢他的功劳。

沈太医又为如嫔娘娘开了一些保胎的良方。万贞儿心情大好，为使腹中胎儿强健，她刻意强令自己每天多多进食，哪怕吐得再厉害，也要多吃进去一些，令胎儿在母腹中日渐长大。

见深也大喜，常常抚摩着万贞儿日渐隆起的腹部，情意绵绵地说：“无论你生的是儿子还是女儿，朕都会爱如珍宝。若是个儿子，朕就立他为太子，将来继承朕的皇位，执掌大明江山。若是个公主，朕要为她精心挑选一个好驸马，为朕执掌禁军，保江山永固，你说好吗？”

万贞儿紧攒着见深的手，感动地抚摸着，此时她已喜泪盈眶，不知说什么好。

见深又去拜求两宫皇太后，要求晋升万贞儿为皇贵妃。慈懿皇太后钱氏有意恩准，周太后却说：“莫若待她生产之后再定，若是皇子自当晋升为妃。”

母后的话给见深浇了一盆冷水。其实周太后说这话是有根据的，按祖制只有太子生母才可晋封为贵妃。当年周太后生下皇长子见深，被封为贤妃，她这贤妃当了十几年，直到“夺门之变”后，见深被立为储君，她才得以晋封贵妃。景帝擅立宠妃唐氏为贵妃，被认为是燔乱祖制，景帝暴薨后，唐妃竟被勒令殉葬！周太后素来对万贞儿无好感，嫌她出身卑贱，年龄又大，凡事总想压她一头。奈何皇儿鬼迷心窍，偏偏那样宠爱她，周太后也无可奈何。现在万贞儿竟又怀上见深的孩子，日后她说话便更有底气了。她怀疑是万贞儿挟龙胎自重，怂恿小皇帝来告求贵妃之位。气愤之余，周太后派人赴坤宁宫将王皇后召至清宁宫问话。

王皇后赶忙备辇直奔清宁宫。

“儿媳给母后请安，祝母后圣体安康，万寿无疆！”

周太后劈头就问：“哀家赐你和皇儿大婚，并陆续将前后六宫齐备。可至今将近一年，为何你这正宫娘娘和众多妃嫔，都如一潭死水，腹中没有丝毫动静，偏偏只有万贞儿怀上了龙种？”

王皇后没想到太后召见竟是为了这事，她颇为尴尬地低头禀告道：“儿媳无德无能，且姿色平常，难得圣上宠爱，请母后责罚。”

“你身为中宫皇后，理应以德事君，管理好后宫是你的责任。哀家与慈懿太后费尽心机为皇上遴选配齐了六宫，意在为皇家开枝散叶，绵延圣祚。可现在却只成全了昭德宫，这是怎么回事？”

王皇后粉颈低垂，面对太后的质问，她满肚子的委屈，真想顶撞太后一句："问你儿子去！"可是她不敢。皇上为什么那么迷恋上了年纪的万贞儿，天天守在昭德宫，把如花似玉的众多妃嫔晾在一边？她知道，在皇帝儿时最黑暗的日子里，是万贞儿似母似姐地抚养和保护他，他俩感情深厚。见深成年后两人自然地结合在一起，万贞儿成了太子见深的第一个女人。虽然她地位卑微，初时只获得"才人"的位分，但登上帝位的见深却对她迷恋不已，现在更是独宠这位"万姐姐"，成天守在偏远的昭德宫，想让她尽快怀上自己的龙种，好封为贵妃娘娘。

自己能击败众多佳丽执掌后宫，万贞儿确实助了一臂之力。为了感谢她，也为了自保，身为皇后的她对皇上专宠如嫔一事，采取睁一只眼闭一只眼的态度。可现在周太后找上门来质问自己，她感到异常委屈。她不敢顶撞太后，于是找了一个牵强的理由，嗫嚅地解释道："据媳妇所知，皇上近来疝气经常发作，需如嫔万氏为他按摩方得痊愈，故此每天驾幸昭德宫。万氏得以亲近天颜，怀下龙种，也是我皇家之福，媳妇恭贺母后！"

周太后召见王皇后，本想让她施展中宫皇后的权力，整饰后宫秩序，改变如嫔万氏独获圣宠的现状，谁知她这位窝囊皇后反倒为万氏开解。据史载，自大婚至宪宗辞世，这位王皇后终其一生"不得十幸"，着实可怜可悲。自己都得不到恩宠，她又哪里还顾得上其他姐妹？对昭德宫的风光，她看在眼里，自怜在心里。

不过在两宫太后的督促下，王皇后也做了一些表面功夫，比如令宫正司老太监每天向皇上呈送众妃嫔名录绿头签，请皇上翻牌子。奈何见深没羞没臊，天天只翻如嫔一个人的牌子。任宫正司的老太监在下面一个劲地磕头，他也不收回成命。

自古男人没有不爱美人的，年轻的成化皇帝朱见深也不例外。不能说此时他对后宫的众多佳丽毫不动心，只是此时他不能忘记相濡以沫十余年的万贞儿，要让她先怀上自己的骨肉。

第二十章 皇长子降生，万氏进封贵妃

初登帝位的成化皇帝朱见深为使如嫔万贞儿上位，在即位初期每天临朝处理繁复的政务之后即驾幸昭德宫，与她腻在一起。功夫不负有心人，万贞儿果然于成化元年春天天葵断绝，宣告怀上圣裔。据一直为如嫔娘娘保胎助孕的沈太医仔细诊断，万贞儿体内胎儿躁动不安，胎音强烈，很可能是个男婴。

这无疑是个天大的喜讯。年轻的皇上朱见深大白天竟抱着万贞儿的大肚子摸了又摸，爱不释手。并且立即进宫将喜讯报告嫡母懿皇太后钱氏和生母周太后，要求晋升如嫔万贞儿为贵妃。朱见深所持的理由是万贞儿怀的是他的第一个孩子，而且是个男婴，必将被立为太子。太子之母居然是个小小的嫔位，岂不是个笑话？两宫皇太后没法说服执拗的年轻皇帝，只好勉强答应他，待如嫔万贞儿产后，如果确是男婴，自当提升她在宫中的地位。

于是朱见深每日临朝处理政务之余，就守在即将临产的万贞儿身边，百般怜爱，还时不时贴上去倾听她腹中动静。“贞儿，你听，咱们的皇儿在动呢！他在说：快让我出来吧！我要见父皇母妃呢！”万贞儿深为他的天真感动，偷偷拭去夺眶而出的泪水，把一个个深情的热吻印在皇帝的颈背上、额头上。

由于怀孕，万贞儿变得臃肿、丑陋了许多，她自己都不敢照镜子。面对青春年少，英姿勃发的皇上，她真有些自惭形秽。然而让她感到自豪的是：自己怀着这个年轻男人的骨血，那是他俩爱的结晶。她无论如何要把他生下来。如果上天保佑自己生的是个皇子，他将是见深的皇长子，很有可能是将来皇位的继承人。她一定要顺顺利利地把他抚养大，不要像他父皇儿时那样多灾多难！

自己就要做为人父了，年轻的皇帝心情特别畅快，大臣们上的奏折绝大多数都能得到他的勉励嘉奖，而偶因小过遭御史给事中弹劾的官员大都能得到皇上宽赦，或仅予口头警告，不至影响仕途。

成化二年（1466）正月十九日凌晨，胎儿已经足月，万贞儿出现临盆征兆，昭德宫顿时忙乱起来。值侍的太监急如星火地赶赴太医院，把沈太医和他的两名助手请过来。沈荃倒也沉着，亲至产床边为辗转反侧呼号连声的万贞儿把脉，并轻声嘱咐道："娘娘少安毋躁。生产是个艰难的过程，您千万要忍住疼痛。好在婴儿头朝下，脉象有力。娘娘只要积蓄力量，到时候一鼓作气，就能平安诞下。"

万贞儿这时已经流了不少血，因为过度用劲脸憋得通红。听了沈太医的话已没有那么害怕了。她一面呻吟着一面强令自己积蓄力量，准备做最后的努力，把孩子生下来。不过因为失血过多，她感到浑身无力，想要在产床上挪动一下都很费力。

这时围在产床旁边的几名稳婆倒有些慌神了，她们交头接耳看她脸色越来越苍白，若再用不上劲，搞不好会憋坏胎儿。就看太医们还有什么神功妙法了。

沈太医令助手马上回太医院药库里调来百年山参，令万贞儿含上一片，又迅速熬出参汤，要稳婆给她灌下去。

万贞儿已是云鬓散乱、花容尽失。她挣扎着坐起来，瞪着那碗冒着热气的参汤。山参越老汤越难喝，但此时为了让腹中的胎儿顺利降生，就是毒药她也要喝下去！

只见她端起冒着热气的药碗，闭上眼一阵咕噜咕噜，连碗底的药渣都没剩下！喝完参汤果然感觉气力倍增，在稳婆的指导下，她用尽浑身力气，硬生生把一个大头婴儿一口气生了出来！

"是个皇子！"随着稳婆惊喜的呼喊声，万贞儿的嘴角艰难地现出一丝微笑，旋即终又无力地闭上了眼睛。

整个寝宫里的人都屏住呼吸，期待新生儿的第一声啼哭。良久，不见动静，几个有经验的稳婆倒提着婴儿又拍又打，新生的皇子痉挛了几下，仍然没有哭声。大家都慌了：难道娘娘千辛万苦生下的竟是个死胎？

沈太医仔细观察，见婴儿面部青紫，有抽搐症状，他试探地将手指伸进婴儿口中，摸索着把小皇子喉间的一块血污抠了出来。又在婴儿小脸上拍了又拍，小皇子终于发出了人们期望的“哇哇”哭声。开始声音细微，渐渐变得越来越洪亮。

听到哭声，一度因生产的巨大痛楚昏厥过去的万贞儿苏醒过来后，脸上显出虚弱却极为灿烂的笑容。

小皇子哭着哭着，突然又住了声，好像噎着似的喉咙里叽咕直响。稳婆们慌了神，面面相觑，你看着我我看着你没了主意。还是沈太医沉着冷静，仍旧倒提着婴儿，轻轻拍打。小皇子嘴里流出一些羊水，复又开始挣扎动弹，恢复了“伊呀”的哭声。

渡过了难关，眼看着新生儿从死亡线上挣扎着活了下来，万贞儿眼睛里满是泪水，感激地望着白发苍苍的沈太医，试图从被褥里伸出手来拉住他。

沈太医唯恐失礼，连忙后退，奏道：“娘娘，是臣交待不周，您在怀孕期间只顾补身体，膏粱美味吃得太多，致使胎儿发育过大。您又是头胎，产道紧，造成难产。胎儿在产道中憋久了，难免受些损伤。现在看，一切倒还正常，等稍长大几天，臣再观察他有无呼吸急促或肺部毛病。总之小皇子在襁褓期要精心护养，千万不能大意。在周岁之前都极危险，能挺过周岁便无大碍了。”

这番话让万贞儿听得心惊肉跳。她在极度疲惫中不时睁开眼睛盯着身旁弱小无助的皇儿，他历尽艰辛来到这个人世上，等待他的却是无法预测的灾难和风险。素性刚强的万贞儿此时也不禁潸然泪下。

此时，忽闻值侍太监大声传呼：“皇上驾到！”

朱见深在朝堂上就心神不宁，好不容易下了朝就急匆匆备驾赶回昭德宫。值侍太监的传呼声刚落，他就已奔至如嫔寝宫。

皇上来得急，沈太医和他的助手们仓促跪地迎驾。助产的稳婆们也扑通扑通胡乱跪倒一地。值侍太监进来一挥手，将他们赶了出去。

皇帝先是低下头看看细声哭叫的小皇子，然后抱住万贞儿亲了又亲，嘴里喃喃念道：“贞儿，你辛苦了……”

“皇上，你看皇儿像你吗？”万贞儿的声音哽咽中带着丝丝柔情蜜意。

“像，像！咱们的皇儿怎能不像他的父皇呢？”

“多亏沈太医啊！皇上，您要好好酬谢他。”

见深似乎早有准备，立即宣旨：“御医院副医正沈荃升副院使，增禄二百石。”

皇上还遍赏所有为小皇子降生出力的有功之人，有职位者皆升一级。

翌日，见深亲御奉天殿，将皇长子降生之事禀告祖先。并着礼部官员会同宫廷宦官分赴东岳泰山、北岳华山等处寺观挂袍行香，以求荫福，庇佑皇子成人，这是皇室添丁例行的隆重礼节。

朱见深即位以来，经历了立后废后风波，至今已有一两年，后宫众多妃嫔一直没有生儿育女的动静。好不容易昭德宫传来喜讯，如嫔娘娘诞下龙种。身处仁寿宫和清宁宫的两位皇太后终于做了奶奶。喜报传来，慈懿皇太后钱氏因素与万贞儿较为亲睦，当日即遣亲信女官来昭德宫探视慰问，赐皇孙礼物无数。万贞儿感念钱太后的恩德，抱着新生婴儿在床上叩头谢恩。身处清宁宫的周太后因是皇上生母，对于皇长孙的诞生自然更感关切。遗憾的是孩子不是出于自己喜爱的妃嫔，而是出自她最不喜欢也是关系最不好的万贞儿。对于见深置后宫众多如花似玉的妃嫔于不顾，独宠年纪比自己小不了两三岁的万贞儿，周太后满心愤懑，曾经直率地责问见深：“万贞儿到底美在哪里？竟能独得你的恩宠？”见深无言可对，只得诡辩说：“儿臣素犯疝疾，只有她细心按摩才能缓解入睡！”

周太后费尽心思想把见深的心从万贞儿身上拉回来。谁知仍是昭德宫手段高明，能稳留住皇帝的一片痴情，并且终于功德圆满，诞下龙子。喜讯传至清宁宫，终于做了奶奶的周太后却叹了一口气，只得差遣亲信女官带着金锁玉佩等礼物，赶赴昭德宫宣太后懿旨，慰问辛苦诞下龙种的如嫔。

接下来的几天，便是有了皇嗣的朱见深为爱妃万贞儿争位的艰难过程了。他要兑现自己的承诺：只要万贞儿诞下皇子，便立她为贵妃，让她在后宫享有仅次于皇后的权位。

第二天下朝后，成化皇帝特地盛装前往后宫谒见两位母后。在仁寿宫，钱母后喜笑颜开地询问如嫔万贞儿产后身体康复情况，以及小皇孙进奶等详情。见深对钱太后的关爱感怀万分，特地代万贞儿向母后请安，感谢母后的关怀和赏赐。当见深提及要为万贞儿晋升后宫位份时，钱太后满口答应："应该的，应该的。"至于到底为万贞儿晋升什么位号，钱太后心知肚明，她一个人做不了主，还待与清宁宫周太后商议，毕竟她才是见深的生母，对后宫的大事小情，历来很强势，说一不二，钱太后要让她三分。况且钱太后深知：周太后素与万贞儿不睦，嫌她出身卑贱，与自己差不多的年龄竟然独占了皇儿的爱。见深想为万贞儿争得贵妃名号恐难如愿。

果然，当见深去清宁宫谒见周太后时，周太后对新生的孙儿关怀备至，细心打听皇孙生出时的详细情况，以及对有功的御医和稳婆的赏赐等，却丝毫没有问及产妇万贞儿的状况，好像皇孙的出生与万贞儿无关似的。

朱见深满怀希望皇长子的出生能缓解母后与万贞儿的关系，谁知一见面就碰了个不软不硬的钉子。当他鼓起勇气向母后提出要为皇长子的生母提升位份时，却得了个不冷不热的回答。

"你打算为她晋升什么位份？"

"儿臣以为，昭德宫为朕诞下皇长子，理应晋升为贵妃。"

"你不知道祖制只有太子之母才能封贵妃吗？哀家正统十二年生了你以后才得册封贤妃。我这贤妃当了十来年，直到天顺朝你被立为皇太子哀家才被封为贵妃，昭德万氏有何德何能可骤居贵妃之位？"

见深被逼急了，口不择言地拿最近的例子辩解道："景泰皇帝不是也曾立仅仅怀了孕的宠妃唐氏为贵妃吗？"

"哼！郕王燔乱祖制，唐妃那贱人最后不是落个殉葬的下场吗？"周太后毫不留情地驳斥儿子。见深一气之下，没向母后拜别便气冲冲地离开清宁宫。

经过后宫的反复博弈，周太后最终没有拗过坐稳皇帝宝座的儿子。三月初十，朱见深颁布敕令，册封万贞儿为贵妃，同时封柏氏为贤妃。

王皇后在坤宁宫举行隆重的册封仪式，宣告皇帝诏令，颁赐给万贞儿贵妃金册金宝，柏氏贤妃银册金宝。她们的金宝分别是"贵妃之印”和“贤妃之印”。册封仪式上王皇后还语重心长地赋予她们协助管理后宫的重任。皇后娘娘传达皇太后的旨意，今后各宫妃嫔要轮流侍候皇上，不能偏劳贵妃娘娘，贵妃还担负着抚育新生皇子的重任。

听到这里，手捧金宝金册的万贞儿嘴角微微一哂。那意思似乎在说：皇上临幸哪位妃子全凭他的喜爱，纵然有太后这样的懿旨管用吗？在她临产期间，有情有义的皇帝常常守在昭德宫，情意绵绵地抚摸她的大肚子，困倦了才回乾清宫休息。万贞儿常遣心腹宫女去乾清宫探视，从未发现皇上临幸其他妃嫔。

只是这次万贞儿诞下皇长子以后，两宫太后对见深大婚两年多来仅仅撒下这一颗孤种十分不满，认为这是昭德宫专宠带来的恶果。两宫太后特别是周太后认为必须采取措施结束这种局面，趁着皇上还年富力强，应尽快为皇室开枝散叶，绵延帝裔。

可见深唯恐贞儿谴责自己见色忘义。他知道万贞儿时时刻刻都在监视自己的行动，即使偶尔临幸后宫其他妃嫔也不敢放肆。

尽管这样，万贵妃也不敢大意，凭借自己权倾后宫的威势，采取各种匪夷所思的方法，防止有幸受到皇帝青睐的宫妃受孕。对于贵妃娘娘的所作所为，受害的妃嫔们敢怒不敢言，只能逆来顺受，隐忍不发。

周太后最希望看到正宫皇后王氏或者贤妃柏氏能顺利怀下圣裔，所以特别交代宫正司的老太监，安排最适当的时期让皇后娘娘为皇上侍寝。

也许见深自己心里也有些歉疚，立后这么久自己很少到坤宁宫来。而贤惠的皇后王氏对他专宠昭德万氏百般宽容，毫无怨言。所以这天他听从宫正司的安排驾幸坤宁宫，与早已焚香沐浴盛装以待的皇后谈笑从容，气氛十分融洽，且有几分温馨。

只是在数百步以外的昭德宫，守在皇儿病榻旁的万贵妃得知今日皇上驾幸坤宁宫，心绪骤然不宁。诚然，她知道见深对他的正宫王氏一点爱意也没有，今日驾幸坤宁宫兴许只是迫于太后的压力。然而危险也正在于此，万一皇上由于心怀歉疚与王氏同床共枕，一旦怀上龙种，皇后之子必然是将来继承帝位的第一人选！皇后娘娘怀了孕，你万贵妃再神通广大也不敢遣人去施行暗害吧？

万贵妃守在皇儿的病榻旁，越想越后怕。怎么办？她凝视着新生皇儿微微翕动的小嘴，一狠心伸手拨弄了一下，本来就在惊悸中的小皇子"哇"地哭出声来，接着喉咙里叽咕叽咕，浑身抽搐不止。

万贵妃慌了，连忙急呼："来人！来人！"闻讯赶来的宫人一看床上小皇子的惊险情状，也都慌了手脚，不知如何是好。于是万贵妃指挥他们去太医院请御医前来急救，另派一路太监赶赴坤宁宫向皇上报告小皇子病情。

此时坤宁宫里华灯高照，今日见深心情颇佳，他与王皇后难得有这等融洽的时刻。当他们有说有笑地准备屏退左右宽衣安歇时，值侍太监突然闯了进来跪禀："启奏皇上，昭德宫万娘娘派人来传报，小皇子急病危殆！"

"真的？"皇上见深一惊，他为难地看了看旁边的皇后。

王皇后难掩失望之情，继而叹口气，淡淡地说："皇上，您还是赶紧去昭德宫吧，救小皇子要紧。"

"皇后，你……"见深满怀歉疚地望着王皇后。

"不要管贱妾，救小皇子要紧。"

见深领着一大帮太监、随从匆匆离去。由欢喜的高峰骤然跌到谷底的王皇后叹一口气，吩咐宫女们熄灯就寝。

此时，昭德宫中灯火通明，经过御医抢救，小皇子渐渐呼吸顺畅，转危为安，众人散去后，花容尽失的万贵妃扑在见深的怀里，失声痛哭。

见深见皇子大安，此时心中却升起些怅惘，也有些歉疚，他下意识地往窗外遥望，坤宁宫的灯火熄灭了吗？他的皇后安睡了吗？也许她又要经历一个无眠的夜……

万贵妃的急智也许能阻止皇后娘娘得幸，消除皇长子继嗣上位的潜在威胁。奈何天不从人愿，十一月下旬的一个凌晨，带有天生隐疾的皇长子在睡梦里悄无声息地逝去。贵妃娘娘哭得死去活来，肝肠寸断。已三十七岁的她一夜之间骤然老了许多。见深也悲痛难抑，只得无奈地安抚她道："爱卿再伤心悲痛也属无益，我们还年轻，皇子去了，朕一如既往地爱你，你仍然可以为朕生很多皇子啊！"

万贞儿为见深的这句话所感动，顿时涕泪纵横。

第二十一章 大藤峡用兵，韩雍敉平瑶乱

年轻的皇帝朱见深不只是要应付宫闱间的烦心事，朝廷里还有许多军国大事等着他处理，此时广西大藤峡地区的瑶乱又起。

水流湍急的黔江从云贵高原一路奔泻而来，在进入桂东南之前有一处叫大藤峡的地方，两岸奇峰耸立，地势险峻。峡江北岸的竹楼岩洞中栖居着数以万计的瑶人。这里大山绵延，土地贫瘠，刀耕火种的瑶民无以为生，往往铤而走险，手持大刀长矛闯入附近平原地带的农舍抢劫粮食财物，甚至杀人放火。桂东南历朝均属羁縻州县，由当地的土司土官管辖，叛瑶势大，土司们有时也与他们明里暗里沆瀣一气串通作乱。

天顺末年，瑶乱越闹越大。就在朱见深即位前不久，天顺八年十一月中旬的一个夜晚，匪首侯大狗带领七百名瑶民，潜入桂东南首府梧州城，劫持按察副使周铸，残酷杀害致仕的布政使宋钦，放火焚烧州府衙门。当时率领数千官兵驻扎城中的总兵官泰宁侯陈泾竟不敢领兵杀贼，任凭叛匪带着劫掠的大小财物扬长而去！

事后，总兵官泰宁侯陈泾被撤职。匪首侯大狗尝到了甜头，愈益猖獗。成化元年初，他又率三千瑶人攻陷平南县，杀死典史周诚，并劫走县印。接着又夜袭相距不远的藤县，将县城官库洗劫一空，放火焚毁县府衙门，劫走县印。

当时镇守广西的总兵官欧信率兵驰救，待赶到时侯大狗早已返回大藤峡老巢。大藤峡已成为瑶民的叛乱中心，瑶民藏在大藤峡附近的高山大峒中。仗着地势险峻，官军不敢轻易进剿，他不时率众攻击附

近的州县，杀人放火，劫掠财物，声势越来越大。

成化元年（1465），兵部尚书王竑上奏称："峡贼称乱日久，皆因守臣以招抚为功，致酿大患，非多调官军，选良将进剿，予以大创，不能根除此患。"

在李贤、王翱等重臣的一致支持下，朱见深颁布敕令：派遣都督同知赵辅佩征夷将军印，任总兵官；右都督和勇为游击将军，任副总兵；太监卢永、陈瑄监军，征调南直隶湖广、江西各都司士兵十万及广西思明等土司狼兵六万前往广西进剿大藤峡叛军。明代传统素以文臣统率军队，总督军务，兵部尚书王竑举荐一人，顿令满朝惊异！他就是因侍读学士钱溥案牵连被贬为浙江参政的兵部右侍郎韩雍。王竑言道："韩雍才气无双，平贼非他莫可。"

钱溥因妄图取代李贤阴谋政变而被贬，韩雍遭受牵连。朝臣们认为韩雍刚刚罢黜不宜起用，王竑厉声反驳道："大战在即，皇上不计前嫌启用能臣。若说韩雍罪黜不当用，我王竑不也曾因罪而遭贬废吗？"

"夺门"之变后，石亨、张軏等大肆反攻倒算，追论王竑带头捶杀宦官马顺等有罪，将其由浙江巡抚贬为参政，后又除名送江夏管制。后英宗在宫中看到王竑的奏折，赏识其正直不阿，下旨解除对其管制，放归为民，后来他又起复，参赞军务。宪宗即位，王翱、李贤保举其才可大用，遂委以兵部尚书重任。

钱溥策划的宫廷政变堪称权力狂想症，一厢情愿地想取代李贤为首辅，韩雍并未参与其事，否则其罪何止贬官调任参政而已。廷臣们反对启用韩雍是碍着李贤的面子。但见他竟也点头通过了，便连连赞誉宰相肚里好撑船。于是见深立即下诏从浙江召回韩雍，升任左佥都御史，总督军务。

在调集军队，准备辎重给养的同时，有关官员齐集南京讨论进军方略。俗话说：书生好论兵。素以战略家自诩的翰林院编修丘浚上书李贤，称叛匪在广东宜驱赶，在广西宜围困，采用分兵进剿之策。韩雍却冷笑道："贼势漫延千里，我若随在与战，只会牵制我军力量，疲我将士，战要打到何年何月？为何不仗着锐气，全师直捣大藤峡匪巢？贼人心腹既溃，余贼迎刃而解！舍此而分兵四出，叛贼四散奔突，郡县更会遭殃。此即救火而嘘，适得其反。”

行家自是行家，书生哪懂军事！赵辅一到，与韩雍谈及军事部署，很是投机，便将一切军事调度，全交韩雍号令。

各地征调的十万大军陆续到齐，韩雍与赵辅率军迅速前进。进入广西境内，恰好有阳峒生苗洗劫兴安县城，地方官员向大军求救。韩雍遂命先头部队小试牛刀，一举将其击溃，斩首百余级。在战斗中有指挥李英等四人畏葸不前，韩雍为了整饬军纪，立即升帐将他们推出辕门斩首。诸将从此领略了韩雍的军威，战斗中再无退缩者，从此军威大振。

韩雍与赵辅制定进军战略，召集诸将布置道：“贼首侯大狗盘踞大藤峡，扼险自守，而以荔浦、修仁为其外围羽翼，我大军当先收复此二城，以孤立贼势，然后集中兵力攻其巢穴。”

于是韩雍调兵遣将，以先头部队星夜疾驰，于凌晨攻破修仁，展开巷战。没费多大力就拿下了修仁。部分贼人溃逃至力山，韩雍早有准备，投入生力军穷追至力山，围而歼之，擒获一千二百人，斩首七千余级，荔浦残敌遂闻风而逃，修仁、荔浦相继收复。多年来蹂躏桂东南州县的叛贼遭受沉重打击，只能龟缩在大藤峡的高山大峒中，企图依据天险负隅顽抗。

韩雍率军稍事休整，随即向浔州出发。浔州是大藤峡的门户，韩雍向当地耆老咨询进攻之道。他们却把头摇得像拨浪鼓，“大藤峡地势险要，大兵施展不开，只能用计围困之。”

韩雍不以为然道：“大藤峡长远六百余里，山峦叠嶂，如何围困？分兵则击之不力，师劳兵疲，这仗打到何年何月？”良久，又道，“我意已决！”

深秋十月，韩雍、赵辅率领数万官军以迅雷不及掩耳之势，直抵大藤峡口。

此时只见路旁有十余个老少百姓跪着，有的身着当地服装，有的竟做儒生打扮。为首一个口称：“我等受贼害已久，今闻大军到此活我百姓，我等愿效微劳，为大军向导……”

韩雍不待那人说完，喝令士兵将那些人一一拿下，带入帐中审问。

诸将疑惑不解：这峡区形势险要，百姓愿给我们带路不好么？

只见韩雍呵斥道："尔等皆是贼人，敢来诓我？左右快与我搜来！"

士兵们不敢怠慢，仔细搜检那些人，果然，衣袍之下都藏着利刃。有人见露了马脚，试图反抗，立被斩杀。

韩雍喝令将贼人推出辕门，尽行斩首。还分别将砍下的人头悬挂在峡口旁的树上示众。

众将还在惊愕不已，韩雍微微一哂，道："此地原是贼人巢穴，善良百姓哪敢来此为大军带路？分明是侯大狗设下的圈套，诱我落入陷阱！"

韩雍命在峡口扎下大营，扼住贼人向外逃窜之路。他治军素来严厉，各营门口设置铜鼓十数面，士兵们击鼓传令。地方三司文武官员尽皆报门而进，长跪禀报军情，其状惊怵如同小吏。

第二天，新会县县丞陶鲁前来参见，他竟不遵规矩，昂然上堂，长揖不拜。

韩雍叱问道："你来此何为？"

陶鲁朗声答道："来为明公杀贼效力。"

韩雍见他出言慷慨，想其必有异才，便问道："陶丞愿为国效力，其志可嘉，不知需兵多少？"

陶鲁答道："兵不在多而贵于精，三百人足够。"

韩雍是个爱才之人，兴致勃勃地说："我若用你为先锋深入敌人巢穴，三百人哪够？"

"我任先锋只需三百人，但需严格挑选训练方可。"

韩雍嘉其志，命他到各营自行挑选壮士。陶鲁至各营立下规矩："有能力举三百斤石狮，射箭二百步外中鹄者来！"他在南直隶、湖广、江西各营及鞑军中挑选数日，终于选得三百名壮士。他们或虎背熊腰，力大无穷；或身怀绝技，人莫能敌。陶鲁亲自督阵操练，并椎牛犒飨，共享甘苦。士卒争愿效死，号称"陶家军"。

在接下来的几天中，韩雍亲率僚属登高望远，查勘山形地貌，绘制作战地图，并派出斥堠侦察贼匪动向，做到敌情了然于胸。一切准备停当，韩雍下达军令：广东总兵官欧信率五哨兵由象州、武宣攻入大藤峡的北部，他与赵辅亲督都指挥白全等率八哨兵进攻大藤峡的南部，再派参将孙震率二哨兵由黔江上下游两头水路进入大藤峡，分兵扼守各个隘口，防止贼匪逃窜。

成化元年（1465）十二月初一，韩雍下达总攻击令，各路大军浩浩荡荡直扑大藤峡，形成合围之势。侯大狗等匪首在广西广东两省横行数年，与官军打交道已久，却从未见过这样的阵势。韩雍初到之际，杀他派去的间谍，血淋淋地悬尸林箐间已令他胆寒。侯大狗情知这次朝廷是下了决心要剿灭他们，并且派了韩雍这样的狠角色，恐怕这次他是在劫难逃了！他事先把妻子、钱谷、财宝转移到桂州境内的横石、李塘诸崖；自己聚集叛民数万，悉数堵截峡南；在南山砍伐大树，构筑坚固的栅栏以御敌，囤积了大量滚木、礌石、标枪、毒弩等，准备作困兽斗。大敌当前，韩雍和赵辅一声令下，各路官军以神铳火器开路，举着盾牌攀越悬崖峭壁。侯大狗命叛众死守各险要隘口，施放滚木礌石、标枪毒箭。官军陆续攻占了几处隘口，将逃之不及的贼人通通斩杀。但狡猾的侯大狗凭借熟悉地形，指挥贼众退守在山上隐蔽的据点负隅顽抗。

激战两个时辰，山上的贼人与山下的官军都有些疲倦了，枪声箭声逐渐稀落。突然，陶鲁手执盾牌站在岩石上仗剑高呼：“麾下壮士，快从我来！”

话音未落，三百名陶家军全都左手持盾，右手持刀鱼贯冲上山岗，喊杀声震动山谷。贼人急忙乱抛矢石抵抗。只见陶家军一个个兔起鹘落，飞身扑向躲在岩石后面的贼人。他们老鹰抓小鸡似的擒住贼匪，高举过头，大吼一声，将其掷于光秃秃的岩石上。有的贼人则被掷入万丈深渊，粉身碎骨！

韩雍见前锋得力，下令各营奋勇登山继续进攻。贼众支持不住，只得作鸟兽散，潜入密林深处藏匿，放弃抵抗。韩雍下令纵火焚山，士兵们用带来的硫磺火种，点燃山间的衰草树木。刹那间烈焰飞腾，直冲霄汉。藏匿山间的贼人多被烧得焦头烂额，尸横遍野。剩下数千悍贼，簇拥着首领侯大狗，由秘径逃窜至他们的最后据点横石崖躲藏起来。

韩雍与赵辅计议：贼虽已破，贼首未擒，终是后患。于是整顿队伍，稍事休息后，调集精锐的后续部队数万士兵继续穷追残敌。这批生力军连同骁勇非常的陶家军急行军赶赴横石崖贼匪老巢。

那横石崖果然险峻，全是常人难以攀登的峭壁悬崖。侯大狗带领残匪窜上名曰九层楼的崖顶顽抗，崖顶有大量的风化巨石，贼人凌空向下抛掷，威力巨大，触之不死即伤。

韩雍令官兵在山下呐喊佯攻，引诱崖顶的贼匪抛掷巨石。一直坚持了半个时辰，忽闻崖顶有号炮声传来。原来孤胆英雄陶家军奉令攀附悬崖上的枯藤野树，猿猴般地从崖后悄无声息地攀上崖顶，点燃号炮，接着与崖顶的贼匪作殊死搏斗。

听到号炮声，韩雍令将士发起总攻，冒着渐渐稀疏的矢石攀登而上。九层楼崖顶纵然高而险，禁不住数万官军奋勇攀爬，且兼陶家军骁勇异常，以一敌十，不到半个时辰，匪巢已被攻克，侯大狗等人再也无处躲藏，个个被生擒活捉。

官军又在九层楼附近峭壁的岩洞里搜捕到残匪共七百八十余人，各路敌军先后斩首三千二百级，坠落山涧、溺水而死者不计其数。

尔后，韩雍率各路大军又先后攻破残贼山寨三百二十四座，并分兵进剿雷、廉、高、肇等地的乱民，追捕勾结包庇贼匪的土司、瑶官，抄没其家产和田地，罪重者就地斩决，家属充公为奴。至此，广西之乱被彻底平定。

战后，韩雍带领众将来到大藤峡口，峡口碗口粗的大藤仍然高悬峡江之上。那是贻害近百年的叛乱的象征，也是贼人奉为圣灵的神物。韩雍喝令：“拿大斧来！”

立刻有兵士递上巨斧，韩雍撩起袍袖，大喝一声，挥臂将大藤斩断，坠落江中。从此峡江两岸的瑶民隔着滔滔江水，再也无法攀藤越江，自然减少了串通作乱的可能。

韩雍下令地方有司将大藤峡改名为断藤峡。并在江边悬崖上，摩崖刻石，镌刻平定叛乱的年月和经过，以为纪念。

捷报上奏朝廷，侯大狗等匪首被解送进京，处以极刑。见深赐敕令嘉奖有功人员并下令班师。赵辅还京晋封武靖伯，韩雍被提升为右副都御史，提督两广军务。

这场战事使两广的叛乱消停了若干年，有利于明王朝的发展和延续。它还有一桩意外的收获：在赵辅带回京城的俘虏中，竟然有一位女子后来得幸产下龙子，成为明朝的下一任皇帝。而汪直，这个成化帝后期叱咤风云、人见人怕的大太监，也在此次战役的俘虏行列中。

第二十二章 一个不与群臣议政的皇帝

明朝历代皇帝自太祖、太宗、仁宣二帝至朱见深的父皇英宗朱祁镇，皆以勤政著称，且大多口才甚好，擅与臣下交流讨论政事。谁知自见深即位之日始，他天天上朝，可是从来不在朝堂上与臣下交流议政。也许是因为他生来舌短，自幼便有口吃的毛病，除了与他平时最亲近的人宠妃万贞儿和生母周太后讲话稍利索外，他与其他任何人都很难顺利交流。他深知自己的生理缺憾，生怕在朝堂上因口齿不清，而损及作为皇帝的威严，所以对于官员们的奏请，批准同意的，他只回答一个“是”字。后来鸿胪寺卿施纯发现，皇上说“是”字都不甚利索，便悄悄对近侍说：“皇上说‘是’字不便，请以‘照例’易之。”因为“照例”发声可借助唇齿开阖，见深一试果然很流畅。一问是谁出的主意，近侍禀告是鸿胪寺卿施纯。施纯遂得皇帝好感，不久升礼部侍郎，掌鸿胪寺事；后竟递升任礼部尚书。有好事者作打油诗讽之曰：“两字得尚书，何用万言书！”

见深不与大臣们在朝堂上议政，但对臣工们的奏折，倒是仔细批阅，因为那不需要开口说话，而写字更是他的强项——当太子时在精一阁练的书法可不是白练的。

见深即位时已十七八岁，比他父皇朱祁镇八岁登基时年长了不少。而当时国力经过天顺后期的拨乱反正和励精图治也增长了不少。特别是父皇留给他的辅弼大臣个个了得，内阁首辅是李贤，还有老成持重的彭时、陈文相助；六部则以元老级的吏部天官王翱为首，年富、马昂、李秉、白圭以及新进的兵部尚书王竑等叔伯辈都是一顶一的厉害角色。内政外交全不用年轻的皇帝操心，他只管做他的太平天子，垂衣拱手而达成天下大治。

立国之初，摧毁王纶、钱溥等的篡国阴谋；顺应民意贬黜门达；继而为党争而死的救国英雄于谦及范广等平反；恢复景泰帝的尊号；复立团营，开设武举；恢复秋后录囚复审制度，以及施行赈灾减赋，安定民生等诸多措施，使成化帝早期短短几年，国运有欣欣向荣之势，也使见深能有大把时间花在后宫宠谁爱谁的纠葛中。

成化二年（1466）三月，因八十多岁的父亲因病辞世，李贤匆匆回家奔丧。丧葬事毕李贤上书朝廷，要求准其在家守制三年，以尽孝道。当时广西叛乱刚平定，赵辅还未凯旋；白圭等又被遣讨伐荆襄流寇，朝廷正值多事之秋，见深颁诏援引宣宗朝杨溥故事，令李贤起复还朝视事。李贤忌惮人言可畏，三度上疏要求终制守丧三年。见深当然不许，李贤年近六十，再守三年孝黄花菜都凉了，自己怎么办？他差遣中官赴邓州，令李贤驿传回京。李贤回北京后又上了一道辞呈，仍未获准，只得回内阁视事。

一天晚上，李贤府中来了一位不速之客——新科状元翰林院编修罗伦。就在这年正月，罗伦以乡试第一名参加廷试，对策万余言，直斥近弊，名震天下。当时李贤是主考官之一，罗伦的试卷又是由他读后推荐给皇上的。最终他被点为一甲第一名状元。按常理李贤对罗伦有识才、提拔之功，罗伦对于恩师理应特别尊重。朝廷起复大臣已成循例，可罗伦此次拜访，却是因为他只认死理，认为李贤作为历事数朝的名臣尤应遵守礼教，重孝道以安天下，不应留恋权位，贻笑大方。他这种教训的口吻作为师长李贤自然无法接受，以“君命不可违，国事大于亲恩”，拒绝再次上疏请求终制。二人话不投机，李贤遂起身送客。

罗伦回到寓所，奋笔疾书，一气写成洋洋三千余字的《扶植纲常疏》。奏折中首先将皇上廷试中给贡士们出的试题搬出来：“曩陛下制策有曰：‘朕夙夜拳拳，欲正大纲，举万目，使人伦明于上，风俗厚于下。’窃谓明人伦，聚风俗，莫先于孝。”又说皇上并非因战争金革之事起复李贤，于理无据。罗伦又在奏折里例举北宋贤臣富弼、刘珙丧亲拒绝起复，而贤君仁宗、孝宗卒从其清。相反史嵩之、贾似道等奸臣皆援故事起复，流祸当时，遗讥后代。他这一举例，直把李贤的起复比拟于史上有名的奸臣贾似道之流，且又打击一大片，说："臣伏见比年以来，朝廷以夺情为常典，缙绅以起复为美名，食稻衣锦之徒接踵庙堂，不知此人于天下之重何关耶？——今或舍馆如故，妻孥不还，乃号于天下曰：'本欲终丧，朝命不许。'虽三尺童子，臣知其不信也。""枉已者不能直人，忘亲者不能忠君。陛下何取于若人而起复之也。"

见深看过这份奏折，哭笑不得。按惯例应该将它发到内阁起草批复意见，但见深不愿李贤遭受这份尴尬，遂将它压下，"留中不发"。第二天，罗伦奏折内容被泄露，朝堂议论纷纷。恼火的见深遂对奏疏作出批示：罗伦狂妄粗疏，难居近侍，吏部其调居外任。结果罗伦被贬黜到泉州，任福建市舶司副提举。按说这市舶司与洋人打交道，是个捞钱的好去处，奈何书呆子罗伦志不在此，在泉州郁郁不得志。直到李贤死后，他才由商辂保举恢复原职，但仍改任南京翰院，回不了京城，此乃后话。

一波未平，一波又起。成化三年（1467）十二月，内阁发出一份揭帖，说正月间上元节皇上为孝敬两宫皇太后，宫中举行张灯庆贺，让翰林学士们撰写诗词进奉，以增加气氛，君臣同乐。这本有传统可循，无伤大雅。但自视清高的翰林学士们感到受了侮辱，翰林院编修章懋与同官黄仲昭、检讨庄昶上疏力陈其非。

> 顷谕臣等撰鳌山烟火诗词，臣等窃议，此必非陛下本怀，或以两宫圣母在上，欲备极孝养奉其欢心耳。然大孝在于养志，不可徒陈耳目之娱。今川东未靖，辽左多虞，江西湖广赤地数千里，万姓嗷嗷张口待哺，此正陛下宵旰焦劳，两宫母后同忧天下之日。至翰林以论思为职，鄙俚之言岂宜进于君上？张灯岂尧舜之道，诗词岂仁义之言？古帝王谨小慎微必矜细行者，正以欲不可纵，渐不可长也。

见深对他们的吹毛求疵、胡搅蛮缠非常气愤。元宵张灯，儒臣应制撰诗古已有之，祖宗以来并未废除，朕视旧例减省，以奉两宫太后，岂致妨政害民?！这帮读书人欺人太甚！遂下令锦衣校尉将章懋、黄仲昭、庄昶三人拘到午门外，各施二十廷杖，分别贬到外地做州县官，以示惩戒。

皇上的处理，遭到以毛弘为首的给事中们的反对，他们纷纷上奏谏讽。内阁陈文、彭时等人也出面劝慰皇上：不宜过分处分读书人。于是见深也迅速消了气，让他们仨去南京翰林院就职了事。

不过这两场文字风波倒成就了罗伦等人的名节。四人被称为“翰林四谏”，誉满天下。

在夺情起复事件中由于罗伦的劾奏，李贤声誉大伤。见深为他谪贬罗伦，逐出京城，至福建任小官，舆论一致认为太过，以致德高望重的吏部尚书王翱都出面规劝李贤：同朝为官要宽宏大量，并以宋仁宗时宰相文彦博救被贬的唐介一事为例证。李贤却对人说：“潞国公文彦博借救唐介邀买人心，导致怨恨都归于朝廷，我为什么要效仿他?”

李贤既得朝廷信任，屡以个人喜好和恩怨处事。兵部尚书王竑是他和王翱荐举出任的。成化元年（1465）九月，兵部清理贴黄缺官，王竑和诸大臣一致举荐修撰岳正和都给事中张宁出任佥都御史。岳正才气横溢，天顺朝曾入阁二十八天，后因事被贬。张宁任都给事中多年，声望卓著，二人都是不可多得的能臣干将。但李贤对他俩成见颇深，将他俩贬放外任：岳正为兴化知府，张宁为汀州知府。他拟的圣旨还指摘：“六部堂官会举多私，今后废黜此例。”

此事在朝中引起轩然大波，其他人都还忍着，但直性子的兵部尚书王竑看不惯李贤这样嫉贤妒能，愤慨地说：“我还能待在这里吗?！”立即上书请求致仕，当时他才五十多岁。见深倒是欣赏王竑的胆识和才略，发下优抚诏书挽留，并派出御医为他治病。但王竑对李贤积怨颇深，退休的意向很坚决，终于在九月返回故里，那时由他与韩雍策划的大藤峡之战刚刚开始。

成化二年（1466）冬天，李贤，这位历经宣德、正统、景泰、天顺、成化五朝，在“夺门之变”的惊涛骇浪中得到英宗信赖，嗣后在曹吉祥发动的宫廷政变中被曹钦砍伤左臂，差一点命丧黄泉的著名辅臣，终于走完人生的最后一程，溘然长逝，享年五十九岁。

纵观有明一代，内阁阁臣受皇帝信任和重用者，自杨士奇、杨荣、杨溥之后，谁也比不上李贤。李贤从政三十余年，被一致赞为有才干的贤相。然而批评他的人则认为，李贤最早受景泰帝赏识，由郎中超擢为兵部右侍郎，有知遇之恩。而他却在其著作《天顺日录》里诋毁景泰帝荒淫无道，其文大都言过其实。他身居揆阁，气量狭小，未经调查核实，擅以杀降罪名压制叶盛；排挤岳正与张宁；不救罗伦……这些尤为世人所鄙视。人无完人，这大概正是李贤这位贤相的性格缺陷。

李贤死后，内阁阁员只剩彭时与陈文二人，王翱等大臣公推太常少卿、侍读学士刘定之入阁。定之乃江西永新人，正统元年会试第一，授编修，以才思敏捷著称。有一年宫内张灯庆贺元宵，也是命大臣撰诗词助兴。内官倚案牵纸，定之不假思索，连作七言绝句达百首之多，惊得内官连口都合不拢。定之犹自嘲曰：“陋作不能登大雅之堂，只能写在灯笼上，惭愧惭愧！”

成化二年（1466）秋天，朝廷为于谦平反后，见深屡屡念及天顺政变被斥为民的商辂。商辂于正统十年乡试、会试、殿试皆获第一，这在明朝二百多年的科举中，仅此一人。他因曾参与景泰帝易储被罢黜。成化三年（1467）二月，见深召其进京，恢复其兵部左侍郎兼左春坊大学士职务，命其入阁。商辂上书辞谢。见深恳切地说：“其实先帝已知卿冤枉，朝廷用人之际，请勿辞。”于是，商辂意气风发，在内阁中迅速成为中流砥柱。第一炮，他就请求召复成化元年（1465）以后因建言被斥者，于是罗伦、孔公恂等人均得起复再用。给事中董旻、御史胡深及林诚不识时务，还在诋毁商辂曾参与易储事件，不宜用，结果可想而知，被皇上打了一顿板子。

当时内阁成员中，首辅彭时渐渐老去，陈文委琐卑微，专务请属，名节大丧，不久即死去。商辂得皇帝信任，更加尽职尽责。当时纪妃生皇子祐樘，惧万贵妃加害，匿于西内。商辂请敕礼部拟皇子名，拥立为皇太子；且与万贵妃周旋，迁纪妃于永寿宫。万贵妃看重商辂名气，屡次拉拢他。馈赠内币金帛甚厚，嘱为其父作画赞。商辂凛然拒绝道："非有皇上之命，臣不敢承。"万贵妃气得火冒三丈，却也奈何他不得。

后来韩雍征瑶带回的小俘虏汪直长大了，深得信任，以御马监置西厂，数兴大狱。商辂率众臣上疏，数汪直十条大罪，称："自直用事，士大夫不安其职，商贾不安于途，庶民不安于业，若不亟去，天下安危未可知也！"可是皇帝见深大发雷霆："用一内竖，何致遽危天下，谁主此奏者？"商辂据理反驳道："汪直擅自抄没三品以上京官；擅捕大同、宣府边城要害守备官；一日械数人；擅捕南京留守大臣；擅易宫内近侍。直不去，天下安得无危？"最后，在兵部尚书项忠等人的联名纠劾下，成化帝才下令罢西厂。

不久，御史戴缙大肆歌颂汪直的功劳，请复西厂。商辂一气之下，上疏请求致仕，挂冠而去，时年六十三岁。

商辂退休回乡后，阁臣刘吉去看他，见他身后子孙林立，奉承道："吉与公同事历年，未尝见公笔下妄杀一人，如今子孙满堂，正是老天报公之厚德啊！"商辂答道："正因为如此，不敢使朝廷妄杀一人！"商辂活到七十三岁才故去。

第二十三章 年轻皇帝朱见深的宫廷生活

年轻的见深自天顺八年（1464）父皇驾崩，仓促即位当上皇帝，至成化二十三年（1487）八月因病撒手人寰，临朝二十四载，是明朝历代帝王中在位时间较久的皇帝之一。

明朝开国皇帝朱元璋英明神武，一统天下。自登基至七十一岁驾崩，在位三十一年，是够长的了。但他的子孙中，第十一位皇帝明世宗嘉靖帝朱厚熜在位达四十五年之久；第十三位皇帝神宗万历帝朱翊钧更是创纪录地当了四十八年皇帝。不过这二位虽然长寿，帝业却乏善可陈。一个崇尚道教，宠信奸相严嵩，致使朝政糜乱；一个身处深宫，二十余年不上朝，种下亡国的祸根。若论政绩，资质平平的朱见深比起他的这两个子孙还算好的。

见深嗣位之初，纠缠于选后废后的宫闱之事，浪费了许多时间。视朝之后，又由于口吃的生理缺陷，从不与臣僚在朝堂公开议政，因此他待在宫里的时间占多数。人们不禁诧异，一个不到二十岁的青年人，整天窝在深宫中到底干些什么？

首先他要安慰其时遭受丧子之痛的宠妃万贞儿，还要延医问药，以求让万氏再次怀上龙种。为了达到目的，他不停地给御医沈荃及其助手升官晋爵。只要他们觅到为爱妃助孕的良方秘药，他不惜从内库拿出白花花的银子。后来风闻从藏地来的番僧扎巴坚赞及其徒扎实巴、锁南坚赞等神通广大、法术无边。他便传太监韦兴等引番僧入宫作法。结果贵妃和皇上大为赏识。其时正时兴传奉授官，出家人做不得官，见深便颁诏奉番僧扎巴坚赞为“万行庄严功德最胜智慧圆明能仁感应显国光教弘妙大悟法王西天至善金刚晋济大智佛”，这比太祖高皇帝的谥号还多十三字。番僧们出入乘棕舆，服食器用皆拟王侯，在宫中闹得乌烟瘴气。

万贵妃的安喜宫，由于大太监梁芳、韦兴等的奉承，装饰得富丽堂皇，直比皇后所居坤宁宫。众太监日进古玩珠宝，为贵妃娘娘玩赏解忧。见深退朝之后，大部分时间也守在安喜宫，与爱妃宴乐调笑，以分解她心中丧子的伤痛。

见深性格内向，不善与人交际，唯与他心爱的贵妃除外。也许是遗传了祖父宣德皇帝的喜好，他酷爱丹青。在宫中每每令近侍磨墨牵纸，对着古本临摹。有时也摹写实物，或窗外雪景，或花鸟虫鱼、苍松古柏。见深习画大多集中在成化初年，留下来的墨宝不多，他最有名的代表作——画于成化元年（1465）六月的《一团和气》，既不是山水，也不是地道的人物画，构思颇为巧妙。画幅上方是一笑意盈盈的圆脸和尚，双手一边搂着一个人，左边的身穿道袍，右边的身着儒服。二人都把脸藏在和尚身后，只露一只手搭在和尚肚皮上。三个人团团抱住，如不细看俨然一体。如此诡异的构图有何用意？画旁有长篇图赞：

> 朕闻晋陶渊明乃儒门之秀，陆修静亦隐居学道之良，而惠远法师（应为慧远法师）则释氏之翘楚者也。法师居庐山，送客不过虎溪。一日陶陆二人访之与语道合，不觉送过虎溪，因相与大笑，世传为三笑图。此非一团和气所自邪？试挥彩笔题识其上。
>
> 叹世人之有生并载天而覆地，既均禀以同赋，何此殊而彼异？唯凿智以自私外形骸而相忘，虽近在于一门，乃远伺于四卫。伟哉达人遐观高视谈笑有仪，俯仰不愧。合三人以为一，达一心之无二，忘彼此之是非，蔼一团之和气。噫，和以召和，明良其类。以此同事事必成，以此建功功必备。岂无斯人辅予盛治？披图以观，有概予志。聊援笔以骞怀，庶以警俗而励世。成化元年六月初一日。

如果说这幅画作表达了见深的政治思想：佛道儒三位一体，抱团达成大治，恐怕是言过其实。当时见深只是个年仅二十岁的青年，思想远未定型。虽然经筵日讲接受的均是正统的儒家思想教育，但他难免有些叛逆，对于佛门释道也有所涉猎。这从他纵容太监耗费大量内帑兴建佛寺、尊奉番僧、滥赐尊谥法号就可看出端倪。他善待番僧有他的直接目的：为他心爱的贵妃祈福，让她尽快重新怀上圣裔。只是他的这个期望因万贞儿的日渐老去而破灭。

除了《一团和气》这幅宣扬自己不成熟的政治理想的画作，见深在这一时期的作品还有《柏柿如意岁朝佳兆》《松鹰图》等，《柏柿如意岁朝佳兆》颇具功力。万历中名儒顾起元赞叹他作的韩愈画像：“今人但知宣宗皇帝御画，不知宪宗宸翰之工如此，真人间之瑰宝也。”

既然皇帝爱画，便不时召一些画友进宫切磋画艺。有一位湖广江夏籍的画家吴伟，他画的山水人物被时人誉为神品。经守备南京的成国公朱仪网罗礼聘，召来北京与见深切磋画艺。见深想赏他一个官做，当时文职已满，便不伦不类地授了一个锦衣卫镇抚。好在宫廷中多美酒，嗜酒如命的吴半仙整日喝得醉醺醺，并不计较。一日，见深召吴学士作画，只见他蓬头垢面，醉眼蒙胧，踉跄而至。见深久闻画松是他的绝活，命其作一幅《松风图》。吴伟便趁着酒兴，于半醉半醒间将墨池撞翻，顺势往画面上肆意涂抹，顷刻即成一幅巧夺天工的苍岩虬松图，还有一只老鹰从空中掠过。把个见深惊得连声赞叹道：“真仙人笔也！”

见深最为人诟病的不是他身为皇帝，不务正业，而是他在宫中滥发圣旨传奉授官。洪武三年（1370），太祖朱元璋命刘基等创建科举制度，三年一科廷试取士，“使中外文臣皆由科举而进，非科举者毋得与官”。朝廷建立严格的制度，文官属吏部管辖，武官属兵部管辖，均有严格的考核晋升制度。就连宫中的太监也有官阶，司礼监掌印太监为正四品。宫中的十二监、四司、八局所谓二十四衙门的主管太监均各有官阶。

见深久居深宫，被太监们包围，抹不开情面，天顺八年（1464）

二月，他即位仅一个月，就命司礼监太监向吏部传奉圣旨，擢升工匠姚旺为文思院副使（从九品），文思院名字虽雅，并不是翰林所属学术机构，是宫中一个制造金银犀玉舆辇器物的作坊，集中了全国技艺高超的匠人，姚旺便是其中之一。

这件事在明史中极为重要。因为它破坏了太祖制定的“非科举者毋得与官”的祖制和早已成熟的官员任免制度。而且见深第一次这样破例后还不收手，几天之后又命太监传升太医院御医施全、郑全为院判，沈海为副使，御医金谅、李平、潘瑛加俸二级，樊善名、宫升加俸一级。这些人都是为他父皇治病出过力的。

到了成化二年（1466），经过前两次的试探，见深的胆子越来越大。朝中的一些官员得知走太监的后门是一条升官的捷径，于是贿赂公行。见深又根据太监们的推荐，命中官传旨：升尚宝司丞凌敏为司卿、汪容为少卿，太仆寺寺丞季淳、周庠为光禄寺少卿，王颐、张祯、夏文振、董序为大理寺左评事，匠人徐瑞为镇抚，朱贵为营缮所所丞。

《明史·佞幸列传》中说“帝践位甫逾月，即命中官传旨，用工人为文思院副使。自后相继不绝，一传旨姓名至百十人，时谓之传奉官，文武僧道滥恩者数千”。

这一内批宦官传旨委任官职的做法，严重破坏了朝廷行之已久的相对公正的官员进迁制度，使整个朝廷的腐败风气逐渐泛滥。虽然许多传奉官只挂衔领俸不管实事，却对官员队伍形成了严重冲击，使朝廷的官职爵禄极度混乱，并且整个队伍迅速平庸和腐化。见深作为一国之君，本应顾及这一点，但他不仅不知克制，反而变本加厉，为了满足自己的私欲，崇信方术符箓，宠幸赃吏李孜省、术士邓常恩。竟传旨李孜省为太常寺丞，并许其密封言事。

李孜省本来就是一个在地方上犯了罪的赃官，用方术迷惑皇上，竟然被任命为有实权的官职，且许“密封言事”，具有向皇帝打小报告的权力，是可忍孰不可忍？于是，传升李孜省的圣旨刚下到吏部，监察御史杨守随便率领同官上了一道奏疏。

自古帝王之御天下，施政必由乎旧章，用人必先于表行。我祖鼎定天下，凡百政事，无不立为定法，垂训后世。如官人也，或由进士，或由吏员，或因才干出身，皆有一定之资格。如祭祀也，罪人不容供事，刑官不令省牲，皆有一定典则。近太常寺寺丞缺员，皇上特命听选官李孜省升补。孜省先充布政司吏，枉法受赂，事觉逃匿来京，实为未结之囚，于例不宜出入坛庙，以供祀事。且其出身资格止该八品，纵无前罪，应合选用，于例不宜超越四级，骤迁于京堂上。命下之日，士论沸腾。用此等奸狡赃秽罪人奉事天地宗庙赫赫之灵，非徒不能昭格，反为亵渎，伏望皇上收回成命，或明正其罪，或罢归田里。

杨守随打了头阵，紧接着吏科给事中李俊又率领六科言官上疏响应，说“孜省本赃吏，不宜玷清班，奉郊庙百神祀，致污天地祖宗”。

这段时间，见深和万贵妃已对李孜省等人的法术佩服得五体投地。而李孜省巧舌如簧，对自己在地方上的赃迹一概否认，只说是受人陷害排挤，故而来京申诉，幸遇明主，方有昭雪之日。他那些赃事一时也查不清，但他每天贡献的方术却令见深和万贵妃很是信服，他们舍不得把他罢黜，于是想了一个折衷的办法，既然言官说李孜省不适宜参予祭祀，让他到上林苑去管牛马园林吧！于是又颁旨改任李孜省为上林苑左副监，仍然是从六品官衔，以息民怨。

后来的事情反反复复，逐渐步入中年的见深始终沉溺于方术和养生之道，追求无休无止的享受。两人长期窝在宫中，离不开李孜省、邓常恩、僧继晓等奸佞小人侍奉，也想尽办法用高官厚禄来酬答他们。看到这班人如此得宠，连道貌岸然的内阁首辅万安也东施效颦地进献起“房中术”来。

也是见深命好，成化一朝由于北方的蒙古势力由盛变衰，外患几乎绝迹。像他父皇英宗朱祁镇那样遭遇土木堡之变，数十万军队全军覆没，连皇帝也做了俘虏的悲剧再也没有发生。蒙古人最多在边境及河套地区骚扰一下，数万铁骑打到皇城根下的危急情况并未出现。如果不是汪直、王越他们后来在边境挑起战事，整个成化朝可说是波澜不惊，外患基本敛迹。因而见深可以安稳地坐在京城当他的太平天子，加以他的生理缺憾，从不与大臣们议政，所以他有大把时间窝在宫中肆意玩乐。

在万贵妃逐渐老去，对见深的宫闱控制日渐松弛之后，他要洗雪自己不育的恶名。后宫年轻美貌的宠妃们陆续为他生育了祐极、祐樘、祐杬等十三位皇子和仁和、永康等五位公主。身板不算很好的见深能有如此众多的子嗣，大概是他对李孜省、邓常恩和花和尚僧继晓久宠不衰的原因。

除此以外，见深要打发白天大把的空暇时间，在宫中想尽办法游戏玩乐。在历代帝王中，除了南北朝时石虎等几个禽兽王朝淫秽已臻极点的统治者，以及他那位著名的浪荡孙子明武宗朱厚照。成化皇帝朱见深算是会玩且能玩出花样的佼佼者。

在现今留存下来的《明宪宗宫中行乐图》长卷中，见深高坐于巍峨的宫殿中，在宦官们的簇拥下，观赏下面数百名内侍和俳优的表演。其中有捧着鸟笼给他观赏的；有弹琴击缶的；有脚顶高杆，上踞赤膊小人的；有飞身跃过数人头顶的；有骑马牵狮斗耍的；有摇着拨浪鼓做小买卖的；有燃放烟花炮仗的；还有装扮成小鬼夜叉高举旗帜沿街巡游的；甚至还有牵着狮子、大象的外国人。这幅图分解成局部多达21幅，林林总总，展现出成化朝皇宫中奢靡游乐的极盛景致。人们在观赏之余，难免心生感慨，这一切繁华景象不都是在耗费老百姓的民脂民膏吗？

第二十四章 游荡在后宫中的死亡魅影

成化二年（1466）冬日一个清冷的早晨，来到人世未满周岁的皇长子在睡梦中悄然离开了人世。这个可怜的孩子夤缘生在帝王家，他的父皇命礼部为他命名。可能礼部官员们过于谨慎，久议而未决。本来先天不足幸赖沈太医妙手救助活下来的皇子最终还是未挣脱死神的羁绊。

他的母妃万贞儿因其出生被晋封为贵妃，此时自是伤心欲绝、痛不欲生，终日以泪洗面。年轻皇帝朱见深只能婉言宽慰："吾儿虽去，哭也无益。好在我们还很年轻，朕爱你如昔，还怕再生不出皇子来？"

话虽这么说，贵妃心里明白：皇上固然年轻，此时才满二十岁，可自己是奔四十的人了，再怀圣裔是何等艰难的事！况且宫中美姬那么多，对于正值青春勃发时期的皇上，那可是挡不住的诱惑呀！又兼两宫皇太后盼孙急切，皇上大婚已三年多，后宫众多妃嫔不能产下一男半女来是她们不能容忍的。就在不久前，皇太后周氏不惜降尊纡贵，与万贞儿进行了一场语重心长的谈话。

那是在皇长子夭折满月之后，万贵妃循例去清宁宫给太后请安时发生的。说来也奇怪，周太后对儿子专宠比自己小不了两岁的万贞儿历来不满。可自从万贞儿诞下皇长子后，明显可见周太后对她的态度改变了许多。毕竟万贞儿是第一个为她诞下皇孙的嫔妃，没功劳也有苦劳。可见深为了给万氏争贵妃之位，又不惜与母后争吵。她心里气恼不已："当年我生下你只封贤妃，我这贤妃当了十二年，直到天顺朝你父皇再度登基才被封为贵妃。她万贞儿一介卑贱宫女出身，怎能与我比肩？”及至皇长子突然暴毙，看见她这般憔悴的模样，态度又好转了许多。她命侍从宫女给万贞儿赐坐后，温婉地说：

“皇孙过世，哀家心里也很难过。累跟皇帝提及，要他好好安慰你。毕竟他还年轻，你也没过生育年纪，你们感情深厚，假以时日还是可以生儿育女的。只是我们皇家不比平常百姓人家，你看这偌大宫殿里，三宫六院齐备，这是要众多妃嫔为皇室开枝散叶，绵延圣裔。作为后妃，一定要想得开，不能希冀皇帝只宠爱你一人。古往今来后宫中擅宠邀媚者都没有好下场！杨玉环赐死马嵬坡，苏妲己被周武王腰斩于镐京，都是前车之鉴啊！”

万贞儿坐在绣墩上，俯首低眉地聆听太后教训。周太后态度温婉，但话里明显对皇帝太多时候待在安喜宫不满。对此万贞儿心里非常自得，但在太后面前千万不能表现出来。因此她违心地装成一副异常恭顺的样子答道：

“臣妾谨记母后的教诲，今后贞儿当劝皇上雨露均沾，多临幸其他妃嫔。”

周太后点头赞许道：“这才是一个贤妃应该做的，希望你能说到做到。皇帝是哀家的儿子，哀家自然希望他无论前廷还是后宫，都能顺顺遂遂，和和美美。无论谁要为哀家添堵，哀家都容他不得！”

万贞儿知道这是太后对自己的警告，目的自然是要她放松对年轻皇帝的感情控制，让他匀爱于宫中其他妃嫔，好让皇室迅速开枝散叶。可这与她心中的愿景相矛盾。此时她心中想的，就是趁着圣宠未衰，自己还有生育能力的时候，尽快再生一个皇子，以巩固自己在宫中的地位。

万贞儿对见深屡屡表白的“爱你如昔”深信不疑，可是面对后宫那么多如花似玉的嫔妃，要让年轻的皇帝完全不动心是多么困难的事！见深不是屡屡称赞贤妃柏氏天真未泯，活泼可爱吗？这曾让万贞儿妒嫉不已。后宫的众多美人，一个个婀娜多姿，且各有各的特色。她们对见深纵然没有自己这么深的感情，可谁不希望获得皇帝的宠爱呢？只要有机会得到皇帝的临幸，诞下皇子，便是一步登天。尤其是现在皇长子新薨，谁要是能为皇上诞下龙儿，岂不是为绵延国祚立下大功？那么皇妃甚至贵妃之位岂不是唾手可得，宫中的美人们哪个不向往这样的机遇啊！

万贞儿生性刚强，且多年的苦难磨炼了她的性格，让她坚韧而执着，不达目的决不罢休。尽管周太后对她的专宠提出了警告，她也表面上顺从，可皇帝对自己的宠爱绝不能放弃，皇太后的警告也绝不能让她退缩。并且只有尽一切可能，想一切办法防止宫中其他嫔妃怀上龙种，她才有可能保住在宫中的地位。

迁入安喜宫后，由于梁芳、韦兴等大太监的奉承，宫中的人员扩充了许多。贵妃亲自挑选了数名精明细心的宫人，委以重任，让他们专门监视每天受到皇帝临幸的嫔妃，凡是见深出入她们宫室的时段都详细向她报告。再由贵妃亲自斟酌决定，采取何种措施防止她们受孕。她从沈太医那里学得许多受孕避孕的方法；而她手下的太监们个个刁钻狡黠，往往是杀人于无形的好手。只要贵妃一声号令，他们一出手就无往而不胜，中了招而被强行堕胎的宫中美人只能徒唤“奈何”。

当时见深差不多成天守在宫中，虽然仍然信守对万贵妃“爱你如昔”的承诺，大多数夜晚都在安喜宫度过，但由于太后要他尽快为皇室开枝散叶，宫正司的老太监开始安排皇上临幸其他宫妃。见深时不时驾幸东西六宫，与他看得上的妃嫔们缱绻一番，也有在那里欢度春宵的。不过大多数时候他都尽兴之后返回安喜宫，好宽慰万贵妃的相思之苦。

此时，汪直被分配来服侍贵妃娘娘。因为他口齿伶俐，做事麻利快捷，深得贵妃喜爱。贵妃每要打探见深留宿别宫的情况，总是派遣他去执行任务。汪直仗着自己机灵滑脱，往往把情况打探得一清二楚，再详细汇报给贵妃娘娘。贵妃也很欣赏他的机灵劲儿，往往给予他赏赐。

汪直听说到麝香是堕胎的灵药，跑到太医院找沈太医，弄来南洋柔佛产的上等麝香献给贵妃。其时正值宫中桂树飘香，贵妃命汪直带着两个小内侍，猴似的爬上高大的桂树，采摘芳香扑鼻的桂花蕊，采了满满一大袋。汪直问：“娘娘命奴才采这么多桂花，作什么用途？”贵妃笑而不答。又命他与另一大太监出宫，至街市上采买了十几个刺绣香囊。晚上，贵妃命汪直待在他住的小屋里，把门关严，然后将晾干的桂花混入麝香粉末，分别装入买回的香囊中。这一切都是贵妃亲自安排好的，没有其他任何宫娥参与，只经汪直一人之手，以避免意外。

第二天，贵妃将散发着幽香的桂花香囊分赐给后宫所有可能受到皇上临幸的美人。不出半月，宫正司陆续得到报告：后宫有两位才人和一位婕妤流产，腹中尚未成形的胎儿被打了下来。

贵妃娘娘闻报，淡然一笑，然后叫来汪直，赏他一块珍贵的玉璧。

宫中有老太监知悉此事，好言规劝汪直少干这种断子绝孙的缺德事。汪直不以为然，“断子绝孙？关我什么事？”他一个太监自然早已断了繁衍子孙的念想，只是一门心思地谄媚万贵妃以求升迁，成就自己的“大事业”。

第二十五章 慈懿太后薨逝 葬礼风波

成化四年（1468）六月十八日凌晨，仁寿宫传出噩耗：罹病已久的慈懿皇太后钱氏于睡梦中悄然薨逝，享年仅四十三岁。

钱后出身于低级军官家庭，十六岁时以德容兼备被选为英宗皇后嫁入宫廷。同时入选的昌平周氏则册为贤妃，一后一妃，共同侍奉比她俩小一岁的英宗皇帝。后来周氏陆续生下宝庆公主和见深，而钱后因身体有疾一直没有生育。正统十四年（1449）英宗皇帝受阉人王振蛊惑率三十万大军御驾亲征瓦剌，结果当了瓦剌的俘虏。在丈夫被困北疆的一年中，钱氏在宫中日夜吁天，哭瞎了一只眼睛，折瘸了一条腿。好不容易盼得丈夫得归，又被祁钰软禁南宫。钱皇后以残病之躯，率众妃侍奉丈夫度过了那段黑暗的日子，直至"夺门"之变丈夫才重新复位，得见天日。英宗感念钱皇后的贤德，因其无子临终时召太子颁下遗诏："皇后百年之后，宜与朕合葬。"并命太监牛玉记录在案。

如今钱氏薨，果然发生了令英宗担心的事。先是周太后派遣心腹太监傅恭、夏时来到内阁，向筹备钱氏葬礼的内阁成员询问：葬礼如何举办？钱后梓宫归葬何处？内阁首辅彭时当即回答道："慈懿太后作配先帝，正位中宫，皇上尊为太后，诏示天下。梓宫当合葬裕陵，神主当附祖庙。此不易之礼，毋庸置疑。"

内阁的态度强硬，夏时等秉承周太后的意思说："慈懿无子，且有残疾，岂可入山陵？（指裕陵）只可比宣宗胡后例归葬西山。"

彭时、商辂知道这是周太后授意，夏时才敢如此大胆地褒贬太后，便严词驳斥道："太后母仪天下，逭三十年。为臣子者哪有资格议别葬？此事关系重大，一或乖礼，何以示天下？”

内阁与太监的交锋不欢而散。周太后依然态度坚决，不许钱氏梓宫附葬裕陵。她又让见深在文华殿后殿召见内阁成员彭时等人。

见深这几年幽处深宫，难得与内阁诸臣见面议事，实在是碍于母后要求，迫不得已才召见阁老们。他期期艾艾地问道：“卿等议就慈懿太后葬礼当如何？”

彭时恭谨地对答说：“臣等与公卿合议，只合依正礼进行，慈懿梓宫附葬裕陵，神主附太庙。”

见深蹙着眉头说：“朕岂不知？依正礼行是好，但恐于母后有碍。故令尔等商议，务要处置得宜。”

彭时奏道：“陛下孝事两宫，圣德昭彰。今太后薨逝，务奉梓宫合葬裕陵，以全圣孝。”

商辂跟着进言道：“外议汹汹，若不附葬，则人心不服，有损圣德。”

见深无奈地道：“奈何母后不允，朕实作难。”

另一阁员刘定之引经据典地奏道：“臣启陛下，《礼记》云：孝子从义不从令。虽圣母有言亦不可从！”

见深面露难色道：“悖礼非孝，违亲难道是孝？卿等务为朕筹一良法。”彭时见皇上提出违亲一说，便就此奏道：“皇上大孝，当以先帝之心为心。先帝待慈懿太后始终如一，今若将梓宫安厝于左，虚其右以待将来（指周太后百年之后）。岂非两全其美？方不失先帝之意。”

对于彭时所奏墓穴的具体安置，见深也暗自颔首认可，但他碍于母后的蛮横要求，不敢贸然答应。当天晚上，彭时等又上书引前朝轶事奏道：“汉文帝尊所生母薄太后，而吕后仍葬长陵；宋仁宗追尊生母李宸妃，而章献刘后仍附太庙。今若陵寝之制稍有未合，则有乖前美，贻讥来时。”

慈懿太后的灵柩还停在宫中，周太后和她手下的太监们还在与内阁较劲，各持己见，争论未休。第二天，朝廷百官聚议，大家一致认为，彭时等内阁提议将钱太后梓宫附葬裕陵的观点符合礼仪。遂由礼部尚书姚夔领衔，经由近百名文武大臣签署的奏折由通政司递呈给皇帝，其文曰：

> 大行慈懿皇太后作配先帝二十余年，诚孝一心，夷险一德，孚于中外。是以先帝眷礼优隆，始终无间。陛下嗣位之初，既致隆于所尊，而加“慈懿”之徽称；复推崇于所亲，而上皇太后之尊号。两宫之名号既同，二母之体位相等，陛下之孝养如一，天下皆知。夫善继善述，是之谓孝。事死如生，尤孝之至也。今慈懿皇太后之丧，与皇太后千秋万岁后俱合葬裕陵，慈懿太后居左，皇太后居右，配享太庙，礼亦宜然。是乃天理人情之至也。万一合葬附庙之制少有疑沮，不合典礼，关系非小。在廷百辟，将有言之；天下之人，将有言之；宗室亲藩，将有言之；万世之下，亦将有言之。安保将来无据礼改而从正者乎？

第二天，继朝中文武大臣之后，代表翰林儒学界的詹事府少詹事兼翰林院学士柯潜、国子监祭酒邢让率领同僚三十二人上疏。这些读书人谙熟前朝故事，疏中称自秦汉之后，历朝历代均无似慈懿皇太后这样的既是皇后又为皇太后，无纤毫他故而不得合葬附庙的先例。疏中又据理驳斥中官夏时等将钱太后比附宣宗废后胡氏的谬论，说胡氏上表辞去皇后之位，皈依佛门，让位于孙后；而钱后始终在位，先帝临终嘱陛下尽孝以终余年。至于太监夏时所言钱后未生皇子不宜合葬的谬论，柯潜等怒斥为一派胡言。《礼记》记载：“妻与继室，虽无所出，合附其夫，崇正体也。”柯潜、邢让等以儒学弟子的身份，恳请皇帝：“陛下当念先帝遵典礼为重，对于母后之议从义不从命，此方为人子之道。”

有明一代，每遇到此类事情，文武官员颇为齐心。第三天，以魏国公徐俌为首的三十五位公、侯、驸马、伯、都督及锦衣卫指挥等高级武职官员也上疏声援文臣们的行动。他们的奏折中说：“臣等至愚，亦知陛下纯孝，以至情有难处焉者。然臣闻廷有诤臣，实为美事，后能从谏，允合天经。犹望陛下起敬起孝，和气婉容，上回圣母之心，下慰群臣之望。”

明朝的监察系统相当完备，监察中央的六科给事中和监管地方的十三道监察御史共一百多名。这些言官平素没事找事对官员们施行监督举劾，就是皇帝的过错他们也敢直言谏劝。太后丧葬失礼这样的大事，他们自然更要仗义执言。于是以礼科都给事中魏元为首的三十九名给事中和以河南道监察御史康永韶为首的四十一名十三道监察御史联名上奏，他们直指在慈懿皇太后丧葬问题上皇帝犯了错。他们在奏折中说："人君之治天下莫大于孝。爱亲者不在于从命，而在于从义。盖从命乃一时承顺之私，从义诚万世至当之公。顺一时之私，乃孝之小者，从万世之公，方为孝之大者。"

摆在见深御案上的谏章越来越多，文武大臣们一边倒地维护慈懿皇太后死后的尊严，谴责周太后的蛮横与自私。见深在群臣百官的强大舆论压力面前颇有些动摇，奈何周太后在太监们的挑唆下固执己见，不许钱氏葬入裕陵。并派出太监赴西山勘察，为她另择墓葬之所。

消息传出，大臣们急了，于是礼部尚书姚夔联合诸大臣再次上书警告说："天下者，祖宗之天下。皇上当守祖宗成法，岂可阿顺母后，显违前典！母后之意固未可违，而先帝之意尤不可违。母后天性聪明，敦厚伦理，其意未必不可违。若母后之意果不见从，则当断以大义，亦在陛下处之而已！"

见深本性优柔寡断，又有几分惧怕强悍的母亲，要他"断以大义"违抗母后意愿，果断决定将慈懿太后葬入裕陵，恐怕太难了！朝廷中素以冒死进谏蜚声于外的言官这时又忍无可忍地站了出来，他们的领袖，素以敢言著称的都给事中毛弘登高一呼，倡议道："此大事，吾辈当以死争！"于是以毛弘为首，给事中魏元偕同官三十九人，监察御史康永韶偕同官四十一人，集体跪伏在文华门外请愿，要求皇上降旨将慈懿太后梓宫附葬裕陵，神主附太庙。一时哭声震天，惹得京都百姓围观。这是大明历史上出现的第一次官员集体伏阙请愿活动，以后逐渐成为传统，在正德、嘉靖诸朝累有发生。伏阙请愿的多是年轻力壮的给事中御史，他们呼喊哭号，什么都做得出来。他们不让朝中老臣参加伏阙请愿，因为怕他们年老力衰，在烈日下曝晒几个时辰可不是好玩的事。可朝中大臣在这种场合也不会置身事外，他们一方面声援年轻的同事们，一方面不断进谏，向皇上施加压力，务必达到目的方才罢休。

这一次伏阙请愿由上午一直闹到傍晚时分。宫中不断传出皇上谕旨，命言官们退出。京城六月的太阳颇有些毒辣，可言官们咬牙坚持，齐声高呼："不得皇上谕允的圣旨，决不敢退！"

这从未经历过的阵式让年轻的皇帝见深有些慌张，他怕酿成更大的动乱，万一京城的百姓也跟着闹起来可如何是好？局势僵持到傍晚时分，终于周太后做出了让步，同意让慈懿太后梓宫附葬裕陵。见深派老太监怀恩莅文华门宣读谕旨，双腿已经跪麻木了的言官们顿时山呼万岁，渐渐散去。

第二十六章 匿藏在安乐堂长大的皇子

成化四年（1468）九月初的一个夜晚，北京城上空出现彗星，彗尾光芒长三丈余，像一柄大扫帚扫过夜空。这种天象竟持续到十一月中旬方止，历时七十余天。

这一天象引起朝野恐慌，就在星变的第四天，内阁大学士彭时等上书引咎辞职，他们的奏折写道："比年以来，地震水旱相仍，民不聊生。迩者彗星复见，灾异尤甚，皆臣下不职所致，乞赐罢免。"接着是以吏部尚书李秉为首的六部长官和以会昌侯孙继宗为首的五军总督府，也以彗星灾异引咎辞职。

刚刚经历了慈懿太后葬礼风波的见深又遇此天灾示警，弄得焦头烂额，他一方面表示"天象示警，朕惕然修省"，一面要求大臣们坚守岗位，"竭诚修职，共回天意"。

既然皇帝表示要"惕然修省"，大臣们就要就他们关心的问题发难了。见深十八岁登基，至今已二十二岁了。自从皇长子夭折后，两年多来，后宫众多妃嫔没有出生一个皇子来，这是极不正常的现象。传闻是皇上宠幸的年近四十的万贵妃，她自己生不出孩子也不让别的妃嫔生。于是惯于在上书言事中打头炮的给事中魏元把矛头直指万贵妃：

窃见今春以来，灾异叠见。近日彗星又见于东方。人心恟惧，皆阴盛阳微之证也。外间传闻，陛下于中宫或有参贰之者，礼部尚书姚夔等尝以为言，陛下谓内事朕自处置。屏息倾听，将及半年，而昭德宫进膳不闻有减，中宫不闻有增。夫宫墙虽深，而视听犹咫尺也；衽席虽微，而悬象甚昭著也。且陛下富于春秋而震宫尚虚，岂可以宗庙社稷之大计一付于爱专情一之所，而不求子孙众多以固国本安民心哉？伏愿陛下思祖宗传体之重，明伉俪之义，严嫡庶之分，以尊嫡体，以正宫闱。

而首辅大学士彭时的上疏讲得更为直白："外廷大政固所当先，宫中根本尤为至急。谚云'子出多母'，今嫔嫱众多，维熊无兆，必陛下爱有所专，而专宠者已过生育之期故也。望均恩爱，为宗社大计。"

对于皇帝的不育无后，着急的不只是大臣们，执掌后宫的周太后更是火烧眉毛，坐立不安，她明知是万贵妃在宫中搞鬼，却一再警告也无济于事，新生皇嗣的死亡魅影始终在宫中游荡着，而因皇长子夭折心怀歉疚的见深大部分时间还是待在安喜宫，和万贵妃腻在一起。形势逼迫周太后又想出新招：派太监赴各地选秀，又从民间送选的一百名秀女中优中选优，选出了杭州邵氏、诸城杨氏、青州姚氏、眉州潘氏、苏州郭氏、福州梁氏、昌平唐氏等十五名品貌出众的美女，分别册封为贵人、美人、才人、选侍、采女等名号，充实后宫。太后希望这批新进宫的美女能施展她们的妩媚，把年轻的皇帝从万贵妃怀里夺过来。

太后的这轮攻势果然收到成效，尽管见深大多数夜晚仍是宿在安喜宫，但是奉命也好，受美色吸引也好，见深偷偷临幸其他宫妃的机会渐渐多了。终于第一个报出喜信的是身居万安宫的贤妃柏氏。柏氏活泼可爱，在她那里见深深感轻松，因此留宿的机会也多，果然功夫不负有心人。

喜讯报知周太后，尽管此时还不知贤妃柏氏怀下的是男是女，但为了防止万贵妃使坏，周太后专门发出懿旨：加强万安宫的防备，除了太后宫中与皇后王氏派遣的女官，任何人不得接近妊娠中的贤妃。进入贤妃宫中的食品、药物都要仔细检查，防止娘娘中毒。

成化五年（1469）四月，柏贤妃顺利诞下龙儿，果然如人们所期望的是一个白白胖胖的皇子。由于周太后的特别关照，贤妃产后母子平安，一切顺顺遂遂。再次当了父亲的见深也经常来看望贤妃娘娘和宝贝儿子。只是怕引起万贵妃的妒忌和反感，行事并没有初次得子那样张扬，也没有命礼部派使者到各地山川寺庙去挂袍行香。反而当礼部上奏："依照儒家经典《春秋》所述，国君生子需记录在册，祷于宗藩寺庙，为的是重视国脉的嗣承。皇上即位已逾六载，天下臣民、宗藩亲王均切颁圣嗣早出，此亦国家的根本！今皇子降世，恳请皇上及早昭告天下，以慰人心。"可是见深接到奏书后反应十分冷淡，批复道："姑置之。"

本来见深很喜欢贤妃柏氏，她产下皇子见深应该特别高兴才是，为什么他会表现得这般冷淡呢？有人认为是因为如果他表现得过于热情，会刺激还处在丧子之痛中的万贵妃；也有人认为只因当时见深内心还不能排除皇长子早夭的阴影，怕这次柏贤妃好不容易生下的皇子，又会遭遇皇长子那样的命运，所以还是低调些好。

不过他从心里感激母后对贤妃母子采取的保护措施，常来万安宫探视贤妃母子，只不过在万贵妃面前装出一副不太关心的模样，以此来减少贵妃的妒忌之心。

贤妃柏氏得子之后，见深对自己能延绵子嗣更有信心了。成化五年（1469）暮春三月，一个莺飞草长的日子，见深偶然巡视内藏库。管库的小姑娘原是广西瑶族一个纪姓土司的女儿，她的家族因参与叛乱被镇压了，十岁的她被带回京城充作宫廷女奴，王皇后怜惜小女孩举目无亲便收养在身边，教她读书习字。稍稍长大便命其学习管理内藏库的账目。这天恰逢皇上前来巡视，这是她平生第一次见到皇上，小姑娘内心激动，不敢直视这个男人，但仍然柔声细语地回答他提出的各种问题。她那清水芙蓉般的神态深深地吸引了年轻的皇上。见深使了一个眼色，机灵的随行太监便相继退出内藏库，让皇上和她单独相处。

见深拉过小姑娘的手，将她拥入怀中。情窦初开的小姑娘怀着一颗战栗而又甜蜜的心，闭上了眼睛，承受皇上的爱抚。就在内藏库中她那窄窄的小床上，皇上布施雨露，直到尽兴方姗姗离去。

谁知就是这次偶然的临幸，纪女竟珠胎暗结，肚子一天天大起来。尽管百般掩饰，她怀孕的消息还是传了出去。此时正值万贵妃权倾后宫，容不得皇上偷幸任何女人。贵妃娘娘派了心腹宫人来内藏库查实此事。内藏库由皇后亲自管辖，王皇后不愿看到自己多年培养的纪女受害，便对贵妃派来的宫人说："已经查明该女肚子鼓胀是患了痞病，并非怀孕。"

万贵妃仍然怀疑王皇后为与自己争宠，故意维护自己的下人。便说："既是痞病，会有传染的危险，决不能留在宫里。"

于是王皇后只好将纪女送往宫外的安乐堂，那里远离皇城，是历朝安置老迈宫人的地方，条件极为恶劣。揣着大肚子的纪女在那里度过了艰难的几个月，于成化六年（1470）七月产下一个男婴。此时的纪女身处逆境，一直遭受贵妃的探查迫害，早已心灰意冷。一个凄冷的夜晚，她抱着稚弱的初生婴儿对管理安乐堂的门监张敏说："你去把他溺了吧！"说罢悲从中来，泪如雨下。

忠厚老实的门监张敏惊诧道："啊！当今皇上还没有一个皇子，既然这是皇上血脉，如何弃之？"张敏小心地接过婴儿，安慰她道："娘娘请放心，奴婢一定想法安置这个孩子。"

于是从这天起，张敏和安乐堂几位好心的老宫人将初生婴儿藏在安乐堂一间颇为隐蔽的密室里，大家凑钱买些蜜糖羊奶精心喂养他。孩子的母亲也常偷偷去探视自己的儿子，只是唯恐贵妃派人跟踪自己，行踪甚为缜密。

当时，宪宗皇帝的吴废后谪居西内，那里离安乐堂不远。她得知此事，想到同是被万贵妃挤兑迫害的人，便十分同情纪女，经常过来探望小皇子。吴后家境殷实，时常资助张敏等哺育孩子。

日子一天天过去，小皇子在安乐堂得到张敏等好心人的抚育，也一天天长大。只是因为惧怕万贵妃及其党羽的迫害，始终未敢近身宫廷，只与安乐堂附近的民间孩童厮混，甚至五六岁时还没有剪胎发。

成化八年初，见深仅剩的皇子朱祐极也暴薨。皇帝年纪一天天老去，久而无子，朝廷内外皆以为忧。成化十一年（1475），见深在宫中由张敏服侍梳头，偶于镜中发现几根白发，不由得哀叹："唉！朕老之将至，膝下却无子！"

张敏一惊，他久欲将心中的秘密吐出来，这不是个机会吗？于是丢下手中的梳子，伏地请罪道："奴才死罪！万岁其实还有一位皇子啊！"

见深一惊，忙问道："朕还有皇子？在哪里？"

张敏把头在地上叩得砰砰响，一面哭一面奏道："奴才讲出必死！奴才死不足惜，唯望万岁替皇子做主！"

此时，站在旁边的老太监怀恩跪奏道："张敏所言是实，皇子就养在西内，今已六岁。奴才等不敢报知皇上，死罪！"

兴许是见深因为子嗣之事压抑太久，如今是豁出去了，闻知此讯，随即下令驾幸西内。

皇上摆驾西内，在大殿设座，命内侍前往安乐堂召从未见过面的小皇子。

太监携绯衣小轿去安乐堂接小皇子。纪女心中十分忐忑，抱着小皇子一面哭一面叮嘱道："儿呀，你去吧！娘从此不得生在这世上了。你看到那个穿黄袍有胡须的人就是你爹。"

说着，她给小皇子穿上小红袍，扶他坐上小轿，泣涕着送出安乐堂。此时小皇子已长发披地。

到达西内，小皇子下轿，由众内侍簇拥着登阶而上。见殿堂上坐着一个穿黄袍有胡须的人，连忙扑上去呼喊："爹爹！"

见深将小皇子抱在膝上仔细端详，连声道："这是朕的儿子！这是朕的儿子！看他多像朕！"

皇上父子相逢，随即命老太监怀恩赴内阁道明原委，报告喜讯。内阁诸臣正为储位久虚忧虑，由是大喜。次日早朝，众臣入贺，为皇子取名祐樘，颁诏天下。

第二十七章 命运多舛的皇位继承人

见深十八岁登基，至成化十一年（1475）召见皇子祐樘于西内时，他已执政十余年，年近三十岁了。成化一朝，在选后和立嗣上发生了太多的故事。先是见深在当太子时与年长他十七岁的宫婢万贞儿有染，为了万贞儿，见深登基大婚后废了皇后吴氏，改立生性懦弱的王皇后。万氏于成化二年（1466）生下皇长子，晋封贵妃。他原想让皇长子成为皇位继承人，但皇长子未满周岁就夭折了，连名字都没来得及起。当时万贵妃年已三十七八，过了生育的最佳年龄，然而她仍恶毒地在后宫施虐，凡有妃嫔怀孕者皆设法堕杀。因此当了四五年的皇帝，见深依然膝下无子。而万贵妃也已年过四十，显然生育无望。幸在成化五年（1469）四月，贤妃柏氏诞下一位皇子。周太后对万贵妃施虐后宫心怀警惕，因屡有宫妃怀孕遭其荼毒，故特别加强了对柏妃的保护，才得让柏氏顺利产下龙儿。

这是成化皇帝临御多年来仅存的皇子，打生下来就成为朝野注目的焦点。龙子龙孙，国本所系呀！尽管有人嫉妒，视之为眼中钉、肉中刺。然而维护拥戴的人更多，他们将皇子视为传国的希望。礼部官员由于职责所在，首先上本要求皇上颁诏，将皇子出生诏告天下，以慰人心。见深却表示暂且缓行，也不派人到各山川庙宇去祈祷进香。人们推测皇上如此低调是怕刺激了万贵妃；当然也不排除皇帝心中还有阴影：万贵妃生的皇长子生后十个月便夭折了，柏贤妃生的皇子不要重蹈覆辙才好！

朝廷里有些官员则在揣测：皇上是否还在期望万贵妃再次生子，

想把储君的位子留给他？万贵妃在宫中的诸多恶行已成千夫所指，朝廷的官员们岂能容忍她有朝一日成为在宫廷中颐指气使的皇太后！

于是朝廷中许多官员眼看着贤妃所生皇子一天天长大，渐满二周岁，按当时皇室的算法已是三岁。试想当年土木堡之变后英宗被掳敌庭，国家无主，由太后颁诏立见深为皇太子，当时他也不到两岁。其时柏贤妃生的小皇子已由礼部命名为祐极。小祐极继承了母妃的优点，长得活泼可爱，圆圆的小脸颇有见深神韵。皇太后周氏深爱这个孙儿，经常摆驾前来探视。她尤为注重小皇子的安全，颁下懿旨除了王皇后谢绝其他宫妃探视。其目标所指不言自明，所以万贵妃及其手下人未有机会接近小皇子。

立嗣之事不可避免地提上了议事日程。朝廷中陆续有人在酝酿集体上书立已经两岁的皇子祐极为储君，以绝万贵妃盼望生子、觊觎皇位的奢望。

请立储君是有关社稷的大事，不是随随便便什么人上一道奏折就行的，有时还会招来杀身之祸。不过这又是维护国本的莫大功劳，总有人凭着一定的资历想独揽其功，以出人头地。太常寺卿兼翰林院侍读学士孙贤曾侍东宫讲学，是见深当太子时的老师之一。他见朝臣们已在酝酿联名请立太子之事，便想独揽其功，连夜上了两道奏章。一道是请立皇子祐极为太子，另一道则是自陈体弱请求致仕。当时孙贤才五十岁出头，请求退休是假，其目的还是想独揽立储之功，来个大大的升迁。可当时见深在万贵妃的撺掇下，批准了他的致仕请求，立储奏章却被留中不发，只当作没那回事。孙贤偷鸡不着蚀把米，只好卷起铺盖走人。

孙贤的致仕并没有唬住雄心勃勃的朝臣们，一个月以后，以英国公张懋为首的数十员文武大臣联合上书，请立皇子祐极为皇太子，以正国本，昌隆国运。这批大臣分量极重，有的还是见深父祖辈的皇亲国戚。对他们的奏请可不能像对待孙贤那样留中不发。于是见深绞尽脑汁做出批复："览表具悉，建储国之大事，关系甚重。卿等所请固出真诚，顾今幼龄，讵堪负荷，其安之。"

群臣一看就知道这是皇上的推托之辞，他们可不能容忍万贵妃窥视皇储之位，于是第二天继续上书。见深照旧降敕要等皇子年龄稍长一些，进学有成再议册立之事。皇上如此顽固，不由得让人疑心其阻力源于万贵妃。于是他们在第三次上表中搬出祖宗各朝立嗣的故事，要求见深“谨遵祖制”。他们说明初三帝太祖、太宗、仁宗都是即位后不久便定了国储，宣宗更是在皇长子出生后三个月便立其为太子。陛下您不也是不到两岁便由太后颁诏立为太子的吗？如今陛下君临天下已经七八年了，皇子祐极也已三岁，依前朝成例完全可以立为太子，切勿推托。

群臣立储的请求得到了周太后的支持。在她看来，儿子拖着不立祐极为太子，显然是迫于万贵妃的压力。他想让年过四十的万氏再生皇子继承皇位。如果真有那一天，她这太皇太后将是何等尴尬！哪怕儿子再不高兴，她也要断了万氏的非分之想。

在太后的强烈干预和文武百官百折不挠的吁请下，见深终于屈服，批复道：“览表具悉，卿等再三以建储为请，词明理正，援引切当，忠爱至矣。钦承皇太后圣训，亦谓兹事重大，宜从众望，不可固拒。今特允所请，礼部具仪择日以闻。”

成化七年（1471）十一月十六日，朝廷举行了皇太子册立仪式，颁诏天下，发布十八条恤典。“元良正位，绵大统于万年，旷荡推恩，均至仁于四海。”托皇太子的福，一大批犯有轻罪的官员和军户得以免罪，离开戍所回到了家中，重新安居乐业。这些人脱离厄运重获新生，除了感谢皇恩浩荡，自然也感念皇太子祐极，日夜为他祈福。

然而灾难突然降临，皇太子祐极册立才两个月就突然染疾，且病势凶猛，病发才一天便告不治，进而夭折！有人说是传染了宫外的痘疹。可当时京城正值严冬，民间小孩亦很少有患痘疹死亡的。于是人们又纷纷猜测：没册立为太子时还好好的，一当了储君便死于非命，定是万贵妃下的毒手！此说连断事极为严谨的《明史》都予以采纳了：“柏贤妃生悼恭太子，亦为所害。”

祐极猝然去世，年纪尚轻的柏贤妃由欢乐的顶峰猛然跌至谷底。世上哪一位母亲能忍受命运如此残酷的打击？不久，柏贤妃随之薨逝。

悼恭太子和柏贤妃的先后离世，对时年二十六岁的见深来说是个沉重的打击。当时宫廷内外传言汹汹，矛头直指权倾后宫的万贵妃。不过当时贵妃仍然得宠，见深依然长期宿在她宫中。宫里的大太监除了一个老而弥坚的怀恩外，掌事的梁芳、韦兴、钱能等全是媚事贵妃的爪牙。屡遭变故的见深无法吐露心中的苦楚，本来不爱说话的他就变得更加沉默寡言了，终日唉声叹气。三年一比的殿试大考临近之时，因其与皇太子之事冲撞，便由往年的正月初一改为十五日举行。见深为了排遣心中的忧伤和郁闷，亲简主试阅卷官员，选取吴宽等才俊进士及第。此时正值上元佳节，往岁宫中灯火不绝，热闹非凡，可如今由于丧子之痛皇上乐不起来，宫中的灯火也大減。尽管万贵妃使出种种手段，也无法排遣见深的悲伤之情。转过年他复召一班翰林耆宿入宫，着手编纂《资治通鉴纲目》。《资治通鉴》这部北宋大儒司马光编纂的治国大典涵盖一千四百余年历史，卷帙浩繁。见深为了逃避宫廷斗争的残酷现实，便召这些耆宿入宫，与自己一起对《资治通鉴》详加考订整理，择其精华编成《纲目》，以为自己治国和后世之君借鉴。这和他在成化元年编撰《贞观政要》是同一个目的。按说见深若不是身为帝王陷入欲罢不能的后宫争斗，倒还算颇有建树的编辑大家。可惜了他的才华。

如此低调地过了两三年，到成化十一年（1475），见深已临近三十岁了。尽管他的老母亲周太后想尽办法为他扩充后宫，先后遴选了十数名年轻美貌的妃嫔、才人和美人。奈何在万贵妃的严厉控制下，这些漂亮女子很少得到皇帝的宠幸。偶有漏网者也无法逃脱万氏魔掌。以致见深为老之将至膝下无子发出由衷的哀叹，从而引出前文所及太监张敏如实禀奏西内安乐堂藏匿皇子之事。

此事的发生颇具戏剧性，也有人猜测见深实际上早已知悉此事，只是为瞒着万贵妃罢了。时至成化十一年，见深仍无子无嗣，万贵妃仍权倾后宫，其心情可想而知。一俟西内匿养的皇子曝光，为了皇帝的尊严，亦为了帝嗣的延续大计，他豁出去了，直接把小皇子带到朝堂上，接受群臣的祝贺。

万贵妃听到这个消息，心中的愤懑可想而知：自己手下有这么多太监宫人充当耳目，居然让那个野种长到五六岁还没发觉！不过当皇帝见深下朝后来看望她时，万贵妃遽然改变了脸色，称贺道："臣妾恭贺陛下！皇子年幼，并其母妃应迁入宫中，共享尊荣。"

见深颇感意外，他原以为迎接自己的会是一场风暴，想不到贵妃竟是这样通情达理。他一时竟然嗫嚅着不知该说什么好。

翌日，内廷传旨：皇子生母纪妃迁居西内永寿宫，一应供奉仆从按皇妃待遇。

永寿宫是西内一处规模较小的偏宫，邻近昭德宫。当年万贵妃在昭德宫势焰正旺时她的一些近幸侍从就住在那里。所以说仁寿宫是万贵妃非常熟悉的老巢也不为过。

纪妃生的皇子入朝后，开始几天，二十岁出头的纪妃心里惴惴不安，生怕万氏会把儿子怎么样。嗣后宫中太监传达御旨："皇子圣母移居西内永寿宫，一切供奉视皇妃待遇。"纪姑娘遂与安乐堂所有保护照顾过她的人依依惜别，登上迎接她的车辇进宫。

初到永寿宫，虽有一干执事太监宫女迎接，但纪妃还是没有见到数日未见的儿子。直到后来皇帝携皇儿到来，才母子相见涕泪纵横。见深感念纪妃数年来含辛茹苦匿养皇儿，慰问备至，相与谈笑甚欢。不过他心里明白：他的一举一动暗中都有一双嫉恨的眼睛盯着。史书载："宪宗召见纪妃后，万贵妃日夜怨泣曰：群小殆我。其时，永寿宫已是危机四伏。"

纪妃在永寿宫住了没多久就患病了。她病时，太监黄赐、张敏奉旨领太医院院使方宝、治中吴衡去永寿宫为纪妃诊治。万贵妃还特地关照赐给医官黄袍，俾得生见（惯例太医为后妃治病需隔着帘子悬丝号脉）。不过，自这次诊治以后，御医们再也没有来过。《宪宗实录》载："次日病少间，自是不复令诊视，病情加剧，汤药不进，四日之后去世。"也有传闻说，纪妃是在某个凄凉的夜晚自缢身亡。不出数日，门监张敏亦吞金自尽。

在纪妃迁入永寿宫之前，内阁首辅商辂偕同各官上了一道奏疏说："皇子聪明岐嶷，国本攸系。重以贵妃保护，恩逾已出。但外议谓皇子母因病别居，久不得见。宜移就近所，俾母子朝夕相接，而皇子仍藉抚育于贵妃，宗社幸甚。”阁老们违心地给宫中这位母老虎戴高帽子，说她保护小皇子“恩逾已出”，实在令人失笑！如今纪妃在短时间内不明不白地死去，小皇子又成了无母的孤儿。以万贵妃的威权与阴鸷，小皇子稚嫩的生命岌岌可危！纵或不予加害，她也可能顺势篡夺小皇子的抚育权，成为控制见深父子两代的无冕之后！

幸亏这时有一个人站了出来，大义凛然地对皇帝见深说：“把你的儿子交给我吧，看谁敢动他一根毫毛！”

这个人仍是见深的生母周太后。于是小皇子祐樘住进了皇祖母所在的仁寿宫。任凭万贵妃有再大的本事，也不敢跟太后叫板。小皇子在祖母宫中优哉游哉地同宫女太监们玩乐。间或去东宫文华殿听父皇为他礼聘的翰林老先生们讲授经筵课。有时见深在文华殿召见大臣，也令皇子侍立一旁。就在那年冬天，见深顺应朝中大臣们再三上疏吁请，下诏册立祐樘为皇太子，大赦天下。

小祐樘当了皇太子，万贵妃虽然权倾后宫，但始终生不出皇子来，便又想趁太子年幼笼络他，图个好印象，将来太子当了权也不致找她麻烦。便托太监传话，邀请皇太子去安喜宫玩耍。贵妃娘娘知道小孩嘴馋，准备了许多好吃的东西招待太子爷。

贵妃好意邀请，周太后也不便拒绝，但她老人家心怀警惕，谆谆嘱咐孙儿说：“到了那里要向贵妃娘娘问好请安，贵妃若赏赐你吃什么糖果糕点之类，记住千万不能吃，只说你在皇祖母宫里吃饱了。”

小祐樘连连点头。

到了安喜宫，万贵妃果然令宫女们拿出许多新奇糕点，林林总总摆满一桌。有许多是祐樘见也没见过的。小孩子爱新奇，他直直地看着，很想拿过来尝一尝。

“吃点吧。”贵妃娘娘和颜悦色地说。

祐樘摇摇头，违心地说：“我在皇祖母宫里吃饱了。”

接着又有宫女端上冒着热气的莲子羹。贵妃娘娘又说：“那就喝点莲子羹吧！”

小祐樘顿时傻眼了，皇祖母只教不要吃东西，这莲子羹能不能喝可没教过，怎么办？

憋了半天，他终于憋出了一句话来：

“怕有毒！”

一句话可把万贵妃气傻了。事后她对别人说：“这小子才多大啊？竟敢这样顶撞我，将来只怕他要把我吃了！”

打这以后，万贵妃闷闷不乐，“因恚而成疾”，这一年她已经是四十六岁了，料想自己再也生不出皇子来了，也就放弃了对后宫妃嫔的残害。成化十二年（1476），邵宸妃为见深生下第四个皇子祐杭之后，后宫众多妃嫔又陆续生育了十位皇子和五位公主，彻底洗刷了见深不育的恶名。

第二十八章 贪横恣肆的皇亲国戚

当年明英宗朱祁镇八岁登基，宣宗遗诏由内阁三杨等五大臣辅政，军国大事禀报太皇太后而后行。正统七年（1442），奉天、华盖、谨身三大殿重修，乾清、坤宁二宫新建，喜事连连，气象一新。当时太皇太后张氏已七十多岁，很想能亲眼看到孙儿娶上媳妇，于是命孙太后为十五岁的祁镇提前启动遴选后妃的程序。

一个燥热的午后，孙太后用金盘将她精挑细选出的三位候选女子的庚帖进呈太皇太后。老太后命身旁的随侍太监将庚帖上的文字一一读给她听，然后屏退左右，与媳妇进行了一场严肃的谈话。

她用颤颤巍巍的手拿起金盘中的一张红色庚帖问道："这个都指挥佥事孙继宗的名字好生耳熟啊！"

孙太后的脸微微发红，承认道："启禀母后，孙继宗是……是贱媳的长兄。"

太皇太后正色道："你是想让亲侄女做你的儿媳妇啊……亲上加亲固然不错，可你难道忘了这样做有违祖宗成法？"

当年太祖朱元璋自燕王朱棣娶大将军徐达之女当王妃后，为防止外戚坐大，颁下圣谕：今后王子选妃只能取自民间或五品以下官员、军户品德兼优的淑女。太皇太后本身即永城县吏张麒之女。宣宗废后胡善祥亦出自民间，就是孙太后自己的父亲亦为永城主簿，一蕞尔小官而已。

孙太后自知理亏，只得接过母后手中的庚帖，跪下请罪道："媳妇考虑不周，请母后责罚。"

“起来吧，”太皇太后叹口气说，“为皇帝选后妃是涉及千秋万代之事，你我都得慎重啊！”

当时孙氏一门已经够显赫了：女儿身为皇太后，长子孙继宗袭会昌侯爵，次子孙绍宗领前军都督府事，统领禁军。若再让孙家女儿做了英宗皇后，便是一门双后，荣宠无双了！

之后，经过慎重筛选，由太皇太后准允，正式选取中军都督府同知钱贵之女为祁镇皇后，选周能之女为皇妃。因祁镇年纪尚轻，暂时只立一后一妃，其余六宫妃嫔以后从容选择。

周能原是京都昌平县一普通农户，读过一些书，育有三子一女。有一天，少年天子祁镇在京郊打猎，为追逐一只兔子闯进周家菜园。周家人惊慌失措，当时周家女儿才十岁，却大方地瞪着祁镇这个不速之客。祁镇爱其清纯，遂将其携入宫中。

几年之后，周氏出落得亭亭玉立，仪态万方，遂为孙太后看中，成为候选佳丽之一。至被选为祁镇妃子之时，其父周能已被封为锦衣卫带俸正千户，进入备享尊荣的皇亲国戚行列。

正统十年（1445），周氏为英宗祁镇产下长女重庆公主，而皇后钱氏因为体弱多病一直没有生育。正统十二年（1447），周氏又诞下皇长子见深。后经土木堡之变以及英宗复位，见深被立为皇太子。后来周氏也晋封为贵妃。英宗辞世后，见深继位，尊生母周氏为皇太后。此时周氏父亲周能已去世，周氏长弟周寿嗣位，袭封左军都督府佥事，成化三年（1467）进封都督同知，爵位为庆云伯。周氏二弟周彧也当了左军都督府同知，后来被封为长宁伯。周氏还有个三弟周吉祥，从小出家当了和尚，不知所向。有一天夜晚，周氏梦见伽蓝神来访，告知吉祥所在。遂派内使去寻访，在报国寺伽蓝殿寻得做了和尚的吉祥，带回宫中与姐姐周氏相见。当时英宗令其还俗，好授爵做官，但吉祥不肯，仍回报国寺。见深即位后遵母命重修报国寺，并赐庄田数百顷。

周寿和周彧兄弟俩是农民出身，虽然成了皇亲国戚，白吃白拿锦衣卫二品都督的干薪，仍嫌不满足，他们最羡慕乡间有良田万顷的土财主。见深即位，外甥做了皇帝，周寿刚升锦衣卫都督佥事不久，便通过周太后向皇上讨要直隶河间等县田地四百四十八顷。见深年轻，对四百多顷田地有多大没有什么概念，既然大舅开了口，他抹不开面子便爽快答应了。谁知这样的先例一开，其他外戚显贵立即仿效。成化四年（1468）三月，见深的姑姑嘉善长公主一次性向皇帝侄儿奏请要顺天府文安县退滩空地三百六十五顷。给了舅舅难道不给姑姑？皇上碍于面子，也只得答应了。

明朝初年，北直隶、山东等省地广人稀，朝廷鼓励农民尽力开垦，永不起科，才逐渐聚敛了人气。如今豪门贵族向朝廷讨要的所谓的“闲田滩地”，实际上是百姓辛苦开垦出来的，绝大多数并非无主之地。这样一来就激发了社会矛盾。朝廷有识之士意识到权贵兼并土地将带来严重后果，甚至引发动乱，于是成化四年（1468），素以敢言著称的户科都给事中丘弘偕同官上书称——

> 固国本在于厚民生，厚民生在于抑兼并。洪武永乐间，以畿辅、山东土旷人稀，诏听民开垦，永不科税。迩者权豪怙势，率指为闲田，朦胧奏乞。如嘉善长公主求文安诸县地，西天佛子劄实巴求静海县地，多至数十百顷。夫地逾百顷，古者百家之产地。岂可徇一人之私情而夺百家恒产哉？

丘弘与朝中另一给事中毛弘以敢言著称，人称“二弘”。他这封上疏引起了见深的注意。他隐约意识到自己批赐给皇亲国戚的土地有问题，于是给户部下了一道诏书，采取亡羊补牢的办法，要求户部重新核实批赐给皇亲国戚的土地，严格把关，除了确认无主者剩下的一概收回。“继今凡有求者，一概不许。著为令。”他还指示将自己糊里糊涂赐给和尚劄实巴的土地直接收回。

但是好景不长，没过多少天，见深又顶不住周太后的压力，下诏给“冒禁以请”的舅舅周寿顺天府涿州庄田六十三顷，又称“下不为例。”

见深刚刚应付完大舅，以为皇亲国戚们的奏请要会消停一段时间，谁知一贯在外吃喝嫖赌不务正业的二舅周彧回到家乡，眼见大哥获赐数百顷土地，成了乡间数一数二的富豪，立马不干了，进宫找当皇太后的姐姐，要求皇帝外甥赐给武强、武邑二县空闲土地六百顷。

见深刚刚称“下不为例”，现在二舅又要求赐地，他实在为难，只得派户部官员去勘查武强县等处是否真是空闲土地再作决定。

户部主事戴玉办事很认真，他到了武强县，发现周彧奏请讨要的那些地块全是成熟的麦田，农民们在地里劳作，还在期望一个丰收年。戴玉在两县认真清查，还是查出了偷漏田赋的土地七十四顷。这些土地或可以没收充公，皇上再转赐给他人。

然而区区七十四顷土地怎能满足国舅爷的胃口，于是见深改派刑部郎中彭韶和监察御使季琮前往武强复勘。

彭韶是一位耿直的大臣，他与季琮前往武强视察一番，查实周彧奏请讨要的地块大多数是有主农田，朝廷决不应强夺私田赐予贵戚，那样将引发民怨和骚乱。他俩回到北京，上疏请罪说：那些田地自祖宗时就许民垦种，即为恒产，并且免除租赋以劝务农。功臣戚里家与国咸休，岂当与民争尺寸地？臣不忍夺小民衣食，附益贵戚。臣无能没有完成任务，请皇上赐罪。

见深打心里钦佩彭韶、季琮二人不畏权贵、维护百姓利益的作为，但为使老母与二舅消气，又不得不处分他俩，于是下令锦衣卫逮治。此举又引起科道官纷纷上疏营救，赞誉彭韶、季琮不畏权贵、致君尧舜的作为。见深这才顺应民情，将二人赦回原任。

见深在位二十多年，在皇太后周氏的庇荫下，周寿周彧兄弟成为贵戚中的第一豪族。成化十七年（1481）颁诏赐封周寿为“推诚宣忠翊运武臣，特进光禄大夫、柱国、庆云侯，食禄一千二百石，子孙世袭，本身免二死，子免一死”。周寿以一介农民，竟然得到开国功臣一样的待遇，真令人羡煞！不仅如此，按照祖制，皇亲国戚只有长子袭爵，可见深迫于太后的威压，竟于成化二十二年（1486）又封二舅周彧为长宁伯，“特进荣禄大夫、柱国，食禄一千石，子孙世袭。”

就是这位长宁伯，到了孝宗即位后，又与另一贵戚建昌侯张延龄争夺田地，两家家奴大打出手，成为当时一大丑闻。

除了太后周氏兄弟，皇亲国戚中就数宠冠后宫的万贵妃的娘家人了。周家兄弟以巧取豪夺、仗势积敛土地才富甲一方。而万贵妃的兄弟们则勾结宫中宦官，以古玩买卖掠取宫中财宝来发家致富。

万贵妃的父亲万贵出身椽吏，颇知礼法，成为皇亲国戚后每受重赏则忧形于色，告诫儿子们：“皇家赐的东西要保管好，万一日后追查不致无以为偿。”可是他的宝贝儿子们对他的劝诫充耳不闻。他有三个儿子：老大万喜承袭了锦衣卫指挥使之职。老二万通和老三万达早早地弃农从商，学会了奸商钻营之道。

自从姐姐万贞儿得宠于皇上，当上贵妃，万通和万达便经常出入宫闱，结识了宫中大太监梁芳和韦兴等人。当时万贵妃和年轻的皇上在宫中闲得无聊，喜欢把玩各种花鸟虫鱼、宝石器物等打发日子。梁芳、韦兴等见皇上和贵妃娘娘旧器物玩厌了，便绞尽脑汁想到外面采买一些新的玩意儿，进献给皇上和贵妃娘娘。然而他俩是有身份的大太监，不方便去宫外市井淘买。恰逢国舅爷万通、万喜进了宫，得知他们经常在市面上混，需要什么器物便托他俩去采办，并许以丰厚的抽头。两位国舅爷求之不得，屡屡从宫外淘来太监们指定的玩物带进宫。梁芳等进献给皇上和贵妃娘娘，还特地说明：“奴才们不便出宫，是托国舅爷帮忙采购的，娘娘看是否合意？”万贵妃听说自家兄弟插了一手，自然表示满意，以便促成他们和太监们更好的“合作”。

万通兄弟赚得盆满钵满，还讨了姐姐和皇上喜欢，真是一举数得。他们深知皇上和姐姐每天把玩那些宝石器物，再精致的东西也会玩厌的。于是他们努力开拓思路，把民间一些构思巧妙的玩意儿，也陆续采买到手，带进宫里献给皇上和姐姐。这些新奇的玩意儿果然得到久居宫廷的皇上的喜欢，终日把玩不断，还对贵妃称赞两位国舅爷会办事。

见深还热衷于宫中的游玩嬉戏，两位舅爷更是逗得他喜欢，见深除了倍给其值，还有额外的赏赐。情况一下倒过来了，万通万喜临走也不会亏待梁芳、韦兴两位太监，少不了他们的抽头。总之是皆大欢喜，各方都满载而归。

万通兄弟既得宠于姐夫皇帝，免不了也想捞个拿干薪的锦衣官当当。按说外戚授官只给长子，大哥万喜已承袭父职，当了锦衣卫指挥使，已没他俩什么事。可他俩颇为眼红，便乘入宫之便找万贵妃，让她给皇上说说。见深更是抹不开面子，同是皇亲国戚，周家老舅个个封了官，也不能亏待了自己的枕边人呀！于是成化十二年（1476），见深下旨："升锦衣卫正千户万通为指挥佥事，副千户万达为正千户，俱世袭。"自然，万氏兄弟都是只领干薪不用到锦衣卫出操上班的。

成化十三年（1477）户部上奏："新城、雄县崇王所遗庄地六百余亩，今有广德公主与锦衣卫指挥万通上奏乞请，该如何处理?"

广德公主是英宗祁镇第五个女儿，秩位虽高，但比起万贵妃来，毕竟还疏了一层，见深毫不犹豫地批示："有司勘报该地除民间纳税者，尚有六百余顷，皆给万通。"

万通不费吹灰之力即获六百余顷土地。即使他不善经营农田，也可以一转手变成白花花的银子。

万通屡得颁赐，胆子和胃口越来越大。当时盐引正时行，他信息灵通，听说两淮有余盐，赶紧找姐姐，让她向皇上讨要五千引淮盐。当时见深正跟万贵妃闹别扭，想趁机缓和一下关系，便不情不愿地答应了。市场上每引盐可获利银一两或米四石，万舅爷一句话就获白银五千两!

万通精灵古怪，惯会利用各种关系捞钱。他有个致命的弱点就是好色。京城小混混徐达的妻子是当地出了名的美女，万通对她垂涎三尺，让人去游说徐达，说国舅爷看中他能干，愿不愿去国舅家帮忙干活，做一个体面的国舅府的家人。徐达当时走投无路，就答应了。便带着老婆去了国舅家。万通见他上钩，正好那时皇上批给他五千盐引，便命徐达去淮扬倒卖余盐，得利奖其三分之一。徐达明知万通企图染指自己老婆，但为了图利也欣然去了淮扬。以后的事情可想而知。万通一门心思扑在美人身上，渐渐搞垮了身体。后来徐达回到京城，久别胜新婚，自然又和老婆粘在一起。病中的万通不放心，偷偷到徐达房门外去听壁脚，只听到里面淫声浪语不绝，他气得大叫一声，咳血不止而死。

万通死得太不体面，因而也没有人认真追究他的死因。他一死，徐达自然也得以安然无恙，后来还归入万氏家族，当了锦衣卫的正千户校尉。

第二十九章 买办需索，宦官肆虐边镇江南

明朝素有派遣太监镇守边关重镇的传统。成化四年（1468），见深和万贵妃遣亲信的御用监太监钱能出镇云南，采办珠宝玩物。钱能这一去就是十二年，把一个云南闹得天翻地覆、鸡犬不宁。

钱能刚去不久，朝廷就收到贵州巡抚陈宣的奏疏，参劾钱能路过贵州时，纵容随行人员怙势横行，百般勒索。他们在路上就如此，到了辖区势必更为横暴。果然，钱能到了云南，其搜刮百姓的手段令人匪夷所思。

有一富翁患头皮癣病，钱能听说他的儿子很孝顺，便派人将其唤来，称其父的癣病会传染及驻军，打算将其沉入滇池以绝后患。这位孝子大骇，立即忍痛奉上大把金银，挽回老父一命。

还有一王姓商贩，以卖槟榔致富，人称“槟榔王”。钱能竟也派兵将其抓来，严刑拷问：“你一个平头百姓，竟敢僭称王？”王姓商贩无奈，只得拿出银子赎命，从此把那“槟榔王”的招牌摘掉。

西平侯沐英永镇云南，人称“云南王”。后永乐帝又将常宁公主下嫁其子沐昕，恩宠有加，赏赐无数钱能久在御用监，熟识古玩珍宝，便常去沐府连骗带蒙，以七千多两银子先后从沐府骗到价值四万多两银子的文物古玩。他把其中表面光鲜靓丽的古董玩物献给皇上和贵妃，真正有价值的却据为己有。若干年后他去职闲住南京，与另一太监王赐在公堂上炫耀他们的宝藏，计有：

王右军亲笔字，王维雪景，韩滉题扇，惠宗斗牛，韩干画马，

黄筌醉锦卷，皆极天下之物。又有小李、大李金碧卷，董、范、巨然等卷，不以为异。苏汉臣、周昉时对镜仕女，韩滉班姬题扇，李景高宗瑞应图，壶道文会，黄筌聚禽卷，阎立本锁谏卷，如牛腰书。顾宠谏松卷、偃松轴，苏、黄、米、蔡各为卷者，不可胜计。挂轴若山水名翰，俱多晋、唐、宋物，元氏不论矣。

钱能还违反朝廷禁令，用蟒袍、玉带等物诱使安南王从云南入境朝贡，几致造成边境战祸。他屡次派遣心腹到云南周边诸夷干崖、孟密等宣抚司索取贡物珠宝。他的走狗干将郭景竟然胆大包天，逼淫土司曩罕弄孙女，在朝廷准备逮捕他时畏罪自杀。成化十四年（1478）朝廷根据巡抚云南都御史王恕所奏，准备逮捕钱能及其党羽进京审讯，见深却下旨“特宥钱能”。他的党羽后来均以交通外国罪判刑处死，钱能却因皇帝的“特宥”得回南京闲住，后来甚至被委任为南京守备。不过因为当时王恕任南京兵部尚书，他始终未能出头。

钱能是太监，自然无子嗣。他在云南收养了李姓巡检司之子，取名钱宁，备以养老送终。谁知这个钱宁心思歹毒，觅机毒死了干老子，攫取了他的万贯家财。武宗时，钱宁又靠上了花花公子正德皇帝，得赐国姓，号称皇庶子朱宁。后以交通宁王反叛罪下狱。至嘉靖帝登基，被凌迟处死。

几乎与钱能去云南同时，太监韦眷也被皇上和万贵妃派往南方，任广州市舶司提举，这是个和洋人打交道最有油水的美差。

与韦眷同在广东的镇守太监顾恒和采珠太监黄福，其职责均是为皇上和后妃采办各种奢侈品，诸如金银珠宝、古玩、精巧器皿，以及药材、绸缎、海味品等。黄福的职责是植珠采珠，制成精美饰物供后妃、贵戚选用，同时还收购珍禽异鸟，搜罗各色羽毛饰物等。韦眷则通过外国来使和商人采办域外异物、宝石、珍玩，犀角、象牙制品等。他们还企图让外国使臣到东南亚马六甲一带去寻访购买狮子，结果遭到广东父母官左布政使陈选的抵制，陈选上奏皇帝进行规谏道：“广东连年水旱，加以地震、星流灾变异常，民生不安。唯狮子为无用野兽，乞早赐停罢。”

韦眷本想用狮子取媚京城里的帝后，结果让陈选搅黄了，因此恨之入骨。广东另一地方官员番禺知县高瑶查得韦眷违禁与南洋来使做生意，依法没收了韦眷上万两银子，并将其手下投入监狱。地方官员本来是按律行事，谁知韦眷的后台是皇帝，韦眷诬奏广东地方官员陈选、高瑶朋比为奸。见深便不分青红皂白，派刑部官员会同巡按御史查办。当陈选、高瑶被锦衣卫校尉带往京师时，广东数万百姓号哭阻留。结果陈选病死于解送赴京途中，高瑶后来也被贬，充军湖广。

最后一起宦官买办需索发生在成化十九年（1483）。那时见深宠信李孜省、邓常恩、僧继晓等，沉溺于方术养生之道。他派“特能办事”的宦官王敬去江南“购书采药”。所谓“购书”并不是购买儒家的书，而是相传袁天罡天师等人的法术书；采药也是要寻访延年益寿、长生不老的药。

大太监王敬这次下江南带了十九名随从。其中最有名的是锦衣卫带俸千户王臣。王臣跛一足，人称“王瘸子”，其人心狠手辣，尤好淫乱，每遇美貌女子，他必用极其恶劣的手段霸占方才罢休。除了王臣这个混世魔王，还有百户王完、王剑、姚敬等十九人一同南下。朝廷给了王敬七千引淮盐做活动经费。王敬到了江南，以钦差大臣身份命苏州、松江、常州三府出银六千两收购盐引，又让镇江、太平、池州等府补足银一千五百两。回过头来，王敬又拿出明初发行的四百贯宝钞强令松江府兑换二千两银子。如此，他一口气捞足了白银上万两。

王敬捞钱有方，再次上奏要求朝廷多给盐引。见深又批给他三万引淮盐。王敬再往宁国等府，用一万五千引淮盐逼取白银三万一千五百两。往苏州、常州同样以一万五千引淮盐逼取白银三万六千两。

捞足了九万两银子，他便到江南一带，假传诏旨，巧取豪夺奇玩珍宝。一路凌辱官吏，荼毒百姓。而王瘸子每到一地，被他强占奸污的女子不知有多少。

王敬下江南的另一任务是为皇帝收集讲究养生之道的奇书秘笈。传说中唐朝玄学家袁天罡的推演法术最为神奇，但几百年来一直没有见到袁天罡的真传。王敬派人四处打听，终于以高价从江南民间购到一本据说是袁天罡著述的《子平遗集》。得到这本书，王敬如获至宝。但一想这样一本破烂不堪的本子实在无法奉献给皇上。随行人员中有人给他出主意：可命苏州儒学堂的儒生们重新抄录一份献给皇上。王敬采纳了这个意见，遂命地方官吏将这个任务布置下去，命苏州府儒生赵汴等二十人日夜加班抄写。赵汴等抄着抄着，发现这本书全是荒诞不经的旁门左道、异端邪说。于是大家拂袖而去，宣布罢抄。王太监怒气冲天，立刻命令地方官员把罢抄的儒生们抓起来捶了一顿。

事情闹大了，江南的老百姓恨透了王太监在江南各省大肆搜刮，又来欺凌读书人，群起抗议。王敬等只得夹着尾巴逃回京城向皇帝告状，说苏州府学诸生"不遵礼法，恣肆放诞"。见深只顾维护自己派出的宦官，居然下令巡按江南的御史逮捕肇事儒生。后经巡抚南直隶的左副御史王恕上疏论救，称儒生们维护儒家正统、抵制异端邪说有功无罪。见深才改令"诸生以赎杖罪"，即罚款代替廷杖。江南百姓纷纷捐款，结果儒生们交了赎杖银还有盈余！

其时正值东厂提督太监尚铭亲下江南，缉查到王敬、王臣等人在苏、常等地倒卖盐引敲诈勒索、强奸妇女、勒索财物等严重罪行，尤其严重的是王敬等还犯有"假传诏旨"重罪。这时王敬等在江南作恶多端还未回京，见深和贵妃娘娘也还未见到他们孝敬的珠宝、珍玩，一怒之下随即降旨："民情常患于不能上达，王敬、王臣等在外矫旨为奸恶，使东南赤子重遭荼毒，朕安得知之。其罪状既露，非重戮不足以谢天下。亟斩臣，仍枭首于被害州县。王敬充南京孝陵卫净军种菜，王完等发开原、肃州二卫充军，家属随往。"

恶贯满盈的"王瘸子"王臣被刑部官员逮捕，斩杀于南京。当时江南民愤鼎沸，要求朝廷一并严惩宦官王敬等人，时任南直隶巡抚左都御史王恕顺应民意，上疏劾奏王敬等十大罪。王敬等见势不对，连忙夹起尾巴带着在江南搜刮的丰盛宝物沿运河北上，及至山东河北境内方才放心。据王恕在奏疏中称：“敬等搜刮江南十室九空，舳舻相衔，满载而归，以觊宠幸。”王敬等虽犯了大罪，且民愤极大，但他既是奉皇帝之命去江南搜刮的，且大有所成，带回满船满舱的宝物孝敬皇帝和贵妃娘娘，自然也能得到主子的庇护。名义上罚往孝陵卫种菜，实际上仍然窝在北京城里，借着搜刮来孝敬皇上后剩下的余财，仍过着舒舒坦坦的日子，直到老死。

第三十章

跋扈横行的西厂
提督太监汪直

成化十二年（1476），北京皇宫中出了一件震撼畿内的大丑闻。河北易县男子侯得权，本是地方上一名无赖，他闻陕西有一个名叫李子龙的人生来异相，名气很大，便盗用其名，来到京师施行诈骗。他寄居在军匠杨道仙家，杨道仙与宫中太监鲍石、韦寒熟稔，便将假李子龙介绍给他们。太监们居然十分仰慕李子龙的仙风道骨，争相行礼尊为上师。

当时见深和他的万贵妃都极为信奉神佛，宫中供奉着多位西方佛子和伽蓝和尚，给他们进呈的佛号甚至多达三十余字，远超太祖高皇帝谥号。鲍石、韦寒都是司礼太监级别，他们将假李子龙带进宫中，想伺机推荐给皇上邀宠。谁知这个假神仙尘缘未脱，乍一看见宫中这么多如花似玉的宫女妃嫔，淫心大发，在太监们的庇荫和掩护下，连续奸淫了数名宫女。最后还与皇上的一名才人有染，致使其怀孕。

汪直当时已长到十八岁，幸赖贵妃娘娘栽培，成了御马监一名监丞。鲍石、韦寒都比他资格老，汪直却看不起他们，对他们供奉的神仙李子龙也很怀疑。他曾暗中跟踪李子龙，发现他数次出入那位才人宫中。汪直很有心计，心想如果自己揭发此事，会使戴上绿帽子的皇上难堪，弄不好自己小命都会丢掉。于是他偷偷将自己的发现报告给司礼太监黄赐，由他去彻查此事。

宫廷里出现了如此丑闻，无异一场大地震。黄赐冒死奏闻皇上，极为尴尬的见深震怒，这种使皇室出丑的事又不便公开，便以秽乱宫闱罪将假李子龙和太监鲍石凌迟处死。韦寒畏罪自杀，亦被戮尸。

宫中出了这样的大事，东厂特务却丝毫也未察觉，戴了绿帽子的见深大为光火，把东厂提督尚铭喊来骂了一顿。由于汪直在破获此案中立了大功，鉴于他在御马监中还被一些老太监压着无法提升，皇上便下了一道密旨命汪直突破御马监的权限，带领手下校尉出宫侦伺一些特别案件，或者监视官员们的行动，单独向皇上密报。

自此，汪直成了见深了解外面情况的得力耳目。

成化十三年（1477）正月，见深下令在西安门内建立西厂，任命汪直为西厂提督太监。新成立的西厂规模虽比不上尚铭麾下的东厂和锦衣卫，但由于汪直得到皇上的信任，四出侦伺朝野臣民，屡屡制造出轰动京都的大案。

明朝的名臣常有不肖子孙。少师杨荣之孙杨泰横行乡里，因杀人案被仇家告发。杨泰遂同其子指挥杨晔来京活动，托女婿董玙重金交结锦衣卫百户韦瑛，企图摆平此事。韦瑛正被汪直倚为心腹，他榨尽杨家钱财后又向汪直举报此事。汪直立将杨泰父子抓到西厂严刑拷问，使用“弹琵琶”等酷刑令杨晔肋骨寸断，呼号欲绝，无奈诈供带有金银财宝向朝中人士进贡，寄存叔父兵部主事杨士伟家。汪直下令连夜查抄杨士伟家，拷打杨和他的妻女逼其交出金银。住在隔壁的翰林院侍讲陈音听到隔壁哭喊声，搭梯扒在墙头问：“你们擅自侮辱朝廷大臣，不怕王法吗？”西厂校尉不屑地回答：“你是什么人？不怕西厂吗？”

这桩大案震惊京师，结果杨晔受刑伤重死于狱中，杨泰论斩，董玙、杨士伟谪官罢职，西厂由此名声大震。

这年冬天，南京镇守太监覃力朋赴京进贡，返回时以百艘船载私盐沿运河而下。沿途骚扰州县，有司畏其权势跪迎，贡献金银。船行至武城，当地典史盘查私盐，惹恼了覃太监。覃太监竟打落典史的牙齿，还射杀其手下一人。

此事闹得沸沸扬扬，汪直闻之立刻派人调查取证，并亲赴南京逮捕覃力朋回京审讯，依律判处死刑。覃力朋是地位仅次于怀恩的权阉，最后被赦免，派往守陵。此后皇上益发认为汪直不畏权势，值得信赖依靠。

汪直每天坐镇西厂，命令手下数百名校尉四出刺探。凡探事有功者均得升为百户、副千户的奖励，因此校尉无孔不入。他们潜入宣府、大同等边镇，收集边镇总兵驱使卫所士卒为自己庄园收庄稼以及谎报边境战绩等情况向汪直汇报，汪直竟不通过兵部直接拘捕边镇军官回京秘密审讯，弄得边疆报警时竟找不到长官。还有校尉互相竞争，有的尾随朝廷官员刺探其私事，有的实在刺探不到重要情报，连街坊上邻居吵架都介入抓人，轻则罚款，重则入狱，以致京城内外，谈起西厂人人色变。

西厂横行，朝野不安。内阁首辅商辂忍无可忍，邀内阁成员万安、刘翊、刘吉联名上疏，列举汪直十一条罪状，并说："陛下命汪直刺事，汪直又任用韦瑛等小人，擅作威福，虐害臣民。为何前几年没有西厂朝野安然无事？自从汪直用事，士大夫不安于职，商贾不安于途，百姓不安于业，陛下如不立即罢黜汪直，天下安危实难预料！"

见深见到奏疏，极为生气，斥道："岂有此理！朕用一内官怎会危及天下？给朕查明此奏是谁的主意？"

司礼太监怀恩奉旨去内阁责问，商辂理直气壮地答道："朝臣无分大小，有罪皆可请旨逮问，汪直却无旨擅捕三品以上京官；大同宣府边镇要害之地，汪直也一日捕拿数名边镇军官；南京祖宗基业地，汪直任意逮捕那里的留守大臣，连陛下的亲近内侍，汪直也随意撤换。凡此种种，不罢黜汪直，天下怎能没有危险？"

怀恩把商辂这番话如实奏报皇上，见深无言以对。就在此时，以项忠为首的六部九卿也联名上疏弹劾汪直。朝廷重臣一齐"造反"，见深不得已，只得下令关闭西厂，汪直仍回御马监。

西厂被罢撤，一时人心大快。但见深仍然信任汪直，依靠他打探外面的情报。不到一个月，汪直指使言官弹劾兵部尚书项忠，致使这位耿直的大臣被削职为民。又有一个九年未得外迁的御史戴缙，这时投机上了一本，大肆吹捧汪直办西厂的功德，并说陛下唯有重用斯人，方可回天意、除宿弊、致太平！另有一名御史更为肉麻地吹捧汪直，上书说："直所行事，不独可为今日法，且可为万世法！"

汪直要报复内阁首辅商辂，利用杨晔案的供词制造谣言，说商辂曾收受杨晔送的宋徽宗字画等贿品。再加上戴缙等上书为汪直歌功颂德要求恢复西厂，汪直深得皇上赞许。商辂从此心灰意冷，一再上书请求去职还乡。见深假惺惺地挽留一番之后同意了他的致仕请求，颁诏加封商辂为太子少保，赐给敕书，驿传回家。

汪直炮制的杨晔贿赂大臣案，牵连到刑部尚书董方、都御史李宾等人，二人遂被迫致仕。一时间黑云压城城欲摧，朝中名臣如尚书薛远、侍郎滕昭、程万里等十人被免官罢职，或远调偏远地区为官。而对汪直极尽吹捧之能事的戴缙，却一路高升为右佥都御史。

朝中正直大臣陆续致仕或被罢黜，唯有汪直死党都御史王越进封兵部尚书兼任左都御史。当时汪直在西厂坐堂，吏部尚书尹旻要去拜谒他，私下里问王越见汪太监是否要跪拜，王越道："哪有六卿给人家下跪之理？"

到了西厂，王越先进去通报。尹旻远远隔着帘子望见王越对着堂上下跪行礼。于是尹旻率众官员进去，同样给汪太监下跪行礼。

见尹旻出来，王越暗讽他身为六卿竟给太监下跪，有辱斯文。尹旻冷冷地道："我看见有人跪了，不过效法他罢了。"

汪直在朝廷中权势如日中天，然而他并不满足，一心想效法前辈太监王振，干预军国大事，建立边功，留名千古。

当时巡抚辽东的陈钺在边境趁建州女真部落没有防备，挑起事端袭击杀害老弱边民数十人，抢夺了他们的驼马，并以此向朝廷请功，激起边境哗变。朝廷派经验丰富的兵部侍郎马文升前往安抚，顺利地平定了事变。汪直借口调停马文升与陈钺的矛盾要求去辽东。见深便惯着他，同意他去。汪直带着大批随从每日急行数百里赶赴辽东。陈钺有意傍着他这棵大树，令沿途百姓在道旁跪拜迎接，并准备了极奢华的营帐、鼓乐和舞女，讨汪直欢心，更以金银贿赂汪直随员。陈钺最终得到汪直信任，从此倚为心腹。

汪直回到京都便颠倒黑白，向皇上禀报说：马文升禁止向边民买卖农具，酿成边民骚乱，却只字未提陈钺袭击女真、杀戮老幼之事。结果挑起边衅的陈钺未受处罚，而正直的马文升倒被逮捕入狱，被判处谪戍重庆卫。

过了一年，在汪直的要求下，皇上又派他巡视宣府、大同边塞。这一次汪太监更加威风，仪仗宛如天子巡边，边塞守备官员全都披甲跪伏道旁迎接，而汪直纵容随从大肆向边镇官员索贿，边镇为之一空！

陈钺知道汪直想建边功，故意夸大女真患边意图，请求朝廷调大军征剿。成化十五年（1479）冬，见深派抚宁侯朱永率军十万讨伐女真，由汪直监军。

汪直等统大军到达广宁，遇建州头目率六十余人驼队前来进贡。汪直立功心切，不分青红皂白将六十余人全部斩杀，诬陷他们是前来窥探大军行踪的奸细。又率大军进袭建州，当地女真人毫无防范，青壮年逃入深山藏匿，而跑不动的老弱则被杀或被掳。汪直为了诓报斩获首级，竟挖掘坟墓，砍下死人头颅充数。

这下，他总算是建立了一次“军功”，便得意扬扬地奏凯请功。因太监不能封爵，故见深下旨加禄米六十石。总兵官朱永进封保国公，陈钺提升右都御史，后改为户部尚书。

第二年春天，遭汪直屠戮的建州女真人大兴复仇之师，大举入寇辽东，烧杀掳掠。但陈钺为了升官，故意隐瞒建州女真人入侵之事，致使辽东人民深受残害。

朝中汪直死党王越见陈钺立了“军功”，晋升尚书，非常眼红。恰逢西北守将报告鞑靼人偷渡黄河进犯陕西，王越极力怂恿汪直率师出征，于是朝廷又命朱永率师出征，由汪直监军，王越参赞军务。

王越的确有些军事才能，他探知鞑靼伊斯玛因驻军威宁海子，便与汪直率两万精兵，乘大风雪掩护奇袭威宁海子。伊斯玛因而仓皇逃入大漠，王越趁势斩其老弱，斩首四百三十余级，缴获驼马牛羊数千头。向朝廷报告大捷，王越因此战晋封威宁伯，汪直则增禄三百石。

陈钺冒功升任户部尚书，又排挤兵部尚书余子俊，趁他丧母，鼓动言官上书让他回乡守孝三年。由此陈钺如愿代行兵部尚书职务。从此汪直与死党王越、陈钺把持朝政。他们继而疯狂打击异己，将在辽东揭露他们罪恶的御史强珍和辽东巡按使王崇之陷害入狱，最后谪戍辽东。

朝廷已成太监汪直和他的左膀右臂——王越、陈钺的天下。见深内惧逐渐老去的万贵妃，外惧气势强悍的汪太监。幸亏汪直热衷于建边功，见深于是索性降旨，命汪直总镇大同、宣府，长期驻守边关。对他采取眼不见心不烦的对策。

一天，皇上见深和宠妃在宫中看俳优表演。一个叫阿丑的小太监扮成醉汉，一边喝酒一边胡乱骂街。旁边有人提醒阿丑道："皇上驾到！"阿丑依然骂骂咧咧不停口。这时，舞台上出现一背插鸡毛装成太监的人，旁人提醒阿丑道："汪太监来了！"阿丑立刻吓得扔掉酒碗，屁滚尿流，拔腿就跑。边跑边嚷嚷："人人都知有汪太监，不知有皇上！"

过了一会儿，阿丑背插鸡毛装成太监，手持两柄纸制的大斧上场。他威风凛凛，大喝："吾将兵，仗此两钺耳！"旁人问："你这是什么钺？"阿丑挥舞双斧道："这是王越，这是陈钺，厉不厉害！"

史书称皇上看着这段戏"上暗笑，似有所悟"。也许见深此时已有感悟，连宫中小太监都知道汪直恃宠擅权，再不抑制他，如何了得？

东厂提督太监趁汪直在外监军的机会，弹劾汪直将宫中后妃内斗秘闻，甚至皇上的宫闱私密泄露给军中之人。这使见深十分恼火，尽管边境已安然无事，汪直与王越一再请求班师，见深却降旨不准他们回京。为了防止他们拥兵自重，又下令将京营万余名官兵调回北京，削弱他们所辖兵力。

皇上不许汪直回京，这是汪太监失宠的信号，朝中言官交相上书请罢西厂。东厂提督太监尚铭交结内阁首辅万安，怂恿万安上书给皇帝："陛下欲安畿内，悉臣民之事，东厂法制完备，人易遵循。西厂之立原系权宜之计，现弊病丛生，臣民怨声载道，宜立予罢撤。"

此时见深已十分厌恶汪直，便顺应民意，下令撤罢西厂。有罪校尉交有司惩处，其余并入东厂。

西厂一罢撤，朝臣交相举劾其党羽。陈钺挑起边患陷害忠良的罪行也逐渐被揭发。弹劾陈钺的人很多，但见深不想否定自己，便从轻发落陈钺，让他从兵部尚书宝座上退下回家闲住，他的儿子也降为百户。

皇上不许汪直回京，他在边镇仍然颐指气使，因与延绥总兵许宁争座位差点大打出手。见深借此机会，以安定边镇、团结将帅为由将汪直调回，任南京御马监太监。

汪直回到京都，宦官们都视他为异类，不愿与其接触，他进宫连贵妃娘娘的面都没见到，只得灰溜溜地去了南京。

汪直被贬到南京，是他及他的党羽将被彻底清算的信号。多名御史给事中联合上书，历数汪直八大罪状：一是背弃皇恩，欺君罔上；二是假冒战功，滥杀无辜；三是侵盗国库金银；四是诬陷忠良，奖赏奸邪；五是擅作威福；六是招降纳叛，结党营私；七是朋比为奸，乱政；八是任意挑起边境事端。要求将汪直明正典刑。

见深虽认为汪直犯了重罪，但他始终没有背叛朝廷。而且许多决定都是见深自己做出的，否定了汪直就等于否定了自己。于是下诏对汪直从轻处分，将他贬为南京宫中奉御。汪直御马监太监的头衔被剥夺，重新成为打扫宫廷的一名奉御。

他的党羽也都被清洗，王越从延绥召回，剥夺伯爵称号，编管安陆州。陈钺因已退休，不再追究其罪责。因吹捧汪直升官的南京工部尚书戴缙削职为民；汪直的打手韦瑛原已贬至万全卫，他却为邀功诬告万全卫指挥刘德兴图谋不轨，经查纯属诬告，朝廷以其怙恶不悛，判处死刑。

汪直党羽尽得清算罢逐，朝野舆论十分欣慰。猖狂了十余年的西厂汪直后来终老南京，是明朝不法权阉中唯一得到善终的。

第三十一章 纸糊三阁老，泥塑六尚书

成化十三年（1477），当时汪直重新得势，卷土重来。他对内阁首辅商辂恨之入骨，遂借口杨晔案供词中有“曾以宋徽宗字画贿赂首辅商辂”为借口，大造商辂贪受贿赂的谣言。商辂见朝政日衰，西厂肆虐，罢撤不到一个月复卷土重来，朝中正直的臣工相继被贬，或令致仕。他亦心灰意懒，遂上书请求致仕。见深情知他与汪直等势不两立，亦不再挽留，颁诏加赠其少保衔，赐敕驰驿归故里。

商辂既去，内阁剩下万安、刘珝、刘吉三人，万安为首辅。万安是成化五年（1469）进入内阁的，那时内阁由老资格的彭时和大名鼎鼎的商辂主持，万安是小字辈。但他善于钻营，当时见深宠幸万贵妃，而万贵妃出身平民，在朝廷中没有势力，也很想结交朝中权贵。万贵妃之弟万通的妻子王氏是四川人，幼年家贫，曾将妹妹卖给人家作妾，其母说是卖给万编修家，一打听就是现在的内阁阁臣万安。从此两家攀上了亲戚。万安有了万贵妃做靠山，仕途更稳了。而万通、万喜兄弟内结太监梁芳、韦兴，外倚阁老万安，更是如鱼得水，气焰冲天。

成化初期，见深沉溺于宫廷嬉戏游乐，又加上他有口吃的问题，所以从不在临朝以外的时间召见大臣议政，造成君臣隔阂，政令阻滞的现象。成化七年（1471）冬天，天空出现彗星进犯太微的异象。内阁成员便借此请求皇上召见议政。由于天象示警，见深不好再拒绝，便让宫中宦官与内阁约定见面的时间。宦官们一再叮嘱阁老：“当朝天子第一次与你们约见，双方都不习惯，关于朝政你们也不要禀奏太多，以后有的是时间。”

内阁成员答应了。宦官将他们带进大殿。阁老们叩见皇上后，先从最近的天变谈起，首辅彭时先奏道："昨日有御史上疏，鉴于天变，百姓生活艰难，请求朝廷对京官实行减俸。以臣之见，文臣可减，武官宜缓行。"皇帝随即表态说："此议正当可行。"彭时想不到皇上如此好说话，还想继续禀奏其他要紧的事情，但还没来得及开口，只听得万安一面叩头一面高喊："吾皇万岁，万万岁！"熟悉宫廷礼仪的人都知道，这是臣下与皇上告别的常规礼仪，只要一喊"万岁，万万岁！"就表示觐见结束了。万安这么一喊，彭时和商辂纵然有一肚子话要趁机向皇上倾诉，也只好跟着喊"万岁！"就此告辞。自从那次以后，见深更不愿与大臣单独见面了。而宫中宦官却借此讥笑阁臣们："你们常常抱怨皇上不召见大臣，一旦见了面却只晓得一个劲儿喊'万岁'，何苦呢？"因此讥笑他们是"万岁阁老"。

成化十三年（1477）商辂致仕以后，内阁遂由万安和入阁不久的刘珝和刘吉组成。刘珝和刘吉都曾任东宫侍讲官，是见深的老师。这三位阁臣比较起来，刘珝为人粗疏直爽，好仗义执言。员外郎林俊因弹劾梁芳、僧继晓获罪下狱，刘珝便利用自己与见深的师生关系论救缓解。刘珝一贯看不起万安，"尝斥安负国无耻"。而年纪更轻的刘吉属于地地道道的小人，"多智数，善附会，锐于营私"。为了在仕途步步高升，刘吉不仅竭力迎合皇上和宫廷权贵，还抱万贵妃弟弟万喜的大腿，甚至表示愿辞去礼部尚书及大学士头衔投奔万喜门下。成化二十二年（1486）乡试第一的邹智曾专门议论当时的内阁成员："少师（万）安恃禄怙宠，少保（刘）吉附下罔上，太子少保（尹）直挟诈怀奸，世之小人也！"

成化中后期朝政靡乱，作为首辅的万安难辞其咎。当时京城的人们对万安的评价是："面似千层铁甲，心如九曲黄河。"万安在人前道貌岸然，其实内心极为委琐，精于算计。尤喜委过于人，成化二十二年（1486）尹直入阁，想觐见皇上谢恩陈政，万安当即劝阻道："当年彭时上请召对，召对时与天子一言不合就叩头呼万岁，让人取笑至今。我们有事上奏可通过内官传达，没有不准允的，这比面圣还强。"他把"万岁阁老"的恶名轻易地就归过于死去的彭时，足见其内心的卑鄙恶劣。

刘吉一入阁即与首辅万安臭味相投，排挤打击与他们不是一路的刘珝。其时刘吉一心交结宫廷权贵，抱万喜的大腿，而万安表面道貌岸然，实际事事处处谄媚贵妃和皇帝，以巩固自己的地位。成化中后期，见深沉溺方术宠信李孜省、邓常恩辈，以万安的学识与阅历，明显可见其荒谬。然而从来未见他对皇上有所规谏，反而身居首辅之位，对李孜省之辈的升迁调动大开方便之门。

其实万安与明代有名的宰辅如“三杨”、景泰朝的高谷、天顺朝的吕原以及本朝的李贤、彭时、商辂等大不相同，不仅学识浅陋无法相比，人品也高下立见。万安自发迹以后，骄奢淫逸，佞妾成群，府中小妾竟有与其孙女同岁者。有一个安徽歙县人倪进贤，谄事万安，进献祖传秘方，万安试用后很灵验，便命他应考。那一届正好由万阁老主试，倪进贤得中进士，简授庶吉士，最后当上了御史。

内阁成员分为对立的两派：首辅万安与号称“刘棉花”的刘吉结盟，与朝中南方籍的大臣相党附；刘珝则与吏部尚书尹旻、都御史王越等北方籍大臣抱团，互相争斗不息。

成化十八年（1482），嚣张一时的西厂太监汪直失势，万安、刘吉故意邀刘珝共同弹劾汪直。刘珝与王越、尹旻等北方籍大臣关系密切，便拒绝参与。这时万安暗中指使他的党羽散布谣言，说刘珝是汪直的死党，遂使皇帝见深对他这位老师起了疑心。正在此时，刘珝的儿子刘镃——京城有名的花花公子带着一京师名妓大闹酒楼，言行极为放肆。有好事者作《刘公子曲》，添油加醋，增饰秽语，最后传到宫廷里。事情涉及内阁大臣之子，见深大为光火，立即召见首辅万安问责。老奸巨猾的万安心想这正是扳倒刘珝的好机会，一面假惺惺地为刘珝开脱，说他因国事繁忙，教子不严情有可原。其实他早已指使他人向皇上打了小报告，称“刘珝嗜酒贪财，与某太监认亲，纵子奸宿乐妇，纳王越银，谋与复爵”。他的小报告早已令皇上决定去掉刘珝，《刘公子曲》只是个引子而已。

于是刘珝被迫于当晚递交了因奉养父母双亲请求致仕的奏折。这时大概见深的气已消了许多，他或许也能猜到这里面藏着万安与刘珝由来已久的恩怨与争斗，谁是谁非实在难以确定。于是下令恩准老师刘珝提前致仕，“加恩从厚”，驰驿而归，了却了这桩公案。

成化初年见深登位时，朝中人才济济，内阁先有李贤、陈文、彭时、刘定之，后有大名鼎鼎的商辂。至成化十三年（1477）汪直乱政，商辂被迫致仕后，内阁遂由万安、刘珝、刘吉等把持，后进的彭华、尹直更是无良之辈。

内阁如此，朝中六部与都察院情况也差不多。见深即位时吏部尚书是大名鼎鼎的三朝老臣王翱、户部尚书年富、礼部尚书姚夔、兵部尚书王竑，刑工两部分别为陆瑜、白圭，还有左都御史李秉。这一班叔叔伯伯都是个顶个的狠角色，让年仅十八岁的见深无忧无虑地当甩手皇帝，过了十几年太平日子。

但到成化十三年汪直办西厂后风云骤变，先是兵部尚书项忠被除名编管，汪直死党陈钺先任户部后任兵部尚书，王越由左都御史加兵部尚书并封威宁伯，连上书吹捧汪直的戴缙都篡夺了左都御史之位。还有那个神龙不见首尾的尹旻居吏部尚书之职十三年之久，至成化末年才被罢免。总之自从朝廷被汪直闹得乌烟瘴气鸡犬不宁之后，间有余子俊、林聪、周洪谟等直臣在朝廷勉力支撑，其余大多数高官都是尸位素餐，拿着朝廷的俸禄，终日高谈阔论或是斗鸡走狗，不做正事。以致京都百姓颇为无奈地赠给这班高官们一个雅号——纸糊三阁老，泥塑六尚书。

成化末年天灾频现。二十年（1484）京师地震，其时一心窝在宫中与李孜省、邓常恩等佞幸小人修炼长生不老之术的见深慌了，老天发怒，他只得带领群臣大祀天地于南郊，以求挽回天意。到了秋天，陕西、山西因旱大闹饥荒，人相食。二十一年（1485）春星变，陕西、山西及河南又闹饥荒；泰山多次发生地震。天灾加上人祸，那年冬天蒙古小王子兴兵犯兰州，第二年又犯甘州，指挥姚英等战死。二十三年（1487）朵颜三卫为避鞑靼那孩部入侵大宁金山。

此时的朝廷，见深日与李孜省、邓常恩、花和尚继晓等沉溺于长生不老术，内阁万安、刘吉、彭华等忙于你争我斗，互相倾轧，贿赂公行，朝政之糜烂几至不可收拾的地步。这种局面一直维持到成化二十三年秋天见深驾崩方止。

第三十二章 沉缅方术，李孜省等恃宠乱政

明朝的皇帝为了笼络强悍的西域番邦，对藏传佛教一贯青睐有加。西域来的法王、国师、喇嘛等番僧一直是大明朝廷的座上客。其实这些番僧语言不通，讲经布道谁也听不懂。但自永乐朝起，王室便有向番僧学习秘密法的传统。

所谓秘密法，据《元史》记载："顺帝时丞相哈麻尝阴进西天僧，以运气术媚帝。帝习为之，号演揲儿法。其法亦名双修法，皆房中术也。"

元顺帝是元朝最后一个皇帝。朱元璋派遣大将军徐达率师攻克大都，元顺帝屁滚尿流地率领他的小朝廷逃往漠北。一个苟延残喘的末代皇帝，除了整天研习房中术，与女人淫乐厮混，还能干什么？

凡为帝王者，拥有后宫三千佳丽，不研习一点养身御女的本领恐怕确实应付不过来。据传当时永乐皇帝朱棣宫中，仅朝鲜李朝进贡的高丽美女就有数千，被朱棣立为妃嫔者四人。只是朱棣本人身体不行，四十多岁以后即无生育。以致后来发生高丽贵妃权氏中毒事件，牵连被杀的宦官宫女达二千多人。

藏传佛教喇嘛体格健硕，神通广大，又谙习双修养身之法，自然大受明朝皇室欢迎。成化四年（1468），皇帝见深命太监传旨封番僧扎巴坚参为"万行庄严功德最胜智慧圆明能仁感应显国光教弘妙大悟法王西天至善金刚普济大智佛"。这名番僧的封号竟比明太祖朱元璋的谥号还多十三个字！后又封其徒扎实巴、锁南坚参、端竹也失等为国师，赐诰命。据《明史》称："扎巴坚参等以秘密教得幸，并封法

王。”“服食器用，僭拟王者，出入乘棕舆，卫卒执金吾仗前导，锦衣玉食几近千人。”这支庞大的番僧队伍，不知到底给宫中传授了多少秘法良方，但对京城的喇嘛寺院却是个极大的负担。弘治初年革除传奉官时，被逐出京城的法王、佛子、国师等番僧就多达一千二百多人！这一千二百多喇嘛滞留京城近二十年，不知要耗费多少粮食和国币！何况他们还盘踞各大寺庙，享有各种特权。比如那个叫扎实巴的番僧竟恃宠求赐静海滩地三百多顷（后经言官劾奏由朝廷下诏收回）。

除了番僧、喇嘛，道教在明朝也很受宠。相传建文朝靖难战争中，朱棣率领的燕军在江南打了败仗，道教的真武大帝率兵甲从天而降，朱棣也披发仗剑相应，从而大破南军。朱棣登基后不久即大发国帑派遣重臣督建武当山宫观，从而使这块道家圣地骤然兴旺起来。朱棣还派遣心腹大臣胡濙四处寻找道教的活神仙张三丰。但是受朝廷敕封的道士们也不是什么善茬，建文帝时道教正一道第四十三代天师张宇初被治罪。不过朱棣登基他又翻了身，他死后由其弟张宇清嗣教。传到成化朝的张元吉已经不知是多少代天师了。张元吉的封号是“体玄悟法渊默静虚阐道弘化妙应大真人”，实际却是一个手段残忍、灭绝人性的大恶棍。他横行乡里，强夺良家子女，诈取平民财物。真人府还私设监牢，滥施酷刑，或用沙袋压死、绳索绞死，或捆缚投入深渊。前后有四十多人死在天师府中，其中甚至有一家三口都被害死的。人们畏惧真人府的权势，不敢告官。最后有一张氏族人张留涣，因得罪了张元吉，自忖必死于其手，遂铤而走险潜入京都，击登闻鼓告御状，直接惊动了皇上。

由于此案牵涉到四十多条人命，尤其张元吉“杀一家三口”按《大明律》犯了凌迟之罪。见深命都察院、刑部派员前往江西，会同巡按御史及地方法司联合调查。调查结果，张留涣所举劾的全部属实，张元吉被解送北京，经三法司及九卿廷审，张元吉对所犯罪行供认不讳。

当时外廷文官对见深崇僧佞道早已不满，便想趁此事发难，对僧道进行一次毁灭性打击。刑部尚书陆瑜等上书道：

张氏远祖道陵，以修炼为术，自称天师，主张玄教。其言无稽，天岂有师？谬崇其号。胡元入主中国，始有封爵，令视三品。我朝革去天师之号，止称真人，延至于今。子孙不肖，往往争袭，致成仇隙。今元吉所犯，律当凌迟处死，其妻子当流，其党有当斩绞者。宜绝其荫封，以扶植正教。乃籍其族而徭役之，无令印行符录以诬惑斯世。并毁其府第，革其所管勾都目诸人。

但是见深却不想将张元吉处死，他不是怕得罪真人府，而是怕得罪天神上帝。按照明朝法律，死刑有立决和监候两种。见深将此案批了监候。可是这一候就候了两三年，当刑部再次上疏，说张元吉“法当凌迟处死，决不待时”，见深却法外开恩，下诏将张元吉免死，杖一百，发肃州充军，家属随往。

到了成化九年（1473），张元吉的儿子张玄庆上疏称：张元吉母老子幼，乞求放免原籍。慈悲为怀的见深又准了。科道官们不服，上疏争辩道：“若以元吉母老子幼可悯，则张元吉所杀四十余人中岂无母老子幼者？”见深只得又退让一步，批示道：“元吉事既已处置，待其母终，仍令戍边。”对张元吉这样一个杀人不眨眼的恶魔，皇帝如此心慈手软，岂不是拿祖宗制定的《大明律》开玩笑！

坐稳了皇位的见深既崇僧又佞道，同样讲究养生之术，奢望长寿，在皇位上待得越久越好。明朝出现过多位异人，比如道教始祖张三丰，明初他已一百多岁，太祖朱元璋和成祖朱棣都派人寻访而不得见。又如道士冷谦，年纪与张三丰相仿，洪武时曾出仕，后云游武夷山中，仙迹渺然。至成化朝又出了一个异人王士能，见深即位时他刚好一百岁。据说他从不举火，每天只吃几粒枣子、数根青菜度日。有个济宁卫指挥使王宣去访他，发现他正是自己叔祖，少年时出家不知所终。王士能由此出了名。成化十九年（1483）见深命山东地方官将王士能安车载入京城。此时他已一百二十岁了。皇上召见当然是想探询他长寿的秘诀。这位鹤发童颜的王士能很淡定地回答皇上：“无他术也，但平生不茹荤、不娶妻、不识数、不争气耳。”他这四条长寿秘诀但凡普通人都难做到，何况坐拥天下的皇帝？见深只得赐给他一些银子，遣送回济宁。倒是朝中吏部主事杨循吉很想一试，辞官回家身体力行，但到底是做过官的人，不食荤不近女色勉强可以做到，想不生一点闲气就难了，可杨循吉也活到了八十九岁。

崇僧佞道对于国力的消耗是巨大的，也严重影响了社会风气。然而危害最烈和时间最久的是李孜省、僧继晓等人的方术邪教。从成化十五年（1479）起，直到成化二十三年（1487）见深驾崩。他们俩以及邓常恩、赵玉芝、凌中、顾玒等人以各种各样的方术蛊惑见深，把宫廷闹得乌烟瘴气。并且这帮术士又与宫中宦官相勾结，以巩固自己的地位，还不择手段地打击迫害揭露他们的正直官员，屡兴冤案。

先说花和尚僧继晓。他是湖北江夏人，原在宗室楚王府以传经布道为幌子，骗吃骗喝，甚至还骗睡。奸淫王府小妾事发后，他溜之大吉，逃往京师，钻山打洞结识了大太监梁芳。他把自己的本事吹得天花乱坠，梁芳为他引见皇上，史称："继晓屡进邪说，有人所不得闻者，此盖房中淫亵之术也。"大概继晓所进房中术甚为新奇有趣，惹得皇帝见深大加宠幸，赏赐不断。继晓本是一个大淫棍，他深知皇上御女过多气血亏虚，便教他如何吞云吐气，修炼内功。经过一段时间修炼，见深确实感到自己食欲大增，精神矍铄，明显感觉自己御女的能耐大大增长。于是对花和尚继晓宠信有加，当即于成化十五年（1479）十月命太监传奉封僧继晓为僧录司左觉义，让他当上了朝廷僧道管理官员。还派他去湖北九峰寺视察，令沿途官府提供官船、驿马、丁夫和家童，继晓大大地风光了一番。

僧继晓成了皇帝的新欢至爱，以致朝廷为他做了三件出格的事。第一件是下令为他出身娼家的母亲旌表。第二件事是继晓在宫中讲佛时，每有漂亮宫女经过，他一双色眼就盯住不放。皇上为了取悦师父，索性慷慨地将他看中的宫女恩赐给他，供其淫乐，先后共达十余名。第三件事是继晓想在京城给自己弄一个根据地，便拼命游说见深在北京西市建一座大永昌寺。当时京城寺院众多，且建永昌寺需费国帑数十万，皇上有些犹豫，但终被继晓说服。继晓立即在北京西市行动，强拆民居数十户，弄得天怒人怨，掀起一场风波。

此事引动言官干预。刑部员外郎林俊上疏道："太监梁芳招权黩货，贡献淫巧，引用妖僧继晓，以左道惑上，建永昌寺，倾竭府库，贻毒生灵。请诛二人以谢天下。”

谁知这一下触怒了皇上，竟下令逮捕林俊，将其打入锦衣卫监狱。

后军都督府经历张黻钦佩林俊敢于直言，立即上疏论救。张黻虽是文职人员，但他身处都督府，犯了文武勾连的大忌。见深连他的奏折都没读完即勃然大怒，下令逮捕张黻，还说要将林张二人都杀了。幸亏司礼监掌印太监怀恩反复陈说：“杀（林）俊将失百官心，将失天下心。”他伏在地上不肯起来传旨。见深怒极，抓起砚台砸过去，又抬脚踢翻了身边的茶几。怀恩脱下官帽伏地痛哭道：“奴才不能服事爷爷矣！”见深怒气稍敛，喝令怀恩滚出去，不再传旨杀林俊、张黻。

怀恩出宫，直奔东华门，厉声警告镇抚司官员：“你等附迎梁芳，想致死林俊。如果林俊死了，你们也别想活！”

后来花和尚继晓仍然挑唆皇上降旨，将林俊、张黻二人各杖三十，谪贬林俊为云南姚州判官，张黻为云南师宗知州，限期出京。

《明史·佞幸传》所载有明一代著名的佞幸，若纪纲、门达、逯杲、江彬等均以武夫、边将得幸，昵居肘腋，杀戮忠良；而后来陆炳、邵元节、陶仲文之流则以锦衣、方士进。唯独一个例外则是成化朝的李孜省，他出身地方官吏，以布政司吏侍选京职，赃事发，匿不归。窥得当时皇帝酷好方术，遂舍弃仕进正途，习进方术以媚帝。自从成化十五年（1479）交结宦官梁芳、钱义，孜省以“五雷法”进献宫廷，获得皇上青睐。“五雷法”全称五雷运气法，讲究男女房事的运气摄气。大概他敬献的“五雷法”对皇上大有裨益，当时正值传奉赐官高潮期，皇帝见深还没弄清李孜省的来历，就急急忙忙地封了他一个太常寺丞（正六品）的官位。哪知传升李孜省的圣旨刚下到吏部，就遭到监察御史杨守随和吏科给事中李俊等的劾奏。他们一致认为，李孜省一地方赃吏，事发逃匿来京，于例不宜出入坛庙，供奉祭祀，致污天地祖宗。乞求皇上收回成命，明正其罪，或罢归田里。

言官们义正词严，狡猾的李孜省却巧舌如簧地为自己辩护，对自己在地方上的赃迹一概否认。那些事一时也查不清楚，可他每天向皇上和贵妃进献的方术却让他们舍不得放他走。既然言官们说李孜省不宜去太常寺参与祭祀，让他挪个地方，去上林苑管管花草树木总可以吧？

于是皇上颁旨改任李孜省为上林苑左副监，依然是从六品的官衔。其实李孜省没去上林苑上过一天班，仍是每天待在宫中，用他的符箓和五雷大法为皇上和妃嫔们效力，获得他们的宠信和爱护。李孜省长相不差，温柔善媚，甚得皇上和贵妃青睐。见深先后赐给他金冠、法剑及两颗印章，许其密封奏事，让他有机会参与朝政。

李孜省得到皇帝的信任，自然想有所作为。当时朝政糜烂，“纸糊三阁老，泥塑六尚书”当政，朝臣中南北两派你争我斗，撕扯不休。李孜省出身于地方官吏，最善拉帮结派。一天，他在宫中为皇上和妃嫔们表演扶乩术。在众目睽睽下，一根悬空的法杖在平整的沙盘上徐徐移动，竟然凭空画出了“江西人赤心报国”几个大字。一下子把皇上和贵妃全都镇住了！有明一代，江西人在朝廷中常占据显要的位置，太祖起兵诸将官多是安徽人，至永乐朝，内阁近臣解缙、胡广、金幼孜、胡俨等均是江西人。后江西吉水的周述、周孟简兄弟同榜进士并入阁传为佳话。至本朝，自商辂致仕后，万安、刘珝各党附南北籍廷臣，势同水火。刘珝致仕后，彭华、尹直相继入阁，连同五府六部堂上官，实际此时朝廷中南方籍官僚已占绝对优势。李孜省不便明说，便借扶乩术以“江西人赤心报国”代之。他这样既取悦了万安、刘吉、彭华等阁臣和重用他们的皇帝，也为自己今后干政和摄取权力铺路。

成化二十一年（1485）正月发生的星变，迫使见深惶恐地下达求言诏书。这是一个难得的机会，使朝廷官员对皇帝迷信方术、传奉授官再一次发起猛烈的抨击。

这一次领头上书的科道言官是李俊和汪奎。见深一见李俊的名字就头痛，成化十五年（1479）传升李孜省为太常寺丞时，挑头闹事的便是御史杨守随和李俊。后来见深找了一个机会，将李俊和另外五十六名言官打了一顿板子，杀了杀言官的气焰。没想到这次李俊又冒了出来，他们在奏折中说：

夫爵以待有德，赏以待有功也。今或无故而爵一庸流，或无功赏一贵倖。方士献炼服之书，伶人奏蔓延之曲，椽吏胥徒皆叨官禄，俳优僧道亦玷班资。一岁而传奉或至千人，数岁而数千人矣。数千人之禄，岁以数十万计。是皆国之命脉，民之脂膏，可以养贤士，可以活饥民，诚可惜也。方士道流如左通政李孜省、太常卿邓常恩辈，尤为诞妄，此招天变之甚者。乞尽罢传奉之官，毋令污玷朝列，则爵赏不滥而天意可回矣。

除了科道官，六部尚书也对涉及各部管辖范围内的传奉官进行抨击。比如礼部尚书周洪谟论及京城僧道，各大寺番僧一千多人，法王、国师、禅师等数十百人，耗费钱粮数目巨大。吏部尚书尹旻等在奏疏中说，在京文职官员额外传升及授写经儒士匠官等达二千多人，应予裁撤。

大家都造起反来，见深头都大了。因为星变，自己在宗庙社稷面前引咎自责，抬不起头，只得对官员们的抨击做出妥协，降旨："李孜省降上林左监丞，邓常恩降太常寺寺丞，僧继晓革去国师为民，令巡按御史追取护敕诰命。"花和尚继晓被贬，因他而被放逐云南的刑部员外郎林俊、前军都督府张黻也得以复职。

吏部和兵部也抓住这个时机，对过去见深滥封的传奉官进行裁革。吏部提出裁撤传奉官五百一十四人，见深仍法外开恩，点名留下六十七人，只作降职处理，其中就有李孜省、赵玉芝等。

星变不是经常有的，过不了几个月，蓄意取媚皇帝的太常寺少卿康永韶上奏道："今春星变，当有大灾。赖陕西等处，民多饥死，足应此变。此诚国家之福，无他虑矣！"意思是陕西死了几十万饥民，已经应了星变，今后不必担忧了。康永韶的奏折真是一字值千金，他立马被皇帝传升为礼部右侍郎。

既然星变无忧，皇帝的决定也可反悔。当年十月，李孜省官复原职，而且更神气了，又由通政使升为礼部右侍郎。这时他联合万安等排除异己，构罪吏部尚书尹旻及其子侍讲尹龙，令其致仕。大批起用江西籍官员：副都御史刘敷、礼部郎中黄景、南京兵部侍郎尹直、工部尚书李裕、礼部侍郎谢一夔皆因此而进。李孜省狡黠过人，一些有名望的直臣如学士杨守陈、倪岳，少詹事刘健，都御史余子俊、李敏等名臣，他也都密封推荐。但他对与自己有过节的人排挤打击尤烈，兵部尚书马文升、顺天府丞杨守随、江西巡抚闵珪、洗马罗璟等皆因各种罪名被撤职。朝野为之侧目。

第三十三章 太子出阁读书，易储风波

成化十一年（1475）夏天，在宫外安乐堂秘密生养皇子祐樘的纪妃不幸薨逝，小祐樘幸赖祖母周太后保护，在仁寿宫慢慢长大。至十四年（1478）春天，年已八岁的皇太子祐樘奉命出阁读书。见深对儿子的进学倒还重视，礼聘朝中鸿儒刘健、谢迁、李东阳、杨守陈等为东宫讲官，莅文华殿为太子讲读经史和治国之道。

小祐樘秘密出生在安乐堂，从小与宫外的孩子玩在一起，识不了多少字。但他继承了父皇和母妃的聪慧睿智。祖母谆谆告诫道："孙儿呀，此去进学，你要为你故去的母妃争气，为祖母争气，发奋读书，敬重师父，让他们把治国的本领毫无保留地全教给你。将来做一个受百姓爱戴的太平天子，不要像你父皇一样耽于游乐，受人蒙蔽……"老太后絮絮叨叨，发泄着对儿子见深和他的宠妃、佞幸的不满。小祐樘似懂非懂地听着祖母的教诲。此刻他那幼小的心灵中，既怀着对未来的憧憬，又因没有母妃在身边感到恐惧和无助。在那神秘的偌大的东宫，听祖母说当年父皇住在那里发生了许多故事，而迎接自己的又将是什么呢？

祐樘进学时正是成化朝的最后十年，当时西厂汪直一党肆虐，贤相商辂被迫致仕，汪直党羽陈钺、王越等窃据户部、兵部、左都御史等要职，项忠、马文升等忠良被除名。内阁则一直为万安、刘吉、彭华等窃据。见深沉溺方术，重用李孜省、邓恩常、僧继晓等佞幸，僧道喇嘛横行，传奉官充斥畿内。朝中有识之士尽皆掩面叹息。

在这样的形势下，被礼聘为太子师傅的刘健、谢迁、李东阳、杨守陈深知他们的任务是为大明帝国的未来培养合格的储君。自受聘伊始，他们就达成共识：作为帝师，他们唯一的责任就是以孔孟之道为圭臬教导学生，使其将来具有治国的本领。因此他们必须摒弃一切奔竞和结党营私等士大夫耻于所为的行径。绝不参与朝中各派的权势争斗。好在东宫尚是一块未开发的净土，朝中那些争权夺利的蠹虫还无暇顾及这里，让他们可以循序渐进、不受干扰地给年幼的太子从容施教。

眼看年幼的太子在东宫师傅们的精心培育下日渐长大，不但学识猛进，连体格也日渐健壮，恢恢然有了人君之度。祖母老太后看在眼里，喜在心里，屡屡特意降旨御膳房按经筵标准准备精美馔食，款待师傅们。好在御膳房就在文华殿后面不远处。劳累了半天的师傅们常得酒足饭饱，望阙谢恩而归。

眼看太子殿下的经筵进学卓有成效，大明王朝有可能在经历成化后期的糜乱之后迎来一位中兴之主。谁知变生肘腋之间，在宫廷中一些别有用心的人策动下，凭空掀起一股觊觎太子储位的逆流，且来势汹汹，大有黑云压城城欲摧之势，祐樘太子之位岌岌可危！

缘由是一天皇上偶而视察内藏库，见库内历朝所贮七窖金银所剩无几，窖藏中只剩下零零星星的碎银。他立刻把管库的大太监梁芳和韦兴找来申斥道："靡费帑藏，实由你二人。今日给朕说清缘由！"韦兴见皇上发怒，他心里有鬼，不敢应对。梁芳硬着头皮申辩道："非是奴才靡费，这些年建显灵宫及诸祠庙，都是为陛下祈万年福花费的啊！"

成化中后期，见深佞信和沉溺佛道，不顾国家财力，大肆营建修缮宫观。成化十六年（1480）时北京城里三清、通明、景德、普济、宝藏、总制、靖应、崇真、祐圣、玄应、文昌等十一座道观均已修葺一新，倾又下令整修北京朝天宫。当时五军都督府在京备操官兵仅三万九千人，皇上下令调一万二千人去修朝天宫。兵部谏奏道："西北虏寇伺隙，黔贵苗獠未息，居安不忘危，京营应以练兵为紧要任务。"但见深不管不顾，还是强令兵部抽调三大营及锦衣卫共五千五百人去修朝天宫。他把一个道观看得比京城的防卫还重要。

从成化十六年（1480）起，皇帝见深又下令整修纪念三国时二徐真君的洪恩灵济寺。这一修就整整修了六年，一直到成化二十二年

（1486）才完工。除了役使数千名京营官兵服役，大概内藏库那七窖银子也是这一时期花光的。当然，梁芳、韦兴等自然从工程中捞到不少好处，后来抄他们的家，黄白之物累以千万计。

见深拿梁芳、韦兴这两个亲信太监没办法，七窖银子花光了，见深赌气地说了一句够有水平的话："后之人将与汝计矣！"意思就是：现在我不与你们计较，将来一定会有人找你们算账！

梁芳与韦兴私下商议，皇上现在不处罚我们，是要继任之君找我们秋后算账。听说太子祐樘既不信神又不信佛，他若继位会有我们好果子吃吗？

要说明朝的宦官胆大包天，与东汉时那些屡屡废立皇帝的中常侍们如出一辙。前有王振挟持英宗北征几致王朝倾覆，后有史上最牛的太监九千岁魏忠贤。梁芳、韦兴虽然还没有他们那样的道行，但要起阴谋诡计来也是满肚子的坏水。修建道观花费掉历朝积存的金银，他们把责任推到皇帝身上。但是后继之君细查起来，他俩从中的贪污盘剥行径，那些监察御史们一查一个准。明朝对犯罪宦官的惩罚素来严厉，动不动就是凌迟处死。一想起这个后果就令人毛骨悚然！

梁芳、韦兴深知自己罪孽深重，一旦身体不好的皇帝这棵大树轰然倒下，宫内外的仇敌定然饶不过他们俩。现任太子祐樘虽禀性宽仁，但他能饶过一贯谄媚万贵妃迫害母妃致死的太监恶珰吗？想想那后果都可怕！于今之计，唯有趁着皇上还在世，把那个可能找他们算账的储君撤换掉，另立一个皇子做继位的储君。这样，他俩凭借拥立之功，不仅过去的一切罪行均可抹去，还可继续在皇宫作威作福。

另立储君之事非同小可，他们首先去咨询和商量的人就是权倾后宫的万贵妃。万贵妃开始时想要控制太子祐樘，但小祐樘被祖母周太后保护起来，她不得染指，且纪妃之死她有脱不了的干系，母妃之死始终在太子心中是一个疙瘩。将来太子一旦登基，会不会找她算账还不一定呢？

因此当梁芳、韦兴去找万贵妃商量易储之事，万贵妃表面装作惊讶，实际内心已经为这一主意击节叫好。况且此事不由她发动，自己却可坐收渔翁之利，何乐而不为呢？

至于废黜皇太子祐樘后，改立哪位皇子好呢？万贵妃心中自有盘算。那年是成化二十一年（1485），祐樘已十五岁。他后面的皇子中年纪最大的宸妃邵氏生的四皇子祐杬，成化十二年出生，那时已九岁多，聪明伶俐，很受父皇宠爱。万贵妃自己不能生育后在宫中拉一派打一派，认祐杬为义子。一旦捧祐杬上位，将来有望与邵宸妃并尊为太后。所以此刻万贵妃力捧祐杬为太子，有她自己的盘算。故后世有人评论说："此举令昭德（指万贵妃）无子而有子；兴王（指后封兴献王的祐杬）无国而有国。"

不过，易储从来不是一件容易的事。当年成化帝见深哀叹自己鬓生白发，老而无子，好不容易从宫外安乐堂捞回一个皇子来，不管不顾地带到朝堂上，径封为太子。现在虽然龙子蕃息颇多，但祐樘仍然是他最看重的。不为别的，就为忍辱负重艰难抚育皇儿成人却又凄惨故去的纪妃。他觉得愧对于她！况且皇儿祐樘在文华殿跟着老师们安安静静地读书，招谁惹谁了呢？见深自己是经历过易储的惨痛经历的。当年父皇身陷虏北，皇叔郕王继位为景泰帝。待皇位坐稳他便撕毁当年与孙太后订立的君子协定，废皇太子见深为沂王，更立自己的儿子见济为皇太子，让年幼的见深在沂王府度过漫长的艰难岁月。他实在不愿让遭受丧母之痛的祐樘再经历自己那样的屈辱。

梁芳、韦兴见皇上在易储问题上心存犹豫，便又使了一着狠招：他们重金买通活神仙李孜省在宫中复试扶乩大法，那沙盘中居然陆续出现"帝星在南方"字样。当时邵宸妃生的皇四子祐杬封兴王，准备就藩湖北安陆。"帝星在南方"岂不是预示他将有帝王之份吗？

当时见深迷信"活神仙"李孜省已达极点，只要他发话或有暗示，见深没有不信的。明明在宫廷众目睽睽之下沙盘所示天意所归，虔诚的皇上见深哪能不信？他哪会想到自己崇信不疑的活神仙李孜省居然会被梁芳、韦兴的黄白之物买通，与这些奴才一起作弊来诓如此信任他的皇帝？此时宫廷内部皇帝见深已被主张易储的势力包围，只有一个老而弥坚的司礼太监怀恩坚决反对易储。见深屡屡在他面前试探，他总是长跪不起泣号道："陛下欲易太子请先杀了老奴！"见深拿他没办法，只得叹口气道："你去凤阳看守祖陵吧！"

怀恩被放逐，看来没有人能阻遏易储的阴谋顺利实现了。

易储的天平开始倒向宸妃一边。偏偏在这时，皇太子祐樘这边又出了一点事：太子的老师之一侍讲学士杨守陈奉命编《文华大训》，上面的意思是凡事涉宦官的均不录入。杨守陈却不顾这些禁忌，历朝诸宦官的善恶得失尽皆录入《大训》，引起宫廷一些有权势的宦官抗议。于是这一向东宫的帝师们成了人们攻击议论的靶子。这原不是刘健、谢迁、李东阳所愿，他们只想安安静静地教太子读书，“致君尧舜上，遂使风俗淳”。卷入无休无止的争论不是什么好事，尤其是涉及宫廷宦官的事更是说不清道不明，以少惹为妙。

阴霾一步步逼近，在帝师们尚未察觉时，祸难似已不期而至。就在这危急时刻，钦天监官员向皇上紧急禀奏：山东泰山地震！

成化二十一年（1485）二月下旬，山东首府泰安发生强烈地震，毁房屋百十间。过了大半个月，地震又来了一次，这次声动如雷，人们隐约看到巍巍泰山竟在雾霭中晃动不止。泰山不稳预示国运不稳，依例山东、泰安的布政使知府等地方官都要引咎辞职。四天以后又连发了两次强震，这次连泰山南天门都有毁损，后来发现始皇帝登临泰山纪功碑都已倾倒坍陷，经人抢救才扶正易地重新竖立。

泰山历来是五岳之首，华夏龙脉所在地。泰山震灾必有所应。这时轮到钦天监官员们紧张起来了，他们日夜观察星象，筑坛祈祷。此刻从皇帝到朝廷大臣们都期待着他们对此次泰山强烈地震对应着什么原由做出解释。

钦天监的官员们白天忙于收集全国各地纷至沓来的震情报告，夜晚聚在星空下仔细观察星宿变化。终于在几天后做出结论向皇上报告：此次泰山地震应在东宫。意思是东宫不稳上干天怒，导致泰山动摇，灾情累现。

极端迷信天象的见深害怕了，没想到后宫中稍稍议论一下易立太子之事，竟然惹得老天爷发这么大的脾气。还是打住，到此为止吧！想当年自己从安乐堂把年仅六岁的小祐樘带到朝堂里，对他寄予多大的厚望呀！现在自己已是风中的残烛，不能再瞎折腾了。就安心把这个国家交付给他，自己百年之后，和列祖列宗一起庇荫他带领臣民振兴我大明王朝的基业，做一个中兴的令主吧！

第三十四章 『万侍长去了，我亦将去矣！』

见深在得到钦天监官员的奏报后，立即心存忏悔：自己不该耳根软偏信谗言和宸妃等的枕边语，忘了国本大计而动了易储的念头，不仅得罪祖宗，也得罪了天庭，招致震灾连连。幸亏钦天监官员谏奏得力，令皇上幡然醒悟，马上下令停止了易储的一切运作。先是将易储的始作俑者梁芳、韦兴二珰找来骂了一顿，并罚俸三个月。继而见深驾幸文华殿，安抚诸位老师，命他们如期举行经筵讲学。为了检查太子的学业，见深还亲自命题让祐樘作一篇策论。允许老师们做题义上的解析与指导。结果祐樘在师傅们的提示下，稍加思索便在一炷香未燃尽时提笔挥就，见深阅后甚为满意，当即下令赏赐各位老师金币彩钱，并传旨御膳房赐宴犒赏老师们。

易储的图谋受到遏止，最受打击的自然是始作俑者梁芳、韦兴。他们先是靡费耗尽库银，现又犯下动摇国本的重罪，惶惶不可终日。其次是身居安喜宫的万贵妃。她原以为借助邵宸妃的枕边风，以及自己对皇上的影响力，对付东宫那个乳臭未干又没有母妃庇护的太子，应该是稳操胜券的事。若能如愿以偿，易立义子祐杬为太子，将来自己有望与邵宸妃同尊为皇太后，附葬茂陵。与自己心爱的男人生同床死同穴，方不负自己一生所望啊！奈何世事不如人愿。这一年万贵妃已是五十八岁的高龄，虚岁已近六旬，一头枯槁的白发任她怎样掩饰也无法遮掩岁月的沧桑。她日夜思念的皇帝见深也很少到安喜宫来了。近日由于太子祐樘储位的纠葛，见深为了躲避贵妃的纠缠，借口处理朝堂里诸多棘手的政事，很少在后宫露面，明显有意疏远她。这使万贵妃愈感伤心，她的脾气也越来越暴烈，动不动为一点小事责罚和动手殴打服侍她的宫女和奴婢。

当宫内盛传梁、韦二人遭受处罚，皇上驾临文华殿，重新确立太子祐樘的储位时，身处寂寥的安喜宫，昔日的繁华和恩宠已不再，万贵妃心中的苦涩可想而知。

成化二十三年（1487）正月初十，天气阴沉晦暗。见深率领文武大臣去正阳门外的大祀殿祭拜天地；第二天，举行庆成宴大宴群臣及天下朝觐官员和四夷贡使。皇帝的日程安排得很紧凑，可是就在这天，宫中出了大事！阴沉晦暗的天气使安喜宫充斥着压抑的气氛。万贵妃起床后便命宫女服侍梳妆，梳妆完毕，她发现灰白的头发掉脱了一大绺，心里很是不快。偏偏服侍她梳妆的宫女没有眼力，从水里捞起那一绺白发大呼小叫道："娘娘您怎么掉了这么多头发啊？这多难看！"万贵妃听她这么一咋呼，扬手就是一个大巴掌扇过去。因为用力过大，身子也一个趔趄歪倒下去。幸亏身边服侍的宫女拥上去一把扶住。只是扶她坐好后一看，贵妃娘娘已嘴角歪斜，口冒泡沫，因为怒极痰涌，堵住了喉咙，她已经说不出话了。

安喜宫值事太监闻讯赶来，见贵妃面色不对，伸手试了试，已是出气多，进气少了，情知大事不好，连忙吩咐宫女将贵妃娘娘抬至凤榻安顿，遣腿快的小太监飞至太医院传唤御医。

医正沈荃闻知贵妃急恙，连忙亲率众医官飞速赶至安喜宫。等走到贵妃榻前一看，立刻感到大事不好！贵妃娘娘已经几乎气息全无，仅喉间还有轻微的悸动。沈荃用手指轻轻翻开贵妃的眼睑察看一下，旋即勉强将其合拢。他站起来小声道："贵妃娘娘怕是不行了！请公公速速奏报皇上。"还没等太监跑出大殿，贵妃就连喉间的悸动也没有了。

见深经过两天紧张的祀天活动和庆成宴，这天回到乾清宫已经很疲惫了。他在太监宫女们的服侍下刚刚落座，准备好好休息一下。忽见安喜宫首领太监韦兴一头闯了进来，跪倒在地禀奏道："奴才禀奏万岁，大事不好！贵妃娘娘不幸薨逝了！"

见深猛然一惊，问了一句："你说什么？"

太监把脑袋往地上直磕，再次禀奏道："贵妃娘娘……薨逝了！"

见深全身颤了一颤，嘴唇翕动，老半天才慢悠悠地吐出一句话来："万侍长去了，我亦将去矣！"

自此，皇帝一蹶不振。乾清宫太监们只得秉承圣旨传话：自即日起皇上辍朝七日，以示哀悼。并颁旨赐贵妃万氏谥号为"恭肃端慎荣靖皇贵妃"，赐葬天寿山西南。贵妃陵园占地达万顷。

见深很久都未能从这次打击中恢复过来。七天后，他虽然仍坚持出席早朝，接受文武百官的礼拜，但在朝堂上更是一语不发，对百官所奏只是点头或沉默，除此以外，便像是一尊无血无肉的塑像。到了成化末年，"纸糊三阁老，泥塑六尚书"们更是浑浑噩噩、尸位素餐，朝政也日益萎靡涣散。很多官员甚至索性任意缺席不来上朝。每天早朝如期赴朝的官员不到五成，大殿外空空如也，连值侍的禁军都无精打采，稀稀落落，不成体统。

见深感到自己的身体越来越弱，虽有亲信李孜省、邓常恩等施展各种大法为皇上缓解精神和肉体的痛苦，甚至敬献金丹秘药为皇上"延年益寿"。可是见深自身的感觉越来越差，经常气喘急促，且越来越不易缓解。内官们只有每天进献参汤秘药为皇上提神敛气。虽然明知这不是治本的办法，但也无可奈何。

见深知道自己已时日无多，他汲取了自己在为父皇守丧期间不得不举行大婚的教训，命有关部门立即为皇太子祐樘选妃。这年祐樘年满十七岁，与见深即位时年纪相同。经认真遴选，最终选定张氏。成化二十三年（1487）二月，见深册封太学诸生张峦之女张氏为太子妃，并进张峦为鸿胪寺卿。随后朝廷为皇太子举行了盛大的婚礼，迎娶太子妃入主东宫。

办完这件大事后，见深为了感谢生母周太后多年来抚育太子祐樘和她老人家对自己的养育之恩，他在成化四月母后生辰这一天，隆重地在奉天殿举行盛大庆典，给母亲周太后上"圣慈仁寿皇太后"尊号，此举对素来争强好胜的老太后是个不小的安慰与荣耀。

由于自己专宠万贵妃，见深本来对自己的子嗣很悲观，登基六七年后方从安乐堂捞回一个皇子，还提心吊胆怕他遭遇不幸。但后来万贵妃年纪大了，松弛了戒备，自从成化十二年（1476）邵宸妃诞下皇四子祐杬后，一个个皇子公主陆续出生。成化十四年（1477）邵宸妃又产下皇五子祐棆。接着张德嫔在成化十五年（1478）正月和十二月连生两个皇子：皇六子祐槟和皇七子祐楎。两年后邵宸妃再接再厉，又产下皇八子祐枟。同年十一月，姚安妃也诞下皇九子祐楮。虽然王敬妃生皇十子未名而殇，但后来张德嫔生的皇十一子祐榰、杨恭妃生的皇十二子祐橓和潘端妃生的皇十三子祐枢等都平安长大。这样，到成化末年，他膝下存活的皇子竟有十二位之多，还有仁和、永康、德清、长泰、仙游五位公主。

成化帝朱见深子嗣之多赛过他的父皇英宗朱祁镇的九位，也超越曾祖父仁宗朱高炽的十位，不过仍难望太祖高皇帝的项背。他的这位老祖宗在位三十一年，享寿七十岁，一生拥有二十六位皇子、十七位公主！不过见深早期耽于宠溺万贵妃，至其老去方移宠于宫中其他嫔妃，其生育效率之高令人咋舌！难怪成化一朝，见深始终沉溺于李孜省、邓常恩、继晓辈的淫邪方术，并保护这些蠹虫不受惩处，直至新皇登基改朝换代为止。

易储风波之后，皇太子祐樘地位日趋稳固。但他日渐长大的弟弟们对储位始终是个威胁，见深需对他们做好安置。按照祖制，见深于成化二十三年（1487）七月颁诏，册封十一岁的皇四子朱祐杬为兴王，并为他在湖北安陆督建王府。同时封皇五子朱祐棆为岐王；六皇子朱祐槟为益王；七皇子朱祐楎为衡王；八皇子朱祐枟为雍王。其余几个皇子朱祐楮、朱祐榰、朱祐橓、朱祐枢等则因为年龄太小，有的还在哺乳期，只能留待他们成年后再加册封。

安排好下一代，见深还要好好酬谢后宫众多曾给他带来快乐的妃嫔们。她们有的为他生儿育女，有的将豆蔻年华全部献给了他，因而理应得到皇上慷慨的回报。七月二十七日，皇帝见深隆重颁诏：进封宸妃邵氏为贵妃；封同样生了三个皇子的张氏为德妃；郭氏为惠妃，章氏为丽妃，姚氏为安妃，王氏为敬妃，唐氏为荣妃，杨氏为恭妃，潘氏为端妃，岳氏为静妃。并为受封的十位嫔妃颁赐皇上亲撰的表彰册文。比如给贵妃邵氏的册文评语为“禀性柔嘉，因心和顺。点契宫闱之教，明征图史之言”，评价极高。

做完这些大事，见深感到安心了许多。可是这时他的身体已经虚弱到了极点。大概他极为亲信的李孜省、邓常恩等的五雷大法等方术玩久了逐渐失去了效应。皇帝的身体一天天垮下去。他们只有四处搜寻金丹秘方丸药进献给皇上服用。哪知这些丸药虽能暂时帮皇上提神固精，却无形之间烧坏了肠胃。八月上旬，见深开始不间断地腹泻，无法上朝。

八月十三日，见深发了一道谕旨：“朕偶患泄泻虽止，气息尚弱，欲调理数日，暂免视朝。其日行政务，并谢恩见辞者，皆具奏以闻。”但过了三四天，情况仍未见好转，见深又发了道谕旨，说：“朕疾渐平息，须再调理数日，命皇太子暂视朝于文华殿。”

命皇太子视朝于文华殿，代为接见文武百官，实际上已是政权交接的开始。为了安慰病中的皇上，内阁大学士万安、刘吉、尹直上了一道礼节性的奏折：“伏惟皇上临御二十四年，未尝一日不视朝，忧勤万几，过古帝王远矣！偶婴微恙，今已浃旬，虽渐平复，尤宜加谨调摄。昨日百官钦奉明命，暂朝皇太子于文华殿，中外人心，靡不宁妥。皇上正宜少宽宸虑，颐养精神，勉进药食，早致痊愈。”见深为了宽慰群臣，令宦官传话：“朕已服药，疾已渐减。”

实际上，此时皇上的病已经“大渐”，无论紧急招进宫中的御医还是各大经院的喇嘛法师均无回天之术。见深躺在御榻上喘息不已，他召来皇太子祐樘，让他跪在床前受命，早即帝位，统御天下；并断断续续地告诫他要“敬天、法祖、勤政、爱民”。这八个字的遗命为见深赢得了极大的声誉。也许他在弥留之际，意识到自己敬天、法祖、勤政、爱民做得还不够好，有负万民的期望。这是他发自内心的忏悔和对后续之君真诚的期望。

八月二十二日，临御二十四年的成化皇帝朱见深，撒下祖宗留下的基业，告别了生养他的母后和后宫众多妃嫔、子女，以及满朝文武大臣，溘然长逝，追随已在黄泉路上等他多时的万侍长而去。

第三十五章 太子登基，除佞任贤，中兴伊始

见深重病期间，即命皇太子祐樘莅文华殿接见文武大臣，处理国家大事。八月二十三日皇上驾崩以后，照例由文武百官军民耆老联名上书，劝皇太子节哀，以国家社稷为重，遵大行皇帝遗嘱继承大统，统御臣民度过艰难时节。成化二十三年（1487）九月初六，年满十七岁的太子祐樘顺应民意，仰遵先皇遗命即皇帝位。以第二年为弘治元年，并颁诏大赦天下。由此，立国已达一百二十年的大明王朝进入她的中年期。从成化晚期的靡乱政治中挣脱出来，开创一个令人期望的中兴局面，是人们期望于年轻的弘治皇帝和他的辅臣们的。

成化朝中晚期最为人诟病的是皇帝见深溺爱宠妃、崇信方术、传奉授官，以及以万安为首辅的官僚集团尸位素餐，毫无作为，以致朝局紊乱，李孜省、邓常恩辈勾结宦官恶珰在宫廷兴风作浪，胡作非为，令人侧目。

年轻的弘治皇帝不负众望，他从登基第六天起，即顺从民意，着手裁撤相关人员，待罪论戍。

这一举措作为试探，立刻得到朝野的一致称赞。接着外戚万喜、万达因与民争利打死人而受到惩处：万喜降为指挥使，万达、万祥降为副千户。朝廷接到山东鱼台县丞徐项上疏：请为皇上生母纪氏申冤，严惩为纪妃治病的御医及万贵妃亲属。弘治帝祐樘为了顾及先帝声誉，不想大兴狱讼，采取息事宁人态度，御批：此事已之。下令终止调查纪妃死因，却出动大量人员赴广西寻访外家遗属。结果却只寻到几个冒认皇亲的骗子，最后只得在贺县建祠立庙，岁时奉祭。

传奉授官和宠任佞幸是成化朝两大弊政。十月初二，弘治帝祐樘下旨：革汰成化朝以来成为顽疾的传奉官，罢黜右通政任杰、侍郎蒯钢等一千三百七十人，把他们从盘踞已久的政府衙门中赶出去。此举既顺应民意，弘扬了正气，又大量节省了国家开支。

接着，年轻的皇帝又做出重大决定，彻底清除西藏番僧在京都的势力，传旨撤销成化朝传封的西藏番僧扎巴坚参、领竹占等的法王、佛子、国师、真人等称号，把他们赶出所盘踞的京都各寺庙，遣送回西藏。共一千二百二十六名喇嘛被遣送出京，朝野中人心大快！

然而清除佞幸的斗争则要艰难些。李孜省、邓常恩、赵玉芝、凌中、顾玒等以方术服侍宪宗而得宠，他们的官职来路不正，自然可以撤销。但要论罪下狱还须顾及舆论，在宫内宫外均有阻力。后来还是宫中太监内部分化，印绶监蒋琮亟言：彼等进丸药令皇上腹泻不止，罪大恶极，而罚不当罪，故不能从宽处置。弘治帝才下决心，于成化二十三年（1487）十一月逮捕梁芳、韦兴、陈喜及已决定遣戍的李孜省、邓常恩、赵玉芝等，均下锦衣卫狱。经法司审讯，诸佞幸以交结近侍律论斩，妻子流放二千里。后经皇上下诏免死，邓常恩充军甘肃镇夷千户所，赵玉芝仍遣戍甘肃酒泉附近的肃州卫。同时遣戍充军的还有崔凤、谢转、吴犹、黄大经诸佞幸。

成化朝最得皇上信任的李孜省成为锦衣卫严刑审讯的重点人物，他在狱中终因不胜拷掠而瘐死。大太监梁芳拟遣戍充军，因案未了结暂时编管南京。

另一个宠臣僧继晓谪免为民回到湖广以后，仍旧招摇撞骗混日子。弘治元年六月，给事中林廷玉上疏，称僧继晓与李孜省等均以左道幸进，干尽坏事。现孜省等均已惩处，而继晓却逍遥法外。同恶异罚，舆论不平。弘治帝立命锦衣卫赶赴湖广，将继晓逮捕。经法司审讯，认为继晓罪大恶极，就地斩决，妻子为奴，没收财产。因为继晓是太监梁芳引进给皇上重用的，并处梁芳引进邪人之罪，命南京守备将梁芳重杖八十，仍服劳役。

成化二十一年（1485），司礼太监怀恩因极力反对易储，被宪宗放逐到凤阳守皇陵，让年轻的皇太子身边顿失一位庇护他的长者。此时太子身边还有一位老太监覃吉，他自幼服侍小祐樘。太子年方九岁时，覃吉每日口授《四书》章句及古今政典，可说是太子的启蒙老师。宪宗颁旨赐给太子庄田数百顷，老覃吉劝太子不要接受，他说："天下皆太子所有，要庄田何为？"有一次，太子偷阅佛经时覃吉进来了，太子忙将佛经藏匿身后。覃吉问："太子是在读佛经吗？"太子面红耳赤道："没有，我读的是《孝经》。"覃吉也不揭穿他，只说："佛经荒诞不可信也！"老覃吉对太子品行的养成很有帮助。但他不问政事，在宫中影响较小。故太子祐樘即位伊始，立即从凤阳召回怀恩，仍付予司礼掌印太监重任，辅佐朝纲。

成化二十三年（1487）十月下旬的一天，祐樘在乾清宫暖阁清理父皇遗物，发现秘阁中藏有一箧图文并茂的秘笈，仔细一看，年轻的皇帝顿时脸变得赤红。原来这是一幅幅春宫图！祐樘原也知道李孜省、继晓辈以淫秽进幸父皇，竟然如此不堪入目！一怒之下，他准备把这些有损父皇声誉的东西烧掉。但在箧底竟然发现了进献者的署名，三个大字赫然在目："臣安进"！

此时，面红耳赤的皇帝气不打一处来，这些不堪入目的春宫图若是由李孜省等佞幸小人所献犹有可说，居然出自堂堂内阁大学士之手，真把读书人的脸都丢尽了！

祐樘立即将司礼太监怀恩叫来，将这个装着不堪入目的春宫画的小箧交给他，外加御案上几道监察御史、给事中弹劾首辅万安的奏章。让他一并拿到内阁去，下旨质问阁臣们。

怀恩到了内阁，阁臣们对皇上身边的老太监很尊重，相继降位迎接。怀恩一脸严肃，"皇上口谕，内阁诸臣听旨！"

首辅万安与其他阁臣刘吉、尹直连忙跪下接旨。只见怀恩从箧里把那些不堪入目的春宫图拿出来摆在桌上，传达圣谕道："这是一个大臣应该做的事情吗？"

辅臣们面面相觑。只见万安跪倒在地，汗流浃背，口里不停地嘟囔："臣有过，臣悔罪！"

怀恩又让其他辅臣宣读他带来的几道弹劾万安的奏章。科道官们指斥不学无术的万安窃据首辅之位十余年，卖官鬻爵、结党营私、勾结外戚、陷害忠良、尸位素餐、弄权误国。每读一道，万安只是伏地频频磕头，嘴里喃喃念着：“死罪！死罪！”却毫无去意。

怀恩见他如此赖皮，上前将他胸前所佩入宫牙牌一把扯了下来，“你可以走了！”万安这才死狗似的爬起来，惶惶然索马骑上回府，连夜上了一道奏章请求致仕。弘治皇帝仍然宽大为怀，给了他一定的待遇，准其驿传回乡。此时万安已七十多岁了，依然恋栈，在离京的路上几次观望天上的三台星有无变化，妄图得到皇上宽赦。

万安罢职后，内阁只剩下刘吉、尹直二人，尹直原在南京任吏部尚书八年，后借万安、彭华之力，巴结依附李孜省，得以入阁。弘治皇帝登位，御史汤鼐、姜洪及庶吉士邹智连章弹劾尹直，给事中宋琮及御史许斌上书称尹直自初为侍郎以至入阁，夤缘攀附，皆取中旨。祐樘鄙薄其为人，遂令其致仕。

万安、尹直罢相后，内阁只剩下刘吉一人。弘治帝任命礼部左侍郎徐傅为文渊阁大学士。一个月后，又任命东宫的老师之一礼部右侍郎刘健入阁参与机务。刘吉因资历老忝居首辅，但他曾与万安、彭华等狼狈为奸，又与刘珝相倾轧，当时有“纸糊三阁老”之诮，时为言路所攻，被称为“刘棉花”，谓其耐弹。他居内阁十八年，始终无去志。后来皇上终于不耐烦了，派中官至其家，讽令致仕，他才不得不上章引退。

刘吉走后，另一老资格的名臣邱浚入阁干了三年多去世。皇上遂于弘治八年同时引进他在东宫的老师李东阳、谢迁二人入阁。两年后，内阁由刘健、李东阳、谢迁三位东宫帝师组成，齐心协力辅佐年轻的弘治皇帝治理国家。

三人中刘健资格最老，他有着极强的判断能力，能预知政事的走向，做出正确的判断。李东阳是个慢性子，思虑十分缜密，内阁的大多数决策出于他的精密策划。而谢迁则以口才好著称，他读的书多，引经据典，能言善辩。

当时朝廷内外对这三人内阁有一个贴切的评语：李公谋，刘公断，谢公尤侃侃。这三位各尽所长，通力合作，办事极具效率，终于在信赖他们的弘治皇帝的率领下，达成史上有名的“弘治中兴”辉煌业绩。

调整好内阁领导班子后，励精图治的弘治皇帝要拿散、乱、差的六部一署开刀了。当时的吏部尚书李裕、户部尚书刘昭、刑部杜铭、工部谢一夔、都御史刘敷等均是浑浑噩噩尸位素餐的角色。弘治帝痛下决心统统让他们致仕，把职位让给锐意进取的老臣和年轻有为的才俊。祐樘即位伊始，即召大名鼎鼎的南京兵部尚书王恕进京，出任朝廷最重要的吏部尚书一职。王恕这年已经七十有余。他是正统年间的进士，在朝中资格最老。成化年间他任右都御史出使云南，抑制宦官钱能贪暴及其私通外国，其声动天下。后居南京任兵部尚书，三天两头向朝廷上疏议论朝政，宪宗拿他没办法，颇厌苦之，当时民谣称：“两京十二部，独有一王恕。”

王恕上任以后，不徇私情，大刀阔斧地革新吏治，提拔新人，裁撤冗员。其刚正清廉，始终如一。他历年提拔引荐的耿裕、彭韶、何乔新、周经、李敏、张悦、倪岳、戴珊、章懋等皆一时名臣，吏治为之一新。

朝廷最重要的部门是吏、兵二部。吏部用王恕尝到甜头后，弘治帝又启用遭李孜省谮害的老臣马文升为左都御史，后又调他到更适合他的兵部，代余子俊任兵部尚书。

成化年间马文升以兵部侍郎镇辽东，遭汪直、陈钺陷害下诏狱，谪戍重庆卫。汪直败后马文升复职，仍镇守辽东。此次应召出任兵部，上任伊始，文升认为天下承平已久，兵政废弛，必须整顿军纪，严厉考核诸将校。他雷厉风行地罢黜军中贪污懒怠者三十余人。那些无法无天的兵痞子心有不甘，夜晚持弓矢堵在他家门口，扬言要报复射杀他。弘治帝大怒，派遣锦衣卫缉捕，每天给骑士十二人保卫文升出入。

马文升任兵部尚书十三年，尽心戎务，举凡兵部所辖，于屯田、马政、边备、守御甚至修筑长城等，均多所建树。所以后世议论他是明朝中叶继于谦之后最有成就的兵部尚书，确实名不虚传。

继马文升任兵部尚书的是湖南人刘大夏。刘大夏最闻名于世的一件事是传说成化年间他把郑和下西洋的水程图烧了。这件事正史（无论《明史》或《实录》）均无记载，可是明人的笔记小说如焦竑的《玉堂丛语》、万表的《灼艾余集》、顾启元的《客座赘语》均有记载。大略如下：

> 成化间，朝廷好宝玩，中贵有迎合上意者，言宣德间尝遣王三保（景弘）使西洋等番，所获无算。上命一中贵至兵部查西洋水程。时项公忠为尚书，刘公大夏为车驾郎中。项使一都吏检索旧案，刘先检得之，匿他处，都吏检之不得。项笞都吏，令复检，凡三日夕，莫能得，刘竟秘不言。会科道连章谏，事遂寝。后项呼都吏，诘曰："库中案卷，安得失去？"刘在旁微笑曰："三保下西洋时，所费钱粮数十万，军民死者亦以万计，纵得珍宝，于国何益？此大臣所当切谏。旧案虽在，亦当毁之，以拔其根，尚足追究有无邪？"项悚然降位，向刘再揖而谢之，指其位曰："公阴德不细，此位不久当属公矣。"后刘果至兵部尚书。

明朝文人对这件事的描述绘声绘色，也许当时确实发生过这一场景。为什么正史里没有记载呢？也许在成化初年，在宫廷里皇帝见深和他的宠妃万氏日日把玩宦官恶珰们进献的珠宝玩厌了，想见识一下外国的新鲜玩意儿，心血来潮，遂令宦官去查当年下西洋的档案，看能不能设法弄点外国宝物来玩玩。这对兵部负责人可是一件不得了的事。当年宣德皇帝鉴于祖宗朝七下西洋花费巨大，死人无数，已经下旨永禁出海。倘若见深拿到西洋水程图册，不顾国力下令打造远洋船队出海，对于国家将是多大的负担甚至灾难？所以有鉴于此，大臣们不惜抗旨也要阻止这次荒唐行动。

正史的编撰者必须为尊者讳，像这种未曾成为事实的经历能不写进史籍中的理应避讳。但从这件事中也要佩服身为兵部大臣的刘大夏、项忠的胆识与见深的度量。设想一下，倘若见深一意想效法祖宗朝扬威海外，彻查藏匿或销毁水程图之事，他们岂不落个欺君罔上的重罪？

无论如何，说到刘大夏，他确实做过与藏匿海程图相类似的事。《明史·刘大夏传》载："汪直好边功，以安南黎灏败于老挝，欲乘间取之。言于帝，索永乐间讨安南故牍。大夏匿弗予，密告尚书余子俊曰：‘兵衅一开，西南立糜烂矣。’子俊悟，事得寝。”这个刘大夏，为了国家利益敢于抗旨，在封建王朝里确实是个了不得的人才。武宗朱厚照即位，正德三年，他得罪了立地皇帝大太监刘瑾，欲坐以激变律处斩，后改戍肃州。那年已经七十三岁的刘大夏皓首荷戟布衣徒步过大明门下，望阙叩首而去。观者叹息泣下，父老携筐送食，所至之处百姓为其罢市、焚香，祝刘尚书生还。其受黎民百姓爱戴如此，令人感叹！

年轻的弘治皇帝励精图治，广纳贤才，使朝政有了明显的改善。他每天天未亮即临御，听取文武大臣奏闻国家大事，决定人事任免。朝参时他不像父皇见深那样一言不发，而是认真与大臣们商讨政事，当场决断。这需要一定的胆识和气魄。

早朝议事时间不够，弘治帝决定重开午朝，午餐后复聚有关文武大臣在文华殿讨论政事，决定任免事项等。因此弘治初年朝廷的办事效率颇高，朝中重臣一改成化年间纸糊阁老、泥塑尚书形象，颇得时人好评。

年轻的弘治皇帝朱祐樘，用他稚嫩的肩膀担起重任，锐意进取，带领臣民走向中兴邦国之路。

后记

2019年元宵节过去没几天，困扰我已久的呼吸道疾病突然又犯了。家人赶紧把我送往附近的一家医院，一治就是半个月。医生给我从胸腔里抽出三千毫升黏稠的积液，居然有惊无险地渡过难关，一天天好起来。让我还能在病床上搁块木板继续写作，这也算是一个小小的奇迹吧。

手头这部小说稿《旷世之恋：明宪宗与万贵妃》是我取材于《明史》的第六部长篇小说。也是我的历史小说中涉及帝后宫闱生活较多的一部。在此前我的长篇创作中，无论是《大明帝国》记叙太祖朱元璋以一介布衣起家，横扫六合，剪灭群雄而获得天下的艰难历程；抑或《靖难烽烟》记录建文帝登基后由削藩而引发的四年残酷内战和朱允炆流亡、下落之谜。无不以战争为主线，金戈铁马之声充斥卷帙，权谋的运用与血腥杀戮成为作品的主旋律。

那两部书出版后，我算是与明代的帝王结了缘。稍后，明朝历史中两度临朝的奇葩皇帝英宗朱祁镇进入我的视野。正统十四年（1449）朱祁镇为权宦王振挟持远征漠北，土木堡之役全军覆没，身陷敌营达一年之久，遣回后又遭御弟软禁南宫七载。后景帝病重，石亨、曹吉祥一伙发动“夺门之变”，拥戴太上皇祁镇复位，于谦、王文被杀。长篇小说《大明天子朱祁镇》记叙了这段曲折迷离、令人唏嘘的故事。

景泰、天顺朝之后，明初诸帝以雄才大略，筚路蓝缕苦心创建的大明帝国也已开始走向平庸和式微之路了。继承这一政治衣钵的便是本书传主：明朝历史上经历最为坎坷，最富传奇色彩的皇帝明宪宗朱见深。

朱见深是明英宗与贤妃周氏所生，他因父皇被掳北漠而被立为皇太子，三年后却又被坐稳皇位的叔父景帝废为沂王。在荒凉颓破的沂王府，不谙世事的小王爷全赖宫女万贞儿悉心保护，方才度过那段艰难时日。景泰八年（1457）正月，一伙投机分子趁景帝病重发动“夺门之变”，重新拥立太上皇祁镇复位，九岁的小沂王见深方得以重见天日，复立为皇太子。天顺八年（1464）英宗驾崩前托孤于首辅李贤，令太子见深即位，并于国丧期间为他举行大婚，迎娶皇后吴氏。见深在东宫为太子时已与年长他十七岁的万贞儿有染，恩爱有加，此时更是封其为才人。吴皇后为泄私愤杖责了万氏，竟惹下滔天大祸，被见深废去其中宫之位，另立懦弱而蓄意结好万氏的王氏为皇后。万氏凭借与年轻的皇帝多年患难与共和肌肤相亲培植的深厚感情，力压后宫众佳丽，独得圣宠，并于成化二年（1466）正月生下皇长子。皇长子的降生迅速提高了万贞儿的地位，她被封为地位仅次于皇后的贵妃。从此昭德宫万贵妃权倾后宫，成为无冕之后。宫中大珰宦官梁芳、韦兴等竞相依附，与万贵妃之弟万通、万达等狼狈为奸，靡费大量内币从宫外搜购珠宝珍玩以及各种玩物，贡献给皇上与贵妃娘娘。见深更遣太监钱能出镇云南，王敬等巡视江南采办珠宝秘药，肆虐江南数年之久。而在宫中，万贵妃所生皇长子因先天不足而夭折。已经过了生育最佳年龄的万氏却滥施淫威以各种手段阻止其他嫔妃怀下龙种。贤妃柏氏所产之子亦遭其暗害夭折。成化十一年（1475），中年无子的见深得知六年前偶然临幸的内藏库纪女育有一子，侥幸逃过万妃残害，由宫人、太监匿养于西内，现已长大，心内大喜，随即赴朝告知内阁，并于西内隆重接见小皇子，命名为祐樘。后祐樘被立为皇太子，母妃纪氏亦移居内宫，但不幸蹊跷逝去。小太子祐樘幸赖祖母周太后保护，养育于仁寿宫，直至出阁读书。见深礼聘鸿儒刘健、李东阳、谢迁、杨守陈等为太子授业于文华殿，传授经史和治国之道。

成化皇帝朱见深天资聪慧，幼年历经坎坷，是帝王中难得体验过人间疾苦的人。他少年继承帝位，在一干能臣悍将的辅佐下，本应做出一番辉煌事业，以振兴明室。奈何一开始就陷入后宫情爱之争而不能自拔。废后之后，后宫的争宠与缠斗，对年轻皇帝的事业和声誉大有损害。他久居深宫，不与群臣议政；崇僧佞佛，大封西藏番僧佛子数千人，耗费大量国币兴建京城寺观；更兼破坏祖制，以中旨传奉授官，赃吏李孜省、邓常恩辈均以方术进幸，躐至五六品官阶。成化朝吏治之颓坏，始作俑者实是皇帝见深本人。他继而宠信宦官汪直，兴办西厂，残害忠良。一时黑云压城，大学士商辂被迫致仕，项忠、马文升等相继被放逐遣戍。直臣遭厄，奸佞横行，朝政遂致糜烂矣！万安、刘吉、尹直、陈钺等窃据要津，尸位素餐，贪恋权位，朝廷遂有“纸糊三阁老，泥塑六尚书”之诮！其积弊之深，流毒之广，无以复加。

成化朝后期的沉沦靡乱，作为最高统治者的皇帝见深实难辞其咎。在他临终之际，虽有悔意，然而此时他已身心俱疲，一颗心早随暴毙的万贵妃而去。他留下的明室千疮百孔的烂摊子，只能留待后来之君去处理了。

成化二十三年（1487）八月，病重的成化皇帝见深终于驾崩，终年四十一岁。太子祐樘遵遗诏即位，登基为弘治皇帝。明朝进入了一个新的时代。

年轻的弘治帝祐樘顺应民意，痛针时弊，锐意进行改革。先是淘汰传奉授官；又将佞信李孜省、邓常恩、僧继晓等绳之以法；继而整顿吏治，驱逐万安、尹直，令刘吉致仕；重用忠直敢言的王恕、马文升等老臣，揆阁一新！祐樘砥砺前行，开启了弘治中兴的序幕。

在位二十三年的明宪宗朱见深，在政治上的成就无法与他那些强悍的父祖辈相提并论，其晚年的昏庸失误尤多。然而正如《明史》所肯定的，他在践阼之初，为于谦平冤，上景帝尊号，且笃于任人，省刑蠲赋，恢恢然有人君之度。惜乎好景不长，后宫的情爱与缠斗，废后立后，宠任宦官，令汪直西厂肆虐，朝政遂致靡乱。随后传奉授官横行，而李孜省、邓常恩辈以方术见宠，吏治日见腐败。

作为皇帝，成化末年的朱见深是失败的，几乎一无是处。这也成就了继位之君——他从安乐堂捞回的儿子朱祐樘成为拨乱反正的中兴明主。对此，九泉之下的明宪宗是应该深感欣慰的。

至于他心中牵挂的另一个人，早于他去了西方极乐世界的贵妃万贞儿，仍静卧在天寿山陵园中苦等他。这倾世相恋的一对，死后无法在茂陵的地宫中相依偎，但我想他俩的魂灵早已在天国中相会了！

作者

2019 年 4 月于长沙

图书在版编目(CIP)数据

旷世之恋 ：明宪宗与万贵妃 / 周建行著 .— 上海 ：
上海社会科学院出版社，2020
ISBN 978 - 7 - 5520 - 3153 - 9

Ⅰ. ①旷… Ⅱ. ①周… Ⅲ. ①长篇历史小说—中国—
当代 Ⅳ. ①I247.5

中国版本图书馆 CIP 数据核字(2020)第 065437 号

旷世之恋——明宪宗与万贵妃

著　　者：周建行
责任编辑：王　勤
封面设计：周清华
出版发行：上海社会科学院出版社
　　　　　上海顺昌路 622 号　邮编 200025
　　　　　电话总机 021 - 63315947　销售热线 021 - 53063735
　　　　　http://www.sassp.cn　E-mail:sassp@sassp.cn
照　　排：南京理工出版信息技术有限公司
印　　刷：上海景条印刷有限公司
开　　本：710 毫米×1010 毫米　1/16
印　　张：13.5
插　　页：4
字　　数：192 千字
版　　次：2020 年 7 月第 1 版　2020 年 7 月第 1 次印刷

ISBN 978 - 7 - 5520 - 3153 - 9/I · 398　　定价：48.00 元